时 光 沙 沫

SHI
GUANG
SHA
MO

著／遥远

ZHEJIANG UNIVERSITY PRESS
浙江大学出版社
·杭州·

图书在版编目（CIP）数据

时光沙沫 / 遥远著. -- 杭州 ：浙江大学出版社，
2023.12
ISBN 978-7-308-24589-0

Ⅰ. ①时… Ⅱ. ①遥… Ⅲ. ①散文集－中国－当代
Ⅳ. ①I267

中国国家版本馆CIP数据核字(2023)第248686号

时光沙沫

SHIGUANG SHAMO

遥远 著

责任编辑	赵　静
责任校对	胡　畔
封面设计	林智广告
出版发行	浙江大学出版社
	（杭州市天目山路148号　　邮政编码　310007）
	（网址：http://www.zjupress.com）
排　　版	杭州林智广告有限公司
印　　刷	杭州高腾印务有限公司
开　　本	880mm×1230mm　1/32
印　　张	12.375
字　　数	380千
版 印 次	2023年12月第1版　2023年12月第1次印刷
书　　号	ISBN 978-7-308-24589-0
定　　价	78.00元

自 序

活着 爱着

　　在几年的时间里，陆陆续续写下一些文字。这些文字无法归类，只是随心而写，关于故乡、亲人、爱，所看过的一本书、一部电影、一幅画，以及一些生活点滴和忽然而起的一些情绪，很个人化。

　　因为这样那样的一些契机，以及一些交谈，犹豫再三，终于决定把一些文字整理出来，让它们以另外的方式呈现。

　　而当我站在远一点的地方，想为这些文字再写一些什么的时候，却几度无语。

　　和所有人一样，在不断前行的过程中，有收获和失去，有快乐和悲伤，但随着岁月的沉淀，内心确实在变得越来越坚实有力。那些缓慢流淌的时光，时光中的爱，一直轻柔而深厚地包围着我，让我总是有力量应对生命中的各种发生，也让我越来越懂得，活在当下的重要。

　　想起贝蒂·史密斯所说，活着，奋斗着，爱着我们的生活，爱着生活馈赠的一切悲欢，那就是一种实现。生活的充实常在，人人皆可获得……

　　那么，继续爱着，爱各种事物。饱含深情。

遥远

2022 年 10 月 9 日于杭州

目　录

第一辑　陪伴的告白

第二辑　不一样的天空

第三辑　浅淡的日子

第一辑

陪伴的告白

我的父亲

一

爷爷去世那年，父亲二十一岁。

老姑看着窗外，缓慢地向我讲述着当时的情形。爷爷去世那年，父亲二十一，母亲二十，正在读书的叔叔十六，三姑十三，老姑十一，哥哥刚出生。那时奶奶身体多病，一大家子人，就完全要靠父亲母亲养活了。

这些，奶奶也曾粗略提起过。她说，你爷爷走了，全村人都说，这回这一家子人算完了。奶奶那年四十五岁，她说她没想过要改嫁，她不想一家人就那么散了。

那年回老家，叔叔在饭桌上向我们说起另外的部分。爷爷去世时，他和奶奶都没在身边，是父亲一个人在家里料理爷爷的后事。那时奶奶病重，正在镇上住院，叔叔陪在奶奶身边。爷爷去世的消息当时一直瞒着奶奶。他和奶奶都没能见到爷爷的最后一面，就那样阴阳两隔了……

不敢想象当时的情景，当奶奶出院回家，发现家里已经完全变了样儿，她已经再也见不到爷爷了，那是一种怎样的悲痛……

有时坐在这里，或者开车在路上，想起一言不发的我的父亲，刚刚二十一岁时肩膀上曾经的重任，就会感到一阵心酸。

父亲与叔叔两人的性格截然不同。一个温和宽厚，一个桀骜不驯。

爷爷去世后，十六岁的叔叔在父亲的支持下继续读书，并终于走出了一条自己的路——读书、留校、调动，二十九岁那年，成为市里某个学校最年轻的校长，后成为市里最知名军校的校长。

这中间的坎坷，像一部传奇。

在城里的叔叔每年都会回老家几次，曾经是看望奶奶，奶奶离世后，他依然如以前那样回家，回家看望我的父亲母亲。虽然每次都是匆匆忙忙地回来，又匆匆忙忙地离开，但感觉，这个大家庭里的每个人的内心世界似乎都会因为叔叔的存在而变得宽广起来。

在我的心中，曾经，只看到叔叔的荣耀，而从未想过他与父亲之间会共同经历怎样的辛酸，那些贫穷的过往，那些挣扎中的坚持，也从未想过父亲与叔叔之间有着怎样深厚的兄弟情谊。叔叔回去后很少坐下来和父亲好好聊几句，他总是风风火火地回了，吃一顿饭，又风风火火地走了。

在父亲周年祭那天，叔叔喝多了酒，他低着头自言自语般地断断续续地说着：你们永远都不会明白我和你爸之间的感情。你爸做任何事我都理解，但就是这件事我不理解，你怎么能说走就走，把我扔下不管了呢……

一旁的我们都泪如雨下……

二

爷爷当时的工作是"赶大车"（一种马车），每月的薪水虽然并不丰厚，但足以贴补家用。父亲初中毕业时，也可能并没有毕业，就作为村里相对有文化的人，成了一名教师。

奶奶出院后，父亲辞去了教师的工作。他准备接爷爷的班，成为一个"赶大车"的人。

对此，奶奶坚决不同意。在奶奶的心目中，教师的工作远远比赶大车有前途和更体面。

"不管我怎么打怎么骂，你爸都一声不响，也从来不还嘴，可就是不去学校。那些天每天早晨他都会起个大早，等我做好饭，他已经去山上割了两挑子断肠草回来了。后来我也心疼了，就想着我这也管不了了，就由着他爱干啥干啥吧。"

就这样，父亲从一名教师成为一个车夫。

那年春节在老家，我和父亲聊着，聊到即将发放的父亲的老教师补贴，想起奶奶的话，问道：爸，当年你为何不肯当老师而一定要去赶大车呢？

还能为啥，就为了每月多赚一块钱。

三

赶大车的日子是如何结束的，没有人和我说起过。农村公社生产队的概念在母亲和姑姑的讲述中逐渐清晰起来，大家一起上山干活，赚工分。无边无际的田野，一群又一群的人。

父亲成了生产队队长，母亲干活最快，成了"领头羊"，这样赚的工分都比别人多。奶奶身体一直不好，一辈子没下过庄稼地。

老姑那时还小，但也跟着上山干活，给她算半个工分。

父亲说，当时村里有户人家非常贫穷，穷得都揭不开锅了，他实在看不下去，有一天把生产队粮食仓库的钥匙偷偷塞给那人，说，要不，你去偷点吃的吧。

也确实没有别的办法，咱们自己家那时也是饱一顿饿一顿的，就只好让他去偷了。父亲继续说。

四

家庭联产承包责任制实施以后，老百姓干活的积极性提高，粮食的产量也逐渐增多。

清晰地记得那个秋天，场院里一片热闹欢腾的景象。谷子、黍子、荞麦、高粱，刚刚割回来的庄稼一垛一垛地堆着。

收穗，晾晒，碾压，扬场。父亲试了试风向，拿着木锨，一锨一锨把谷粒高高扬起。黄澄澄的谷子倾洒下来，在金色的阳光下显得特别好看。

父亲一袋一袋地往谷仓里背着已经晒好的谷子，最后一脸喜悦地告诉母亲，一共三十二袋。

夏天，地里的活忙完，剪羊毛的时间到了。父亲开始做起了买卖，收羊毛。

提起这个，表弟就会说起当时他的老太太（即曾祖母）时常对着他感叹："从来没见过像你大舅那么好记性的人。到咱们村子里收羊毛，每家多少斤从来不见他记账，他的账都记在脑子里，等到把羊毛卖了，每家每户的钱一分都不差。"

父亲总是寻找着各种赚钱的机会。

除了收羊毛，还做过一次牦牛的买卖。只是那一次没有成功，在颠簸了多日之后，有一半的牛在途中死掉了。那一年我们的西屋里满屋子都悬挂着牛肉干，对我们小孩而言那可不是坏事——至少我们经常有牛肉干吃啊。

在我八岁那年，父亲买了三四台机器，在村里开了第一个加工厂。加工厂就在河边不远处，我们经常去河里溜冰，或者到父亲的加工厂去玩，父亲便在加工厂门口坐下来用简单的材料给我们做着简单的冰车。

不再依赖传统的碾子，用机器加工粮食，快而干净。周边的村民们也都排着队赶着马车过来加工了。到了吃饭时间，还没有轮到的，父亲就会把他们安排到我家去吃饭，母亲便时常要给一些沾边不沾边的亲戚做饭吃。

对此，母亲心里也是乐意的。母亲说，让他们饿着肚子在那等，我这心里可是过不去，再说吃顿饭也不会把咱们吃穷了。偶尔母亲也会笑着唠叨："饭给你做好了，你倒是快点吃啊，面条一根一根地往嘴里送，看着可真够急人的。"

在那个寒冷的冬天，在加工厂刚开业的前几个晚上，父亲总是工作到凌晨三四点才回来。一次，我也醒了，爬起来看他们俩窃窃私语在数钱。

一堆皱巴巴的纸票、硬币。

一共多少？父亲问。

母亲一脸笑意，六十三块。

劳动是辛苦的，但父母脸上时常流露出的那种满足，让我感觉，那就是幸福的全部。

又过了两年，父亲决定把五间瓦房的外观全部用一种特别漂亮的砂石粉刷一遍。

这在当时是非常值得称耀的一件事。

在很多事情上，父亲都走在前列。

五

有人在叫门了，母亲把来人让进了屋。又是找父亲去"支且"的人。

所谓"支且"，就是谁家有红白喜事，需要有人给张罗安排客人落座、礼账等一系列事宜。村里人都敬重父亲，这些事情，往往都会找父亲去主持大局，父亲也总是能够把这些事情安排得得体、妥当。

不仅仅是这些，有时谁家分家了，两口子吵架了，也都会来找父亲去说道说道。虽说清官难断家务事，但遇到这些事情，当事的人总是习惯找一个人做说和人。只要有父亲在，那种剑拔弩张的气氛就会缓和很多，大家收敛着自己，听父亲说。

母亲有时会看着走出去的父亲的背影发出抱怨，这一天天的，闲事管不完。

抱怨归抱怨，母亲自己也是一个热心肠的人，如果有人来找她帮忙，她也是二话不说就答应了。

六

父亲的慢性子和母亲的急性子非常互补，但对快言快语、手脚麻利的母亲而言，父亲的"慢"是个很大的缺点，这一度让母亲感到恼火，时常向我们发出控诉，"你爸那可真是，火上房不带着急的"，或者是，

"你爸那，油瓶子倒了不带扶的。"

一次大雨过后，大概是山水把山脚下的截水沟冲开了，我们屋后的围挡也缺了小口，水直接从屋后进了院子向大门口流去。母亲看着院子里越来越大的水流，一边喊父亲，一边跑出去抄起一把铁锹就往屋后跑。

父亲坐在窗前，观察着，不动。

我看着院子里的流水，也和母亲一样着急，说，爸，你快去吧。

父亲说着"没事"，就继续一脸淡定地看着窗外。

一段时间以后，水渐渐小了，不知道是因为母亲堵住了那个缺口还是山水本身在变小抑或压根就不是山水流过来。

父亲一直那样坐着。母亲回来后大发脾气："你咋那么懒啊，那要是万一……"

母亲口中的"万一"是在我刚刚有记忆的时候，半夜里暴雨山水进了院子，冲塌了我们即将盖好的新房子。我醒来时看到母亲在哭。那是我第一次看到母亲哭。这个记忆，也让我一直对洪水心存恐惧。即使在遥远的地方读书，大雨倾盆时，我仍担心屋后的围挡是否牢固。

于是，那天，我对父亲说，爸，你可真沉得住气啊。

七

在我们的记忆中，父亲从来没有打骂过我们，哪怕是一声轻轻的批评，也极少发生。父亲睡眠极好，在我们很小的时候，总是会在他午睡时不管不顾地围着他翻上翻下，他也不醒，偶尔被我们弄醒了也从来不责怪我们。

邻居的奶奶说，你爸真是好脾气，你们那么磋磨他，他也不恼火。

父亲不发火，但也似乎很少见他笑。父亲在我们面前大多是严肃的。第一次见他笑了是因为我的抗议。

那是在我即将上小学的年纪，他当着客人的面喊着我"毛子"，让我去给他倒水喝。

"毛子"是父母对我的昵称。因我自小头发黄而稀疏，毛茸茸的样子，他们就"毛毛""毛子"地叫着。逐渐大一点时，一个小小的自我开始在我的内心里成长，我越来越不喜欢这个称呼。于是那一天，我站在门槛处忽然对父亲义正辞严："以后再叫我毛子……我……我就不答应！"

父亲愣了一下，而后笑了。但自此，父母亲慢慢真的不再那么唤我了。

再大些时，我发现父亲并没有我曾经一直以为的那样严肃。有时我会说一些笑话，开一点玩笑。说到好笑处，他也会跟着一起笑了。

在我考上大学那年，父亲一改往日的低调，来了客人就主动告诉人家我的成绩、我的学校，他脸上的那种掩饰不住的骄傲的笑容一直印在我的内心深处。

我让父亲感到欣慰，这是我最大的欣慰。

八

在我大三那年，我最慈爱善良的奶奶中风了。后来奶奶瘫痪在床，也基本不怎么认识人了。

父亲母亲就那样伺候着奶奶。一晃三年过去。

在城市里的叔叔对自己无法照顾奶奶感到愧疚，又特别心疼父母亲的辛苦，有一天和父亲商量，要么把奶奶送到养老院吧。

父亲不同意，他要一直陪着奶奶。奶奶虽然不能自理了，也几乎说不出话，但偶尔还是会有自己的意识，有时候躺在床上，老人家眼角里会忽然流出眼泪。

姑姑叹息着说，你奶奶瘫痪后，你爸就哪里都不去了，就一直在家里照顾这个老妈。

九

后来，父亲得了脑血栓。康复后一条腿不太灵便，这对他的生活特别是内心产生了很大的影响。他为此感到有些自卑。对于父亲这样一个无论在怎样的场合都是中心人物的人而言，他无法接受自己一瘸一拐走路的样子。于是，自此，父亲大多时间都待在家里，而很少出去走动。他和周边人的交流渐渐少了，他开始有些封闭自己。

后来，父亲总是一个人去树林里，他找到了自己喜欢的事情：挖树根。每隔几天，他就会让哥哥开车把他挖好的树根拉回家，看着树根堆得越来越高，他感受到了一种已经好久都没有感受到的成就感。他还是一个有用的人，他还能做很多事，这些树根晒干了，到冬天时可以用来烧锅炉。母亲也支持着他，说省了很多买煤的钱。

写到这些，我是心痛的。在那段时间里，我和父亲有过多次的长聊。家里没人的时候，父亲就会打电话给我，我们会在电话里随意地说着。他似乎羞于和任何别人说心里话，只会在没人的时候和我说一些。旁边有人时，即使只是他和母亲在家，他也不喜欢当着第二个人的面在电话里和我聊天，总是没说几句就不说了，然后就坐在一旁听我和母亲在电话里聊家长里短。

我和父亲的角色不知不觉发生了转变。仿佛我是个大人，他是个孩子。我似乎能够在某种程度上给他希望，让他心安。

后来，父亲走在路上时，不小心摔了一跤，大腿骨折。在医院里手术后，刚刚知晓的我马上打电话过去，他接到我的电话，第一次像孩子那样哭泣起来。那种无助的感觉深深地刺痛了我。我们和命运抗争，有时也无能为力。

父亲术后康复得尚可，但已经不能像之前那样干一些活了。

后来，母亲得了大病，母亲的病对父亲是一种打击。虽然我们从来没有告诉他们是什么病，但聪明的父亲显然已经从我们的行为中有所察觉。那个春节我回家，一起照全家福的时候，大家一起笑着，他笑着笑着忽然眼睛里就有了泪水。父亲的内心充满恐慌。那个冬天，从不信神的父亲也破天荒地烧香跪拜，如果医生不能治好母亲的病，那么他便会去乞求他从来不信的神灵吧。

一年后，父亲自己也病倒了。他说，这就是命运，即使治好了他的病，也逃不过他的这种命。

父亲终于先于母亲离开了我们——或许这是他心中所愿。

十

父亲离开我们六年了。

在最初的那段时间里，我每天上班、下班，缓慢地从景区穿过，缓慢地从隧道穿过。在缓慢穿行的过程中，我的心里一直都在想念着我的父亲。

我在车里，我在路上，一个人，没有任何别人的干扰，在那条长长的路上缓慢向前，看着树叶的颜色变化，听着风从耳边吹过，想着和父亲有关的点滴，时常会不知不觉地流下泪来。

我缓慢地开着。我喜欢在路上的时光。这种状况差不多持续了半年，时间把我从中拉了出来。想起父亲常说，一个人有一个人的性体，一个人有一个人的命运。父亲在那个小小的村庄里过出了他精彩的一生。他的孝顺、宽厚、温和、仁爱、大度、乐观、冷静、淡定，他曾经那种不怕困难永不服输的性格，也一直影响着我们。父亲在天之灵，也一定不希望我们过于悲伤，他一定希望我们好好生活，好好照顾母亲，兄弟姐妹之间彼此照应、相亲相爱……

母亲的车店

在我很小的时候，或者即使我已经很大了，时常会听到母亲发出这样的抱怨：这一天天的，家里就和车店似的。

车店，根据母亲的意思，应是以前供赶马车的人半路落脚的地方，相当于现在的旅店。

如此，这个说法是非常确切的。印象中家里总是有着来不完的客人。宽敞的房间，长长的院子，奶奶的善良慈爱，父亲的宽厚温和，母亲的热情周到，使得一些亲戚朋友有事没事就来我家小住，一些左邻右舍或村里的小破孩有事没事就过来串门。过来串门的，刚好赶上吃饭时间，就留下一起吃饭了。

父亲是兄妹六人，母亲是兄妹五人，由此我的堂表兄弟姐妹们加在一起便有二十多个。寒暑假一到，我家这块吸铁石便开始发挥它强大的吸引力，他们中的一些人会迫不及待地跑过来玩：大姑家的二姐和大表弟，二姑家的三姐和表哥，三姑和老姑家的表弟，大舅家的二哥和四哥，大姨家的二哥……有时甚至就在我们家过年了。

母亲的偶尔抱怨，自然不是针对他们，而是对父亲的朋友和一些特别远的远房亲戚。母亲说，你奶奶生一点病或者过生日，那些八竿子戳不着的亲戚也都来看看。我这就得天天伺候着，那也没办法，人家也都是为咱好，都想着你。

母亲又对着父亲说，以后你那些乱七八糟的狐朋狗友别再让他们来了，我可懒得伺候了。

听到母亲的话，父亲不言语，只是微微地笑。

父亲那时因为玩牌结交了一些朋友，方圆几百公里，哪个地方的都有。有时他们办事从我家经过，就停留一天和父亲一起喝着小酒聊天。有时却是专门赶过来看看，吃顿饭，说说话，拍拍屁股走人。或者是在我家附近玩牌，直接跟着父亲一起来吃饭了。

母亲虽然一直不满意父亲的好玩，对他的朋友却是尊重有加，总是拿出最好的菜招待他们。有时母亲因为什么和父亲生气了，会一两天不和他说话，但只要家里来了客人，他们就立马和好了，脸上带着笑容小声商量准备什么菜。

等客人走了，母亲有时会想起之前生气来着，就说，我刚才同你和好是给你面子，但我的气还没有消。于是就会继续生气。但大多时候也就忘了，就继续和好如初了。

所以那时，只要他们一吵架，我就盼望家里赶紧来客人。因为客人们也的确来得比较频繁，由此父亲和母亲长久生气的时候就很少。

对于父亲的"玩"，大舅有自己的看法。大舅说，看一个人，看他在耍钱场里的表现就能看出他的人品。大舅作为教育局的高级知识分子，丝毫没有所谓知识分子的古板，他笑声爽朗，不拘小节。

大舅是在一次耍钱场的看热闹中考验完我的农民父亲。

大舅觉得我父亲冷静淡定，无论输赢都不急不躁，且宽容大度、光明磊落，不偷奸耍滑，是可以把自己的妹妹托付给他的。

既然大舅看中了，加上之前是我的大姨给母亲做的介绍，母亲也就没有话说。于是，她和父亲结婚了。

但和父亲一吵架，母亲也会唠唠叨叨，觉得她自己当时是稀里糊涂跟了父亲，是她的姐姐和哥哥把她给"卖"了，并继续唠叨，说她当时怎么就没有嫁给那个羊倌，他们家有那么多羊，提亲了好多次……

父亲多数会听着她的唠叨不言语，偶尔也会不紧不慢地说："那要是这么说，你还拖累我了呢，以前有人给我算命，说我是走四方的人，大会战那时，我都要上火车了，后来因为查出你们家是地主阶级，我就没去成。"

母亲给足了父亲面子，但父亲似乎从未当面夸过母亲的好。不过有一回在一旁端茶倒水的我听到他和大姑父在慢慢聊天时说，我们家孩子他妈，别看脾气有点大，但是特别通情达理，对我这些朋友，那是没挑，不管多生气呢，有人来了，从来都是尽心尽力地招待，从来不会让我下不来台。

父亲是喜欢讲究点"场面"的人，对任何人宁肯自己委屈也要让别人舒服。母亲也是如此，不管发生什么事都总是热情地帮他撑着场子。

在这一点上，他们是极其默契而般配的。

母亲向她的姐妹们聊起这点时说，人家又没得罪你，要是家里来人了你还耷拉着脸，那人家看到了肯定坐也不是站也不是，走也不是不走也不是的。

我的堂哥时常会被母亲"骂"："一到吃饭点儿就来，一到吃饭点儿就来，真是赶饭碗子啊。"

堂哥依旧笑嘻嘻的，二话不说，坐在桌前就开始吃饭。他们在母亲面前非常自如，不管怎么挨骂都不以为意。他们知道母亲的骂其实是假，心里实际对他们疼着呢。等到我家有什么大活需要干，比如盖房、打井，他们也总是第一个跑过来帮忙。

时常很想念父亲母亲。想着曾经母亲的忙碌，父亲满足地吸着旱烟。想着"母亲的车店"里那种总是有些热闹的场面，孩子们叫喊嬉戏，大人们热情地闲聊，院子里开着鲜艳的花朵，一只鸡从一个院墙飞到另一个院墙，小狗汪汪叫着追赶，小猫看着它们不屑一顾，猪哼哼着等着喂食，小鸭嘎嘎叫着在院子里摇来晃去……

母亲拎着水桶抱着柴禾走进走出，厨房里锅碗瓢盆叮叮当当。有时母亲终于可以在炕沿边上坐一会，说，这一天忙得，屁股都没沾炕的时候。

没坐多久，便听到小狗的叫声，家里又来客人了。母亲起身出去迎接，一脸笑意，热情地大声打着招呼：二子来了！快进屋……

回家的日子

早晨和晚上的天气已有些凉了。

父亲穿上那件米白色薄款羊毛衫。记得是几年前他和母亲来杭州时我买给他的。

爸，你穿这件衣服会不会热?

我看看外面的天，蓝蓝的，有风微微地吹。院子里的小白杨时而发出一阵"哗哗哗"的声响。

现在不热，等一会换。

父亲的声音很小，有时需要把耳朵靠近他的嘴边才能听见。

我把胳膊伸过去，准备带父亲去厕所。

父亲轻轻握住，想了想又说，不用你，喊你姐来。

我大声喊着姐姐。姐姐从外屋走了进来。

我问，为何不用我呢? 父亲说，你不挺实。

我和姐姐一起哈哈大笑。父亲也笑了。

姐姐比我重三十斤。可能在父亲的心里，姐姐是一棵怎么都不会摇晃的大树，而我就是一棵小树苗。

太阳已经升起很高了，小狗乐乐跑到院子中央匍匐在地上向前爬行，那动作看上去有些滑稽。我诧异地问，乐乐这是在干吗?

母亲说，它每天都要这样爬上一会，自己玩呢。

去年春节几个孩子玩弹弓不小心打中了它的眼睛，它的眼睛都快掉出来了，流了很多血，全家人都心疼不已。母亲用药水给它医治。我走的时候它还没有好，我一直惦记着它能不能完全好起来。

母亲忘记了我也目睹了那个过程，重新给我讲起乐乐的受伤，而后高兴地说，看看它现在，全好了。

父亲又瘦了很多。

之前母亲在电话里或者是为了不让我担心，向我多少隐瞒了一些事实。也或者是一直在父亲身边，对父亲的状况无论是视觉还是痛觉都失去了原初的反应和判断。日子一天天过去了，那一天天的点点滴滴的变化是感觉不到的吧。

然而母亲也时常会忧心忡忡。她对我说，你爸要是这顿说不吃了，我也没心思做饭了，也就不想吃了。

父亲能够吃下半碗饭成了家里一件非常高兴的事。笑着，表扬。

院门口的一株植物开着异常艳丽的红色的花，夜里谢了三朵，早晨又开了两朵。

母亲说是大烟花儿。

我多次蹲在它的身边，看着它。大烟花，罂粟花。这真的是罂粟花儿吗，感觉不像。

记得很小的时候奶奶种过几株大烟花，粉色的，花儿并没有这么美丽，花落后结有大的果实，用针扎一下，就会有白色的汁液流出来。

母亲告诉我，这个品种不是产大烟的那种，就是看的。

豆角和黄瓜也都安安静静地开着它们自己的花儿，黄色的，并有茂密的果实在相邻的畦间骄傲地悬挂着。

阳光照在长长的浅绿色的豆角身上，它们总是异常醒目地泛有白色的光。

我们每天都会有新鲜的豆角和黄瓜吃。我喜欢吃。

有时,把父亲搀扶到窗前院落,搬个凳子让他坐下。
他不言不语,就那样坐在那里看着周围的一切。
我们用井里的水洗着车。小小的电闸门一开,一道白浪冲向空中。
孩子们和几只小狗一起在水中嬉戏奔跑着。

村里已有将近一半的人家打出了水井。
母亲告诉我,当别人问她要不要打井时,她马上大声回应,打啊。
并于转述完之后对我说,我可要好好活着呢!
母亲从 2011 年生病至今,已近两年。母亲说,当时她在集市上出现时,有人惊讶地问她,不是说你病得很厉害了吗,现在看上去这么好。
母亲就哈哈大笑。她为自己能有这样的康复而感到有些得意。
她有些骄傲地告诉我,咱们的井打了九十多米深,水那才好呢,连抽了四五个小时都抽不干。

院子里只有三五棵向日葵,但它们的大大的黄花儿已足以绚丽整个院子。它们和红色的高高的砖墙相互映衬。在太阳出来时,或者黄昏时分,整个院子都被覆盖在一片金色的光芒里。
在它们身旁的,是一些矮矮的黄豆的秧苗,还有一畦小葱、茄子。
院子的东南角有一株沙果树,刚刚高过围墙,已经结满了果子。站在树下,摘一颗沙果来吃,是那种久违了的涩涩的酸。

所有这一切,都在跟随着四季发生着变化。
母亲每天精心打理着。在春天里播下它们的种子,然后为它们浇水、施肥,之后收获着那些果实。
有时父亲坐在窗前,默默地看着母亲忙碌的身影,不说什么话,没有人知道他在想什么。

　　刚回去的那天，我和父亲聊天。我知道父亲更大的病症已不是疾病本身，而是内心的抑郁，是对命运的妥协。他的内心，似乎已不再有对生活的任何热望了。

　　我开导着他。那天我们聊了一个多小时。我以为我的开导一定能产生效用，但最后父亲的一句"你还是没有说服我"让我瞬间感到一阵沮丧和泄气。

　　十年里，连续三场大病完全打倒了父亲。他把这些归结于命运，他不想再抗争。

　　他甚至希望在我刚好在家的时候能安静地离开。对这个说法我们都非常气愤，我再一次批评了他。

　　早晨五点多阳光就进了房间。弟弟家的小白狗一大早就跑来院子里飞奔。

　　我问弟弟，它叫什么名字。弟弟说，它没有名字。

　　那段时间，大家甚至都顾不得给它起个名字。它并不管这些，总是兴高采烈地每天从一个院子跑进另一个院子。

　　有鞭炮声响起，是前面的一户人家也打好水井了。

　　几户人家的炊烟袅袅升起，越升越高，越升越高，升到遥远的天空中，与天上的云一起，不分彼此了。

　　爸，你真的不想好好的了吗？面对父亲的不思饮食和拒绝吃药，我再一次和父亲谈心。

　　好好的，谁不想。父亲的这句话差点让我落下泪来，也让我看到希望。

　　那就听我的，配合治疗。我对父亲说了一些我的想法，告诉他：

从明天开始，你要按我说的去做，行吗？他那天没有报以沉默，而是说，行。

我越来越不明白痛苦这个玩意。它总是会于不知不觉间，突然奔来，伏在那里一动不动。有时连自己也不知道它还在不在。如果在，我们明明都是在欢声笑语中。如果不在，我们真的变得越来越麻木了吗。

母亲扛着自己的病和对父亲的担忧。我心疼母亲，时常说一些轻松的话安慰她。告诉她，她自己已经好了，父亲亦会在不久的以后能完全好起来。

母亲用流露出来的神情告诉我，她相信我。不知道母亲是真的相信我，还是为了反过来安慰我而相信我。

我们兄妹四人也都很想相信。

我特别希望，父亲也信。

已然进入了八月。田里的庄稼都在疯长。抽了穗儿的谷子，黍子，还有大片大片的开着白色小花的荞麦。

我从地里穿过，闻着它们散发出来的熟悉的味道。到了秋天，母亲闲着无事就会到这些田地里拾很多散落在地上的谷穗回去。

回家的日子，起得很早，睡得很迟。时间似乎被拉长了。

但还是要离开。我总是有些惧怕那离开的时刻。

走的那天，母亲摘了很多黄瓜和豆角给我们带上，也如以往那样煮了几个鸡蛋要我们在路上吃。

春节的时候还回来吗？母亲满怀着期待问。

回来。我回答得有些满不在乎和理所当然。

母亲总是站在最靠车子前面的地方看着我们离开。

我匆匆地看了母亲一眼就低头系着安全带。

我以为我需要尽力掩饰难过，但离开时，我没有任何感觉。甚至行在路上，我也竟然感觉不到有任何悲伤的东西跟随着我。

我怎么了？是什么封住了我的心，让我似乎已经没有了感情一样，就那样茫然地看着道路两边的一切。

已有过两次这样的事情发生，我有着不合时宜的情绪。我内心里的东西和大脑传递给我的东西很不一样。直到过去了几个小时，或者一天之后，当时被压抑住了的东西忽然地迸发出来，如决堤的洪水，一下子就把自己击倒。

晚上，回到杭州。

向家里报了平安之后，一切收拾妥当，准备入睡。

躺在床上时，父亲消瘦的身影和一些无助的话语以及母亲时而流露出的无奈而又焦虑的目光忽然就占据了我的脑海。

十多天来，我第一次那么清晰地感受到了疼痛。

就那样静静地躺着，任眼泪不停地流着……

杏花与杏

春天，当桃树梨树开起小小的花儿，并散发出淡淡的清香时，总会让我想起杏花。

在所有的花中，感觉杏花最为朴素，最能够代表乡村和年少的时光。不知道杏树是否只适合在北方生长，在杭州生活的这许多年中，似乎从没有见过杏树，也便多年没有闻过杏花的味道。由此，它的朴素一直只是在我的记忆中，或许不知不觉已经成为一种想象。但不管怎样，它之于我，是如此特别。

心里的杏花一直开在老家的院子里，异常清晰的井旁的一棵，以及，有些模糊的屋后的一片。

我想，北方春天的到来，最早知道的当是杏花。那时，我们一边压水浇园子，一边看着满树的杏花密密挤挤地挨在一起。淡粉近于白色的小小花瓣，粉色的小小花心，跳动着的小小花蕊。蜜蜂从四面八方飞过来，从一朵花飞到另一朵花上，欢快地嗡嗡叫着采蜜。

再过一些天，杏花慢慢地落了，地上是一层白色的花瓣。或者它们还没有落下来，就随风飞到不知道哪里去了。这时，小小的青杏在我们丝毫没有注意到的情况下，忽然就出现在眼前。

花落后杏树的叶子开始生长，它们谁也不做谁的陪衬，谁也不抢谁的风头。叶子嫩嫩的、绿绿的，是尖尖的小芽儿，也间或出现红的颜色。

　　我们站在杏树前，长久地仰望。看看未落的杏花，看看刚刚长成的青杏，看看飞舞的蜜蜂，或者，观察着树干上不知什么时候结成的橙色的"树油"。

　　有时，我们会用小木棍把树油小心地挑开，看看里面是否有小虫居住——什么也没有。

　　青杏慢慢长大。等到它们长到手指肚儿大小的时候，我们就可以偷吃了。这个时候的杏酸中带甜，里面的杏核还没有长成，杏仁白白的，甜的味道多于苦的味道。

　　我们也会把整个杏放进嘴里嚼了吃，微微的酸，微微的甜，微微的苦，它们混合在一起，有着一种别样的味道。

　　当它们再大一点时，就会变得越来越酸，身上也会长出一层细小的绒毛。我们依然经常去杏树前光顾，以至于，还没到秋天，在我们能够跳起脚够得着的几棵树枝上，杏基本已是所剩无几。

　　母亲拿着勺子站在门口的台阶上，看着杏树前上蹿下跳的我们，嗔怪道，都快被你们霍霍光了。

　　与别人家的杏相比，我家的这棵似乎总是成熟得太慢。盼望着它们成熟的那段时间里，奶奶偶尔出去串门，回来的时候，手里总会有几个邻居送给她的杏，她便拿来给我们吃。

　　有时，大大小小的孩子一起在村子里四处游荡，看到谁家的杏树有一枝伸出墙来，而杏已经有了诱人的红色或者黄色，就会有人按捺不住，高高地跳起摘下几个。树枝响动，引起狗的叫声，孩子们便又一起哄笑着贼一样地跑远。

　　我家的杏终于开始熟了。大个儿，黄色，掩映在不算浓密的绿叶之中。远远看过去，特别是在夕阳西下的时候，金色的阳光柔和地照在杏树的身上，照在杏的身上，并穿过它照在高高的院墙上，就显得非常好看。

我们把熟透了的杏摘下来给奶奶吃。奶奶一边吃一边点头，嗯，这个是面的。

杏肉吃完，杏核留下来，并把它们铺在墙头上晒干，等攒到一定的数量之后，就可以弹杏核了。

把一大把杏核撒开，让它们随意散落，用手指在两颗杏核之间轻轻一划，不能触碰到任何一个，然后弹起一颗去碰撞另一颗，碰到为赢，且不能碰到其他任何杏核。有时，撒开的力度不够，它们便会沉闷地堆在一起，引来一阵哄然大笑。

游戏是简单的，日子是简单的，但并不枯燥。有时我们一玩就是大半天，乐此不疲。

想起了梵高的油画《盛开的杏花》。蓝色天空下，杏树的枝条弯曲错落而又协调地伸展着，上面开放着一朵一朵粉白色的杏花，整个画面清新明亮，有着一种纯净的气息，充盈着无限的美好和希望。这是梵高送给新出生的侄儿的礼物。那一年，是梵高生命中的最后一年，那时，他正在医院接受着治疗。

杏花总会给人带来宁静、喜悦。而从青杏到熟杏，那微微的酸、微微的甜、微微的苦的味道，我想，这其实也是生活的味道。

我喜欢杏花。几次在梦里，都会回到那个熟悉的院落，看着杏花漫天飞舞，看到橘黄色的杏挂满枝头……

相　伴

女人一边洗着衣服一边有些气愤地说道："你今天哪都别去了啊，家里还有事。一天都不着个家，你要是觉得外面好，晚上也别回来了。"

男人斜了女人一眼，什么也不说，只是一口接一口地吸着旱烟。他已经习惯了女人的唠叨。这唠叨有时会让他心烦，但有时却又会让他心里是那样的舒坦。是前面的情形时，男人就保持沉默；是后面的情形时，男人就嘿嘿笑了。

这一次男人既不烦也不舒坦，他好像根本没听见女人在说什么，他心里想的是找一个怎样的借口溜出去，朋友们都在等他呢，三缺一啊。

女人终于没能阻止住男人。女人去厕所的当儿，男人就不见了。

女人恨恨地把水泼出去老远，骇得旁边的那只悠哉的大公鸡一下子就飞了起来。

女人对坐在台阶上的小女孩儿抱怨道："你看看你爸爸……唉，我都没法说他。你说我当年挑来选去的怎么一下子就看中他了呢？柳树林子那个羊倌，家里有那么多羊，两次三番地找人来说媒，我都没肯跟他……"

小女孩儿看着妈妈，一副无动于衷的表情。她快八岁了，她早已习惯了父母间的这种战争。当然，女人也不指望小女孩儿能对于她的埋怨给予什么回应，她只是觉得气。

吃罢晚饭，女人早早地躺在炕上，生闷气。

"爸爸回来了。"小女孩儿拉开门闩，给男人开了门——门闩是女人故意插上的。

女人翻了个身，脸朝墙，假装睡着了。

"你妈呢？"男人假装随口问着。

"我妈睡了。"

男人走进里屋，站在地板中间，看着女人。

女人一动不动。

"爸爸吃饭了吗？"小女孩儿问。

"还没呢。"男人有意提高了音量。

男人喜欢咪点小酒，并有吃夜宵的习惯。平时，或者说几乎每天，晚上九点左右，女人都会为男人做一顿一成不变的盛宴——炒一碟土豆丝。然后全家人围坐桌边，女人一边看着男人满足地吃着菜喝着酒，一边和他絮叨着家长里短。男人也会给女人讲着外面的种种见闻。

男人有些饿了，但想到自己理亏了，也不太好意思喊女人起来给他做饭。于是男人决定亲自下厨——他只要吃点菜喝点酒就行了——饭可以不吃，那酒可是一天不喝都不行。

男人把菜板放到大缸的上面，洗了土豆，放在板上，然后半天一刀半天一刀地切着土豆丝。

女人在房间里听着，又好气又好笑，就这样的速度，还不得切到后半夜啊。

然而男人很耐心。"铛……"一下，几秒钟后，又"铛……"的一下。

小女孩儿点好了灶火，站在门口看着爸爸。她想为爸爸做饭，但是她还不会。

女人躺不住了。想了想，坐起来，下床，洗手，然后气呼呼地夺过男人手中的菜刀，把男人推开。于是一声紧似一声的"铛铛铛铛铛……"的声音在整个房间里响了起来。

女人是左撇子。女人做事很麻利。

男人心里笑了。他去烧火。

女人切着切着，越想越委屈，突然把刀重重地扔在菜板上，复又躺回到了床上。

男人愣了一下，小声对小女孩儿说，你妈怎么阴一阵阳一阵的，和抽风儿似的。

这话还是被女人听见了，她有些按捺不住，想起来去和男人理论。但她想想后忍住了，感觉男人那笨手笨脚的样儿也有些可怜，于是又起来去切土豆丝。

那天晚上，女人一直不和男人说话，但男人还是吃上了女人做的土豆丝。

第二天中午家里改善生活。女人炒了一盘鸡蛋。

女人一个劲儿地把鸡蛋往孩子们的碗里夹着，自己却不舍得吃。

男人终于忍不住了，夹起一口鸡蛋，放在女人碗里，说，你也吃点。

小女孩儿噗哧笑了，调皮地说，妈，你看我爸对你多好，你还和他生气？

女人也笑了，但因为被小女孩儿说破，竟有些不好意思，于是朝小女孩举起了筷子一边作势要打一边说道，你这个小丫头儿……

男人和女人就这样磕磕绊绊地过着简单的日子。

多年以后，当年的男人和女人都一点点地逐渐变老，他们身边的那个小女孩儿也早已成家立业。

男人是我的爸爸。女人是我的妈妈。

他们身边的那个小女孩儿就是我。

现在，爸爸生病了，爸爸得了脑血栓，腿脚有些不太灵便。

医生要求他戒烟戒酒。他老人家把酒戒了，但烟却很难戒掉。

现在，妈妈身体也不太好，妈妈有高血压、轻度心脏病。

现在，我的爸爸妈妈因为生病而带来短暂沮丧之后，每天又依然快乐地生活着。

他们都逐渐地不再在意自己身上的小毛病。

春节回老家。我们出去走亲戚的当儿，妈妈去了一里之遥的邻村拔牙。

等我们从亲戚家回来，发现爸爸也不在家。

后来看见老两口一起回来了。我问爸爸去哪了。

爸爸说，我看你妈那么久不回来，就寻思是怎么了，就去找她了。

我的眼睛一下子就湿了。

爸爸和妈妈有时依然会争吵不休。很多时候缘于爸爸偷着吸烟。

妈妈跟我说起的时候就恨恨的，和我小时候听到的一样——包括那个羊倌。

而我，也依然会像小时候那样开他们的玩笑，这时，妈妈就会像当年那样假装打我，爸爸则抿着嘴笑。

一切都没有改变。

麦 季

妈妈在远远的前面直起身，回头看了看我们，喊了一声："军！"

我和弟弟回头看。哥哥又落后那么远了！他正斜躺在地垄间，漫不经心地把镰刀在地上一下又一下地戳着。

哥哥闷闷地应了一声，坐起。

"你去地头儿把水桶拿过来。"妈妈说完继续弯腰割麦子。

"嗯。"哥哥很乐意地去了。对他来说，似乎只要是农活以外的事情，他都愿意做。

妈妈经常无可奈何地说着哥哥："你说你咋那么懒，和你爸一个德行。"哥哥听了总是嘿嘿笑，爸爸有时听见也会无声地笑。

"咱俩去接应他一下。"我对弟弟说。

弟弟笑，是够慢的，还没我快呢。

然后我们跨到哥哥的那条垄，一前一后反向割起。

虽然已进入秋天，到了中午太阳依然火辣辣的晒得人难受。

哥哥又坐在那里很久没有挪动地方了。

妈妈看了看，没有吱声。妈妈自己歇息的时候很少，她心疼我们的累，有时就由着我们慢悠悠地边玩边干。

不知道什么时候，我和弟弟也坐到哥哥那里去了。

我们抓了很多蚂蚱，并用细细的线把它们的腿绑在一起，然后看着它们在那里跳来跳去，———个也挣脱不了！

"我给你们烤蚂蚱肉吃。"哥哥说。

天边飘过大片的云，白白的，软软的，让人真想把它们抱在怀里，或者像孙悟空那样站在云上，一个筋斗便翻到遥远的山的另一端。

"二姐，你说我现在最想干啥？"弟弟一边干活一边和我说着。

"你最想干啥？"

"要是能下雨就好了，今天就不用干活了。"弟弟嘟嘟囔囔。

"这样的云彩应该不会下雨的吧。你要是让妈听见又得挨训——都下雨还吃不吃饭了？"这最后一句，我学着妈妈的口气。说完就笑了。

太阳雨！太阳雨！！

过了不久，旁边的田里忽然发出小孩儿欢喜的呼叫声。

大家都抬头去看。不远处的那片云果然垂下一幕银帘，瞬间抵达下面的那片土地。

一时间亮光闪闪，煞是好看……

渔 柴

大雨过后。天渐渐亮起来了。

有时，会马上出现太阳和彩虹。

更有时，我们会看到天边出现两道彩虹和两个太阳的奇观。

燕子飞出它们的窝，排成一列站在院子里的电线上。

小的。黑色的。看过去像一个个跳动的音符。

鸭子观察了一下动静，然后也兴高采烈地扭着屁股出来了。

在它的后面，跟着一群毛茸茸的黄色小鸭子，"嘎嘎嘎"地快乐地跑来跑去。

而我们，就如这群小鸭子一样，

挽起裤脚，光着脚丫，撒了欢地跑向院外。

发大水啦!

总会有人在雨停的第一时间出现在院子前的空地上，听着河水的动静。

然后忽然发出这样一声叫喊。

不用提醒，所有人都能听见洪水来临的咆哮声。

于是几乎全村的大人都会拿了渔柴网向河边跑去。

我们也一溜小跑地奔向这个带给我们快乐的地方。

发大水了！

黑黄色的洪水沿着宽宽的河道一泻而下。

水面上时常有不同的东西漂过——带有枝叶的大树，光秃秃的木檩，以及别的什么。

或许是上游哪些山林或建筑被洪水冲毁了吧。

勇敢的乡民有时会不顾危险地一点点向前，试图把这些树木拉住。

如果成功，便会得到其他人的赞许和祝贺。

而大多数村民则手拿渔柴网排成一溜儿站在岸边，从水里向上捞一些细小的各色树枝和根藤——

我们称之为渔柴。

渔柴。

带回去，晒干了，可以当柴烧。

混在渔柴里的，有爬来爬去的各种小瓢虫，

有翻着白色肚皮的活蹦乱跳的鱼。

看到有这样的鱼，我们就兴奋不已。

日常我们于河中所见的，除了泥鳅，就是蝌蚪、青蛙、蛤蟆。

能见到这样的鱼对我们而言的确是太惊喜了。

我们管它们一律叫，"金鱼"。

长长的弯弯的河岸边，

是大人们不时扬起渔柴网的影子。

逐渐高起的渔柴堆旁，

是拿着小木棍在挑拣着的欢蹦乱跳的我们。

有时我们会发出夸张的惊叫，并一下子跳开去老远，
那肯定是因为看到了水蛇。
而后又试探着走回，用小木棍小心地拨拉它。
它大多已经被洪水冲得有些晕头转向了……

天渐渐暗下去了，
河边的人渐渐减少，也渐渐模糊，
河水的声音慢慢减弱，而我们的叫喊声依然会传出老远。
那个景象变成一幅黑白剪影，
深深地印在宽宽的河滩上……

现在，对村里人而言，捞渔柴早已成为久远的故事。
——没有人再去干这个了。
对我而言，那是我对家乡的不可或缺的记忆之一，
是我无比怀念的时光……

菜园小记

天上下着毛毛细雨。

我对欲走出屋门的奶奶说，下雨了，我来吧。

而后接过奶奶手中的篮子，走进院子里的小菜园，从一畦到另一畦，依次把一些蔬菜摘进篮子里以作为晚上的菜肴。

小葱的畦头一直放有一把左手用镰刀，是妈妈用的。

我遗传了妈妈的左撇子，但用镰刀却是右手。所以挖葱的时候就弃用镰刀，而是直接用手一拔。

如果地足够潮湿，小葱就会被连根拔起，轻轻一甩，粘在根须上的土都一团一团跳开去，只剩下纤细的根须裸露。

小葱蘸酱可是每餐必备的美味呢。

生菜长得比我都高了，它们有着粗壮的茎，像一棵小树。

我站在它们面前，掐下一片一片叶子。嫩的绿的，我们自己吃；老的黄的，给小鸭子吃。鸭子不挑食，每次见了都会"嘎嘎嘎"欢快地叫。

有时会在叶片上发现趴在那里一动不动的菜虫，几乎和菜叶一样的颜色。不小心碰到它的娇躯，软软的，瞬间会发出一声惊叫，即使只是看见，仍然会发出惊叫声。

奶奶呵呵笑，嗨！不就是一个小虫子吗。它不咬人。

几畦的黄瓜秧早已相互串门了。

　　小一点的孩子钻进去，有时就会被枝蔓缠绕而难以顺利钻出。于是会听到哭声。也会有大人取笑道，黄瓜没偷成自己出不来了吧。

　　我钻进去是带着使命的，所以颇有些镇定。

　　即使下着小雨，我仍然会蹲在那里一会儿，细细端详着每一朵花儿，每一根蔓，每一条大大小小的黄瓜。

　　而后扯着嗓子问："妈，这根……就是最边上这根……可不可以摘啊？"

　　忙碌着的妈妈于锅前大声回应："那个最大的啊？那个可是留籽儿的，不能给我祸祸啊！"

　　西红柿似乎熟得很慢，等终于有一个开始变黄，我们就兴奋地时常去西红柿架下穿梭了。但也并不会去摘下来。

　　爸爸曾经不经意地说，等它熟了，给你奶奶吃。

　　柿子椒和茄子也是非常可爱的。

　　每棵秧上同时生长着两到三个果实，一茬又一茬，大的被摘走后，小的没了被压迫感，便开始肆意地生长。

　　它们小的时候，像个调皮的小姑娘戴着两个小铃铛，有风吹来，就故意轻轻晃动一下小脑袋，传递出一种喜悦让风带走。

　　等到它们长大了，茄子便紫得有些剔透，更加诱人，柿子椒也越发丰满，这时的它们就成了大姑娘，戴着两个大大的耳坠，在那里慢摇。

　　我从一畦走到另一畦，选择着，摘下很多青的绿的红的黄的紫的美妙至篮子里。

　　"衣服都湿了吧？"奶奶站在屋门口，看着我心疼地问。

　　"没——事——！"

　　我拖长了声音，内心快乐无比。

童 年

大人们都睡着了。

我坐在窗台上，一边用长长的鸡毛掸子为奶奶赶着苍蝇，一边不停地向外看。

这是奶奶经常为我们做的事情，但我不喜欢午睡，坐在那里发愣的时候就为奶奶打苍蝇。

妈妈总是说我乖巧，即使是哭得呜呜咽咽的，但若妈妈喊我干活，我就马上应着：哎，来了！

那几个小脑袋终于在墙角出现。她们向我招手并挤眉弄眼。

我带着满脸的喜悦，轻轻放下苍蝇拍，轻轻溜下炕，轻轻掩上门，而后一溜小跑地向外面跑去。

如果我没有及时看到她们，她们就会压低着声音喊我的名字。

那会引起小狗本儿的叫声。本儿一叫，有时会把疲惫的妈妈惊醒。

妈妈猜想会是我们几个的小伙伴，不予理睬，但有时仍会坐起来向院门口看，看看是否意外地来了客人。

她们看到妈妈，便哄地一下四散开去，藏了起来。

有时他们的喊声很大。

哥哥的伙伴。姐姐的伙伴。我的伙伴。弟弟的伙伴。

一个接一个地喊，本儿一次又一次地叫，妈妈终于生气了。

妈妈一下子把我们全部轰出去，无可奈何地说，这一个中午，睡点觉也睡不消停。

我跑了出去。看到经常在一起玩的她们。每次见面都那么欣喜。

走吧，我们去河里。

我们去河里捡鹅卵石，摸鱼，或者把黑黑的小蝌蚪捧在手里。

小鱼滑溜溜的，小蝌蚪滑溜溜的，连河里的绿绿的水草也是滑溜溜的。

看到癞蛤蟆瞪着我们，就一声惊叫，然后齐心协力地把它赶到别处去。

有时就只是坐在烫烫的石头上，把小脚丫放进水里不停地摇。

我们一起做饼干吧。

在河滩上。洪水停歇之后，那些即将干燥的淤泥块是上等的原料。

一年也不一定能吃到一次饼干。但我们牢记了它们的样子。

用手慢慢揉搓，并用小木棍划出美丽的花纹和错落的边缘。

把它们放在阳光下暴晒。回家的时候，它们便都是花色各异的成品了。

那是我们见过的最好看的饼干。

雨过天晴。空气无比清新，天边出现一道彩虹。

我们挎起小筐往树林里跑。我们去采蘑菇。

嘿，已经有那么多小朋友在那里了，在那里蹲着采摘，蹲成一个个小蘑菇。

蘑菇生长的速度好快啊，雨一停，它们就迫不及待地往外冒。

你蹲在那里静静地看它，看不到它生长的过程，但是走一圈再转过来，它就忽然一下子变得很大了。

哥哥姐姐会警告小一点的孩子，哎，这个花色的，是毒蘑菇，不能吃的。

美滋滋地把很多蘑菇带回去，妈妈说，我给你们做蘑菇酱吃吧。

山上开了很多蓝色的小花，我们叫它鸽子兰。真好看啊！

忍不住摘一片花瓣放嘴里，甜兮兮的。

蚂蚱一直在我们旁边的草丛里跳来跳去。小心地上前，捉住，并把野草拴在它的腿上。

在树荫下睡一觉吧。地上有蚂蚁松软的窝，它们衔着白色的战利品往家里运。两只蚂蚁相遇，彼此用触角碰碰，以示祝贺或者鼓励。

有小伙伴一声惊叫。绿色的毛毛虫，红色的毛毛虫，它们蠕动着胖胖的身体，向我们爬来。

我问奶奶，那只小鸟在唱什么歌，反反复复就只有那样一句。

奶奶说，它唱的是，阴天下雨吃饸饹。下雨前，它们都会唱这样的歌。

我一直不知道是不是。也不知道那是百灵鸟，还是小黄鹂。

柳絮漫天飞的时候，到处都是柳哨的声音。

哥哥拧了一个柳梢，说，这个给你。再拧一个，给弟弟。

高高兴兴地放在嘴里。"呜呜呜呜"，粗一点的，发出这样的声音。细一点的，就是"嘀嘀嘀"的清脆。

那么大的菜园。那么多的菜。浇不完的水。

今天晚上别出去玩，得压水浇园子了啊。妈妈给了我们"最高指示"。

这个时候的水井于我们而言是面目可憎的。我和弟弟个子小，要跳一下才能够把压杆压下来呢。

　　哥哥的脸阴着，他不明白，为何有一畦总也浇不完。

　　停下来去查看，哇，好大好大的一个老鼠洞啊！里面似乎是一个战壕，那么多的水都不能把它灌满……

四 月

　　那天出去，遇到了一些蓝紫色的小花儿。我蹲下去细细打量它们，看它们的花瓣儿，小小的蕊。我们在一起待了很久。

　　是的。蓝色、紫色，总是让我如此喜爱。

　　而轩轩最喜欢的是明媚的黄色，充满阳光。

　　有一次，他说，妈妈，我觉得你的性格有点内向。

　　为什么呢？

　　因为你喜欢蓝色、灰色，还不喜欢运动。

　　我笑了。其实我也喜欢黄色呢，还有绿色、白色，只是相对更偏爱蓝色和灰色一些。

　　蓝色是深沉、含蓄、内敛的，从容而宽广。它从不浮夸，也从不谄媚。它静静的，真诚的，一直有着坚定的存在。

　　而灰色则有着一种别样的优雅，黑白之间，不徐不疾，不动声色，永远经得住审视和时间的考验。

　　紫色则是浪漫的，惊鸿一瞥之间，喜欢，却只能偶尔出现。

　　白色呢。喜欢白色的棉麻衬衫，柔软的，温暖的，细细的纹络和褶皱，纯洁得永远有着阳光的味道。

　　而绿色，我说，如果大自然的春天不是绿色，那又是一种什么样的景象？绿色让人舒心，如果是其他的颜色，或许会让人疲惫呢。

　　但我也开始喜欢上黄色了，因为轩轩喜欢，一如轩轩也喜欢蓝色，因为我喜欢。

每每看到黄色，就会首先想到似乎总是如小鹿儿一样跳跃着的我的活泼可爱的轩轩。

已然进入四月。

走出去，随处可见各种花开。有蓝色的小小的欣喜。

那么，有灰色的小花儿吗？

它必是怡然自得的，不必引起他人的注意，安然地，自在开放，自然凋零。

妈妈喜欢五颜六色的花儿。

那年三月，爸妈来我家小住，我们一起出去玩。妈妈总是会站在花前，留一张影儿。如果是高高的树木开满了花儿，妈妈还会用手去攀扯住一支花枝站定。

妈妈总是说，真好看！

爸爸则在一旁唱反调：我最不喜欢看这玩意儿。

我们笑了。

爸爸喜欢一些历史文化古迹，有时会和我说一些他当老师时候的事……爸爸总觉得他的命运不会只局限在那一小片儿地方。

那一年我去当兵，都上了火车了，又被赶了下来，因为那时我和你妈已经订婚了，查出来你妈是地主阶级。

妈妈听了会反驳：你觉得我拖你后腿儿了啊！

我们笑。老两口闲着没事儿总是会斗斗嘴。

爸爸离开我们之后……

爸爸离开我们之后，妈妈表现出了惊人的坚强。

妈妈告诉来看望的亲人们：我为了我这些孩子，我也得好好活着。

我和妈妈一起出去散步。走到房子的东边，站在大片的田地里，向北看。爸爸的坟头就在远处的那里。妈妈眼里有了泪花儿。

我说，妈，我们回去吧。

今天是妈妈的生日。早晨打电话回去，姐姐已经在家里了。

妈妈的声音朗然，对我唠叨着家里的种种，说中午杀一只鸡给他们吃。

我特别喜欢小鸡。我让妈妈养一只母鸡孵一些小鸡出来，暑假的时候我就可以带着轩轩回去和它们玩。想着它们从蛋壳里面跳出来，黄黄的，像个小球儿一样满地跑，多可爱啊。

妈妈笑了，说，行。

每一两天就会给妈妈打个电话，我从妈妈的声音中基本能判断出她的状态。这次的复查，肿瘤又有着轻微的增大，我有些忐忑，再次希望是测量误差。

我告诉妈妈，一切正常。

父母在，不远行。

父母生病的时候，我觉得我是最不孝的那一个了。

如果我离得近一些，比如在北京，周末就可以回家看看，就可以有多一点的时间陪在他们身边。

很多年前妈妈在电话里问我：你能向北再挪一挪吗？

我的奶奶

最近总是梦见奶奶。我倚在床头，手里拿着一本书，和先生说着我的梦，并继续和他说着关于奶奶的种种。说着说着，我就流了泪……

形成我人生的最初的记忆，应该是每天早晨差不多的场景：橙色的阳光照进房间，照在老屋的那面墙上，墙上有着窗外那棵老榆树的斑驳的影子。小的木桌子放在炕上，慈祥的奶奶坐在那里等我醒来，而那只懒猫睡在我的身旁。

我醒来时，爸妈已经出去劳作。奶奶守着我，会马上给我穿衣服，穿那条绿色的背带裤。我穿着那条背带裤度过整个秋天，或者整个冬天，或者整个一年。再深想，记忆便会变得模糊了。

后来每次出去玩，后面就多了个跟屁虫弟弟。我和弟弟总是出去疯跑。冬天的时候，我们的小手小脸冻得红红的，奶奶总是心疼地用她的大手攥住我们的小手，给我们焐着。

奶奶皮肤非常白，人也特别爱干净。她每天都会把房间收拾得井井有条，窗玻璃擦得干干净净。头发梳得服帖，挽成一个髻罩在脑后。

在城里的叔叔时常给她带回上等的衣服料子，奶奶会做很多衣服穿。奶奶的衣服都是那种旧式的款式，有一个大大的前襟，然后掀过去把扣子系在侧处。

最喜欢让奶奶给我们洗白色网球鞋。奶奶洗完了会在上面贴上一层白纸，拿在阳光下暴晒，几个小时以后，白纸成了黄色，洗过的鞋再打上鞋粉，白得像新的一样。

奶奶生在那个年代，却和周边的老人们不同，她没有裹脚。

爷爷那时是个车夫，可以赚足够的钱养家。奶奶便没有干过地里的农活。爷爷去世前后，奶奶也生了重病，便专门留在家里管教父亲他们兄妹六人。父亲则在爷爷去世后，辞去了教师的工作，做了车夫——为了赚足够的钱和妈妈一起养奶奶、三姑、老姑、老叔、哥哥等一大家子人。后来叔叔很争气，考上了大学，慢慢在城市里安家，成为一所学校的校长。

奶奶有着满口的假牙，白白的，可以整个地拿下来。每天晚上，她都会小心地把她的假牙洗了泡在杯子里。面对着她嘴里的空空，我们便总是逗她笑，逗她说话，她就笑着扬起手作势要打我们。

奶奶出去串门，回来的时候，会从兜里掏出一些好吃的东西递给我们。特别是夏天的时候，那往往是邻居送给她的几个杏，或者沙果，有时会是几块糖。

叔叔每次回来看望奶奶，都会给奶奶买来一些苹果。奶奶舍不得吃，就把苹果塞进衣服柜子里，等我们几个放假回来就拿给我们吃。奶奶的柜子里常年都有苹果味。

我们上学的时候，奶奶总是偷偷塞给我们一点零花钱，是叔叔给她的。有时是几块，有时是几十块。

她老人家不舍得我们任何一个离开，每一个人去远处读书了，都像掏她的心一样。周末放假一天，那是奶奶最高兴的日子。她有时用乞求的口气对我说：你能不能跟老师请一天假，在家里再待一天？爸爸听见就会说奶奶：那读书呢，咋能说请假就请假。

奶奶喜欢养花。在院子里，在屋门口不远处，奶奶特地让爸爸给她做了个花池，里面种了各种各样的矮花儿，而在院墙的四周，则种一些高一点的花儿，格桑花，向日葵，或者芍药花儿等。我们每天都要提着小桶去给花儿浇水。

奶奶慈眉善目，对所有人都特别好，所有人都喜欢她。舅舅家的表哥们，姑姑家的表姐表弟们，不管谁去，她都把他们当成我们一样对待。即使现在，大家说起奶奶，无不怀念。

镇里的文工团每年去村里演出，大都会住在我们家。一是我们有很多的房间，更主要的是，除了爸妈和奶奶热情好客，他们觉得我们家特别干净，记得那次我穿着姐姐的一件滑滑的长衫，蹲在那里抚摸着大狗，听见他们说，你们一家子人都和别人家不一样，你们家像城里人，看这个老太太，多富态。

奶奶总是带我们去看戏。奶奶不说看戏，而是说听戏。我们搬着椅子、搬着小板凳跟在她的后面，一边走一边吃瓜子。路上遇到其他的人，就热情地打招呼，小朋友们则闹成一团。

奶奶总是喊我干零活。奶奶说，你最灵透了。有时我因为看小说应了几声还是不动，奶奶就会趁我不注意把我的书藏起来，但都会被我找到，有时在衣柜里，有时在米柜里，有时是在叠好的被子中间。找到的时候，我就和奶奶一起笑。

我大学时给家里写信，父母看完后，奶奶就把信揣在兜里，到处找别人给她读。一封信会揣到下一封信的到来。

暑假我回去后，邻居家的二嫂对我说：以后你可别往回写信了，你们家老太太，天天来找我读信，一封信我都读了好几遍，都快背下来了。

　　每次上学，奶奶都会把我送到村子的最东头，并一直看着弟弟送我去那个等车的路口，直到看不见我的身影……我总是一直向前走，向前走，不敢回头……有次回家，奶奶说：你这个小丫头，就那么走，也不说回头看看。

　　那一次依然去上学，在等车时，忽然肚子疼，便又返回到家里。到家的时候，看到奶奶躺在炕上，脸向着墙，正在因为我的离开而流泪……

　　每次放暑假回去，我都会用省下来的生活费，给奶奶买件衣服，买一些她喜欢的水果。

　　那一年我再次回去，如往常一样一进院子就喊一声，我回来了！妈妈推开门走了出来，而奶奶没有如以往那样马上走出来迎接我，而是继续就那样看着窗外。

　　我走进房间，大声喊，奶奶！　奶奶继续那样背对着我看着窗外……

　　奶奶得了脑血栓。奶奶不认识我了。

　　我大哭了一场。

　　第二天，我给奶奶洗衣服。奶奶坐在我身边的石阶上。

　　奶奶一边看着我一边和我说话，她告诉我说："我的老孙女就要回来了！"说着说着就流了泪。

　　我放下衣服，跪在她身边，大声说："奶奶，我就是啊！我回来了！"

　　她看着我，面无表情。

　　我又一次大哭。

　　以后的几天，奶奶似乎对我有了感觉，她的意识渐渐有些恢复。

晚上，我和她睡在一个房间。她生怕我再离开一样，睡觉的时候，会在黑暗中寻找我的手，直到把我的手握在手里，她才再次踏实地入睡……

奶奶去世的时候，我正在浙大读研。爸妈怕耽误我的学习，加之当时的交通也并不方便，便没有告诉我。后来我给叔叔打电话，叔叔说，你奶奶已经去世一个多月了。

我挂了电话，站在公用电话亭里，呆呆的。

我没有哭。

而之后，我总是太多次地梦见奶奶。

在梦里，我看见奶奶，总是一阵惊喜，冲上去抱住她，喊着，奶奶！奶奶！

姐　姐

除了小时候和姐姐拌过一两次嘴，在我的记忆里，我们再也不曾有过任何的矛盾。

姐姐长我两岁。姐姐那时时常头疼，学习成绩时好时坏。

那个夏天，我四年级。

我们共同的老师来到班里，要我们带回哥哥或者姐姐的初中录取通知书。

名字一个一个念下去，我到现在也十分清晰地记得我当时等待的急切。

——没有姐姐的名字。

——没有姐姐的名字。

我失望极了。姐姐肯定更加失望吧。她已经复读了一年，该怎么告诉她这个令人沮丧的消息呢。

姐姐不说话。但是她曾经表明过，不想再继续复读了。

后来，在舅舅的帮助下，姐姐转到了舅舅所在的城镇读初中，要寒暑假才能回来，我们也就很久才能见一次面。

那之后很多年里，我们似乎变得陌生了。

她还在家里时，我和弟弟总是有说不完的话，但和姐姐不会。姐姐寡言少语，我们似乎很难找到共同的话题。记忆中她似乎不像我和弟弟一样有固定的小伙伴会每天一有空就出去疯玩。村里和她同龄的没有，我的小伙伴她也不愿意和她们一起玩，虽然她只比我大两岁。

虽然不怎么在一起玩，我们兄妹几个有时也会是同党，会一起做很多事。

家里的向日葵花儿还没有落尽开始结果实的时候，我们总是经受不住那白白的、甜甜的、嫩嫩的瓜子的诱惑，商量好了一起偷，并坚决不许向妈妈告发。拉钩上吊，谁告诉谁是小狗。

跟着奶奶到另一个村庄去看戏。搬着小板凳，打着手电筒。相互吆喝着，紧紧地跟随着。

一起围坐，看哥哥烧蚂蚱肉给我们吃。

在我们很少见面的那四年里，姐姐带给我很多自豪。

她每次回来，都会带回一些新鲜的东西，还会教我跳舞。在姐姐认真地做着动作时，我看着，觉得是那么的美丽。

初二时，用了姐姐给我的一种特别漂亮的自动铅笔，班级里很多同学都喜欢，要求我向姐姐要。姐姐便给我邮寄了很多回来。

我时常觉得姐姐寄宿在舅舅家，很不容易。虽然舅舅一家对她都特别好。舅舅四个儿子，没有女儿，舅舅舅妈对姐姐如亲生女儿一样对待，但在姐姐的心里，与在自己的家里总归是不一样的。

每天早晨，她都会按时起床帮舅妈做饭。而我在家里，就可以随时要赖，早饭从来没有帮妈妈做过。

高中时，我读书的地方就是舅舅所在的小镇，就是姐姐生活的地方。那个时候，姐姐因为依然总是头疼，便不再读书了，成了一名裁缝。

我和我的几个死党时常会去姐姐工作的地方坐一坐，会让姐姐给我们做衣服。由此我们几个时常会穿同样的裤子。

我那时是有一些活泼的，但和姐姐依然感觉有一些距离——我们不知道聊什么，不知道如何去说一些更亲密的话。

有一次好友小华问："我怎么觉得，你和姐不亲呢。"倒是小华的健谈，让她和姐姐能说很多话，好像她们才是亲姐妹一样。

姐姐结婚了。记得当时，姐夫先把姐姐送回我的老家，然后回来，再去，迎娶新娘。

那是一个很好玩的过程。我一直祈愿姐姐幸福。

有时她和姐夫吵架了生气了不高兴了，我的心也会跟着提起来。

姐姐把婚前买的一件特别好看的粉色的绸布衣服送给了我。我穿上很合适。那是我最喜欢的一件衣服，也是我穿得最长久的一件衣服。朋友小坤也很喜欢，在她当时忽然想辍学而去应聘一份工作的时候，便是穿了这件衣服。

姐姐的小家离我们学校很近。我经常带着她们几个去姐姐家里混饭吃。有时姐姐会告诉我："豆角下来了，你叫她们过来吧，我给你们做排骨炖豆角吃。"

我们当天就会兴致勃勃地旷了晚自修赶过去。

高三那年，一个夜晚，我和小坤走在路上，被一辆飞驰而来的自行车迎面撞倒在地，进了医院。

胳膊缠着纱布的那段时间，姐姐隔几天就会来拿走我的衣服去洗。每次洗完，还在上面喷上一些好闻的淡淡的香水。

有姐姐真好。香水真好闻啊！

我感受着被照顾的幸福。

现在，很多年过去了，我和姐姐的性格似乎来了一次交换。

或许是开了多年饭店的原因，曾经寡言的姐姐，变得乐观开朗豁达，成了大家的开心果。有她在，就会有笑声，亲人们都喜欢她。我则变得安静了很多，沉默了很多，特别是在人多的陌生的场合，就更是越来越少地说话。

春节回去，为亲人祝寿。我和姐姐一起，为很多我并不认识的长辈敬酒。她说很多的话，我说简短的话。

我跟在姐姐后面。姐姐带着我。我特别喜欢那种感觉。

这几年，我们已经无话不谈。是姐妹，也是知心的朋友。她会把一些私密的事情讲给我听。

我们会经常开玩笑，相互调侃。当然，主要是我调侃她，她就哈哈大笑。

父母生病住院，姐姐一直陪在他们身边，睡很少的觉。

这两年，我们共同经历了很多很多。我们有相同的心情。一些悲伤，甚至绝望，以及，看到希望后的欣喜。

我们从彼此的声音中感受着难过或者信心。当然，还有亲爱的哥哥和弟弟一起。

姐姐是护理的高手。爸爸妈妈因为有她在身边，心里感觉踏实多了。

哥哥弟弟去，他们会挑三拣四，觉得没有姐姐照顾得周到。

我们笑。

我心疼姐姐，说："姐，也要注意休息，别把自己累坏了。"

"没事，我身体好着呢，睡点觉就够。"

总想为姐姐做很多事。为姐姐买好看的衣服、好看的首饰。

总希望姐姐更加地快乐幸福。

我想念姐姐。

遥远的天空

　　这几年的回家，或者自驾，或者乘飞机，此次坐火车于我们也便再次有了几分新奇。

　　轩轩不停地在上铺和下铺之间爬上爬下。我坐在窗边，看着窗外，看着一些美丽的风景向后移动。他则端着重重的相机，随意捕捉着一些瞬间。

　　一天一夜。

　　出了车站，从石阶走下，一脚踩空，我摔倒在地上。两块重重的瘀青，一团模糊的血迹。有细的沙子嵌入膝盖的皮肤。有些狼狈地爬起，梦一般。

晚上九点左右，到家了。

家人出来迎接。母亲穿着厚的衣服，脸上带着一丝笑容。我喊了一声"妈"，遂上前拉住母亲的胳膊，一起向屋内走去。

孩子们兴奋地吵闹。小狗们前后奔跑。

吃饭。闲聊。睡觉。

睡前。母亲再次向我说着她的病情的好与坏，并撩起衣服，给我看她的左肋高出的部分。我一边听一边伸出手，轻轻地揉着，心疼着，暗暗地一声叹息。

母亲问我，她是不是患了骨癌。我说不是。我给她解释，她似懂非懂地听着。

母亲忽然面露悲色，说起了父亲。次日是父亲的周年忌日。

我不语。我睡在父亲生前一直睡的地方，在母亲的诉说中，想着父亲的音容笑貌。

而后转移了母亲的话题，问着家里的鸡零狗碎。

说着说着，母亲睡着了，发出了轻微的鼾声。我和姐姐也没有更进一步的聊天。在网上，我们时常聊得深入，在一起时，反而就是那样坐着，有一搭无一搭地说着一些家常琐事。

夜是寂静的。月光透过窗帘照进了房间，只是停留了没多久，便走开了。

听着母亲均匀的呼吸声，我难以入睡。

半夜里，有一只小羊羔出生了。

很多亲朋好友都前来祭奠。

我有些恍惚。从这里走到那里，心里空空的，好像，我没有和自己在一起。

跪在父亲的坟前，昨日摔过的膝盖透过牛仔裤渗出血来。各种疼痛。
二哥什么也不说，他开车跑出去很远，买了消毒药水给我。

那天，姐姐喝了酒，醉了。她语声哽咽，而后倒头大睡。
我也很想大醉一场，但却总是保持着清醒。
弟弟带了一些葡萄糖口服液回来，要姐姐喝了。我也一同喝了一
支，是甜的，像小时候被大人奖励时喝的白糖水。

正是豆角收获的时候。全家出动，一人一垄，把豆角从高高的藤蔓
上摘下来拿到集市去卖。母亲也参与进来，因为不能把胳膊抬得很高，
我嘱咐她一定要只拣低处的摘。
喜欢一家人在一起干活的感觉。
母亲遥想着当年，说，那时在生产队，出工了，因为她动作麻利，
一直都是被安排为领头羊的。并叹息道，现在老了，干不动了，还有我
这身子也不让我干。

只有那么几天。我陪伴母亲的日子太少。
不谈父亲，不谈母亲的病痛，更多时候，我们会从生活里挖出一些
乐趣出来。
母亲看看手机，看着陪伴左右的我和姐姐，似乎有点遗憾般地笑
说，你们俩回来，都没人给我打电话了。
我和姐姐笑，要不到隔壁给你打一个。
姐姐给我们讲姐夫的侄女的一些趣事。二十三了，还如十岁孩子
般幼稚。如果她认为某男貌丑，会夸张地说，长成那样，还不快把他
搂死。
在小姑娘心里，已经搂死了很多人。
我们都笑了。

天气转凉，有风吹过。

离家的前一天，我和母亲去田间散步。

路边的很多野草野花，总是让我感觉无比亲切，虽然已大多叫不出它们的名字。母亲笑着我的忘却，并一一给我说着。那种扁扁的草，我是有着深刻印象的，记得小的时候总是把它们拔下来做成口哨"呜呜"地吹。

要下雨了，风很大，我感觉到冷，说，妈，我们回去吧。

母亲执意带我到我们自己的那片田里去看看。我说好。

那是一片黍子，因为一个月的干旱，长得并不齐整。母亲有些心疼地惋惜着。

荞麦花儿白着，油菜花黄着，它们如野生的庄稼那样这一棵那一棵地散落在田垄旁边。

那天下午终于迎来了一场大雨。

母亲说，因为这场雨，每户人家会多收入两三万块钱呢。

我听了也非常高兴。时常祈祷家乡风调雨顺，那些靠天吃饭的农民太不容易。

离家前的午餐，母亲包了饺子，说，上车的饺子下车的面。

真香。我吃了很多。母亲看我吃了那么多就特别高兴，她看着我，笑着。

我尽量避免和母亲做过多眼神的交流，走时也是粗枝大叶地看了一眼所有人，说，走啦。

在路上。抬头看看天，天空沉默高远。

秋天到了。

一些情绪和一些瞬间

◎ 在梦里。那个池塘。那些沟沟渠渠，汇流而入。满了。空了。
而后阳光再一次开始普照大地。

◎ 一个喷嚏，肝肠寸断。

◎ 一天和另一天之间，有些东西忽然变化了。我不明原因，有些
迷惑，但我的确体会到了一种不同。我曾经很珍视它，但现在，它不见
了。有些东西很脆弱，也或许它从不曾存在过。我不问。

◎ 夜幕降临的时候，又开始发起烧来。听着冬季的风声，却迷迷
糊糊进入雨季。这边的叶子是黄的。那边的叶子是绿的。森林里有一只
小鹿在低头汲水，也或者是在寻找什么。

◎ 那条一直漂荡在湖里的小船靠了岸。岸上灯光昏暗。

◎ 天已经黑了。哥哥骑着摩托车去为我买药。就如当年，在天还
没有亮的时候，他开着拖拉机送我上学去。星光点点。

◎ 寒夜里，卖火柴的小女孩，去敲一扇门。大门紧闭。

◎ 妈妈熬的姜汤，放了很多红糖。我回家照顾妈妈，却依然是妈

妈照顾我。

我喜欢这种依然。永远这样。

◎   月亮依然很大，很圆，它就在窗子外边。
你那里能看到吗？

◎   想象在海边，向远处，看海天相连……妈妈抚着我的额头。内心安宁了，没有恐惧，就不那么疼了。

◎   家里有八只小狗了。小小的，白色，黄色。它们每天都打架。有的参与，有的冷眼旁观。有时商量好，一起向院子外飞奔……
花花和贾娄头儿老去了。宝宝和乐乐已相伴好几年。小板凳儿只有三个月，但打起架来，下手最狠。

◎   一只喜鹊停在院子中央，小板凳儿兴高采烈地上前。喜鹊不怎么愿意和它玩，想了想，拍拍翅膀飞走了。

◎   准备和妈妈一起去东边的地里捡豆荚。

◎   已经有点不太习惯这种冷热。听着爸妈熟睡的轻微的鼾声和墙上挂钟的嘀嗒声，再次失眠。
脑子里却一直有另外一个声音在盘旋……而外面寂静无声。家里的小动物们都入睡了。小鸡们必是如我白天看到时那样依偎在一起。小狗们呢？小板凳儿很多时候都自己撒欢，现在，它该是睡在妈妈的身旁……
在这样的夜里，不知道有多少人醒着。想想，觉得睡眠的确是一件很不可思议的事，让你短时间内远离尘世，进入另一个空间……

◎　小年。天空飘起了雪花……

下午一个人走在田地里。宝宝跟着我，欢天喜地。

◎　那些模糊的，那些清晰的。不管怎样，真实就好。

◎　姐姐回去了。送她回来的路上，看到一只黑猫蹲在墙上伸出的木头上……

◎　万水千山走遍。一本书在我面前。现在，我把它合上……

开头和结尾是电影中的特写。那个房间的墙上，贴满了情诗。

◎　天晴了。

在树林里。在河边。在山顶。一件红色的衣裳。

◎　妈妈总是很早就起床。掏灶里的灰，生锅炉，做早饭。

我有时看着家人积极的生活态度而感动和感慨，为我自己时而有的掩藏了的颓废。

◎　忽然一阵心悸。静的夜。

◎　表达是为情绪寻找出口，可却没有合适的地方。

父亲的沉默。内心的担忧，脸上的笑容。

◎　此时，坐在窗台上，晒太阳。

妈妈走过来，看了一眼窗花儿，说，喜鹊登梅。

◎　天亮了。一天又一天。谁能把时间摁住。

◎ 妈妈煮骨头，我洗衣裳。爸爸走出去，偷偷吸了一支烟，慢悠悠回来，假装顺便到鸡窝捡了个鸡蛋。

妈妈笑着挖苦：办完正事了？

◎ 今天姐姐回来。她小时寡言，现在开朗而又幽默，时常逗得全家大笑。

有时网上聊天，我亲昵地喊着她：傻丫头。

一如四哥喊我那样。四哥那么喊我的时候，我感觉到宠爱。

而我对姐姐，则是一种调侃，她就会笑，说，没大没小！

◎ 爸爸喊我起床。我不。我还要再懒一会儿。

◎ 和小时候一样。夜里听到狗叫，心里就慌……

◎ 今年的喜鹊窝特别多，喜鹊特别胖，它们的肚子都快拖到了地上。

◎ 两个庸医：哥哥和弟弟。给我量血压。六十和九十。我病了。

◎ 小杰和轩轩追逐，不小心摔倒在暖气片上，脸上出了血。他用小手捂着脸，哭着问，我还帅吗，我破相了没有？

哭了一会儿，轩轩逗他，他就破涕为笑，露出一口小白牙。

◎ 在地里。蹲下去拾起一个豆荚，有豆子从里面蹦出来——个沉默的，从秋天穿越到冬天的思念。

◎ 那片小榆树林仍然是我上学时候的样子，它们一直守候在那里，低低的，不肯长大。

我们去拍炊烟，经过这里。爸爸看着它们，说，有四十多年了。树林里野草丛生，干枯着，在细细的寒风中，相互缠绕着，纹丝不动……

◎　总是会被一些微小的东西触动，包括一些似乎不经意的话语。

有时候，那些宣扬的，刻意的，并非发自内心，如你说的那样。那么，为什么，要去做一些违背自己内心的表达。

躲避着一些世俗的来来往往，纷纷扰扰，不必去辩一些是是非非，我自安然。

◎　回来没几天，我就长得如那只喜鹊，胖乎乎的。

◎　我们几个围在一起，笑说小时候打架的事。弟弟三岁时，总是打我，但我一直那么疼他。

◎　照全家福的时候，爸爸笑着笑着，流出了眼泪。我的心痛极了，赶紧转移爸爸的情绪，故意制造喧哗，大声笑着说话。

◎　爸爸或许早已猜测到妈妈的病情，只是我们不说，他也不再问。妈妈在我们回来这些天如没有生病的人一样，我们都欣喜着。

◎　要走了。晚上，妈妈为我们铺床。我说，妈，我来吧。妈妈一边用笤帚扫着炕一边说，这又不累，再说你要走了，我还能给你铺几天啊。

◎　走的那天，妈妈五点半就起床，煮了很多鸡蛋，烙了很多馅饼，要我们带在路上……

笑着上了车，笑着和家人告别。在路上，如去年一样，周围的一切都模糊了……

◎ 途中，大雾。

一个地方，魂牵梦萦，在时光里静默。一个梦想，在某一天里，照进现实……

陪　伴

已经多日没有看书和写字了。空下来的时候，就只是愣愣地坐着。我们很难说清是什么让自己具有表达的欲望。不说快乐，也不说痛苦，很多情绪过滤之后，似乎所有的感觉都变得钝了。

窗外树木葱茏，每一个春天的气息好像都不太一样。花儿开得热烈，绿色的叶子也会在风吹来时，簌簌地落在地上。

这样的阴雨天气，开车前行，反复听着 *See you again*，忽觉无限悲伤。

越来越惧于打电话给母亲，不知道能说些什么。那天她满怀希望地问我，你说我还能站起来吗，并补充，只要我还能站起来，我这点疼也不算什么。其实她也知道希望的渺茫，又疼痛难耐，黯然道，我就想着趁你们都在时，就给我想个法让我走了算了。

我有时依然用已经说了几百遍的话安慰她，有时只是沉默，听她诉说。

清明时在家，几位表舅来看望母亲，聊着聊着，就聊起了他们小时候的事儿。二舅说母亲那时特别喜欢唱歌，那首《羊儿还在山坡上吃草》他还记得。母亲说，是啊，特别是你大舅一回去，就和你二姥爷、你四姥爷他们一起，拉二胡的，弹三弦的，吹箫的，唱歌的，时常会玩到半夜……

说这些时，母亲满脸的幸福。那是属于母亲的美好时光，日子那么苦，又那么快乐⋯⋯

我在家的几天，母亲的精神非常好。我和姐姐照顾她总是会闹出很多笑话，增加了很多笑声。在照顾母亲这件事上，我总是显得异常笨拙。记得十几岁时我自己补袜子，母亲看了我的成果后笑说，你啊你，以后到了婆家，三天不到黑就叫人捎回一张人皮来。我那时也并不太懂那句话的意思，挖空心思想，是谁的人皮，为什么捎回来。但是知道那么长一句话，浓缩成一个字，就是个"笨"字。

母亲是完全有资格评价周边任何一个人的"笨"的。在她七岁时，姥姥去世，她便担起了给全家做饭的重任，并开始做针线活。
"我那时就开始做棉裤了。"母亲说。

母亲是左撇子，心灵手巧。她有一本关于裁剪的书。记得在我小的时候，一进入腊月，几乎全村的人都会拿块布料来找母亲做衣服，家里的缝纫机便从早到晚地响着。我时常站在旁边，看母亲裁剪缝制，飞针走线，看缝纫机踏板缓慢地动着，看梭子飞速地旋转。

有时趁母亲不在家，我也会把一个鞋垫放上去，快一下慢一下地踩着踏板，让那些线一圈一圈地走着，远远近近，歪歪斜斜，为此弄断了很多针。母亲回来后也并不骂我，只是把针重新换掉。

我遗传了母亲的左撇子，却没有遗传母亲的灵巧，在照顾母亲时，每天继续闹着笑话。
她们一起笑我的笨，笑我在她们看来有些孱弱的小体格。每天我和姐姐要把母亲抬到坐便器上，只是我用不上力，还总是会扭了腰，姐姐又气又笑。

　　我们有时会笑得越发没有力气，母亲也笑道，你们总是拿我开玩笑。

　　我们说起前年，一起照顾父亲，我准备扶着父亲去厕所，父亲想了想，说不用我，要我喊姐姐，理由是我不够挺实，也引得我和姐姐一阵大笑。

　　我们总是在说笑中陪伴着他们。否则还能怎样呢？

　　有时候的夜里，我因为觉得疲惫而睡得沉沉，姐姐为母亲翻身几次，我竟全然不知。醒来后有些内疚，姐姐说，没事，我一个人就行。

　　第二天会早早地醒来，也或许仍可以称之为夜。我看着窗外的月亮，看着它一点点地移到窗子的另一边。在淡淡的月光中，墙上那只丢了秒针的老挂钟，始终那么执着地、一步一步地、滴答滴答地响着……

　　回来时，人在天上，看着蓝蓝的天空，以及飞机下面的大片大片的云层，忽然有一种极度恍惚的感觉，很想纵身跳下去，让自己陷入柔软的棉花一样的云朵中。

　　人在天上时，也会忽然想到很多。想着迷路时所有记忆的恍惚，想着梦里的世界与现实的世界到底哪一个才是真的，想着一个人痛苦的感受最多会停留多久，想起高更的那幅画，我们从哪里来，我们是谁，我们又将到哪里去……

　　很多不着边际的幻想，那些无时不在的哲学命题，它离我们很近，它离我们很远。我们在现实中生存，就那样一天一天地过着，生老病死，柴米油盐，喜怒哀乐……

雨停了。再次定好了五一回家的机票。母亲的声音有点小，她说，你别总是往回跑了，你回来看看我也是这样，又浪费钱，又耽误你工作。

我说了一句有些莫名其妙的话，我说，杭州总是下雨，我也想回来呆几天，看看太阳。

初 夏

当窗外那棵树开出第一朵花的时候，夏天就到了。

那是一种大大的白花。那棵树和我的距离，不是很远，也不是很近，我总是能够在花开的最初一些天，数得清花开几朵。一朵，两朵，三朵……于是我每天都会看看那棵树，看看它开了几朵花。

当盛夏到来时，它的花越来越多，挨挨挤挤，一片喧哗，就再也数不清了。

此时。

此时我看着那棵树，看着树上的十几朵花，它们在阳光下白得醒目。不知道它的花瓣到底是怎样的，有着怎样的花蕊。

鸟儿唧唧地叫着，在一棵树和另一棵树之间飞来飞去。一只猫出现在屋顶上，悠闲地，从一端走到另一端。

这世间万物，各有存在，各有悲喜，各有自己关心的角落，各有自己要做的事儿。

我想着这眼前的，猫的世界，鸟的世界，树的世界。

而一个世界和另一个世界之间，总是发生着这样那样的关联。一如我们的存在和当我们的灵魂离开我们的肉身，到另一个世界时，与这个世界之间的信息传递，那是一种神秘的力量，是一些美好的记忆，是爱永存。

那天夜里梦见了奶奶。奶奶背对着我，正一个人在灶前忙碌。我似乎仍然是一个孩子，我从外面归来，一进屋看到奶奶，惊喜不已，一下子就扑过去抱住她，口里喊着："奶奶！奶奶！……"

奶奶离开我们十多年了。每次想到奶奶，都会感到无比的温暖。

奶奶的那双大手，在冬天里总是热热的，她时常把刚跑进屋的我们的小手拉过去，攥在她的大手里，焐着。

奶奶喜欢花儿，院子里便专门设了一个花池，里面种了很多我叫不上名字的矮小的花；而院子的四周，则种了一圈向日葵或者格桑花，于是从春天一直到整个夏天，院子里总是有各种各样的花儿开放……

接了几个电话，思绪便被一件件琐事拉回到现实中来。在工作中我表现着另一个自己，像一只猫，在懒洋洋的状态中，忽然醒来，抖抖身上的毛，而后进入另一种状态。

只是我更喜欢这远处的山、窗外的树和跳跃的鸟儿。

忽然想起，刚才走在屋顶上的猫，嘴里似乎衔着什么，是一只鸟儿，还是一只小老鼠呢？

小老鼠还是猫的，猫也还是小老鼠的。

很多东西都在变化，那些过去的极具生命的言语，像夜里不远处的明灭的灯光，忽然闪现。

轩轩的眼睛患了炎症，看书久了会流泪。那天晚上，我提议继续读书给他听，像他小时候那样。

他高兴极了。

"这是正午的时候，孩子们游戏的时间已经过去了，池中的鸭子沉默无声。牧童躺在榕树荫下睡着了。白鹤庄重而安静地立在檬果树边的泥泽里。就在这个时候……"

泰戈尔的《偷睡眠者》，是不是特别美呢？

轩轩听着故事慢慢睡着了。或许在他的梦里，他也正跟着我的声音，听到"仙女的脚环在繁星满天的静夜里叮当地响着……"

今天母亲问我，你五月节回来吗。满怀期待。

我说回来。

五一时我和姐姐在家。在我要走的头一天，母亲挽留姐姐，要么你再多待几天。

我对姐姐开玩笑说，妈依赖你，留你不留我。母亲说，知道你工作忙，你回来了我心里亮堂。

办公室里养的几株花儿都越长越好了。绿萝一直那么绿着，有着勃勃生机，只是栀子花的花骨朵一直打在那里，近两个月了，迟迟不开。

我以前总是说，我喜欢草胜于花儿，因为草的静默和朴素，生命力比花强大。但当买了一盆花儿回来，便并不满足于只是看到它的叶子了，而总是会盼着它开花。看到花开时，也总是会有更多喜悦。

由此，有些言语仅仅是当时的一种心情，一种表达。

你别信。

风　筝

窗外忽然响起一片"沙沙沙"的声音，不知是风吹树叶，还是知了的叫声。我扭头看了看，那些树叶都在阳光下一动不动的。多日的雨后，终于迎来了真正炎热的夏季。

只是你听，又是一片"沙沙沙"声。这声音是如此熟悉，是老家院子里的那片小白杨在风里的声音。

我们一起坐在那片树荫里，阳光透过树叶落在地上，斑驳一片。我们简短地说着话，或者什么也不说，就那样坐着。无法描述我们有着一种怎样的心情，是悲痛，是解脱，或者什么都不是，只剩下麻木的空白……

经过多日的病痛的折磨，母亲安静地去了。她和父亲一起，重新在天堂里做伴。

我坐在窗前，坐在小树林里，看着长长的院子，呆呆的。母亲已经下葬，前来吊唁的亲人们都回去了，我和叔叔以及姐姐还将多留几日，和哥哥弟弟一起，彼此安慰，共同度过那接下来的几天，直到母亲的头七烧完。

六岁的小尚儿一直跟着我，让我陪她玩。我带她到外面去采野花。

院外那无边的田野还和往年一样，种满了各种各样的庄稼。我每次回去，都会和母亲一起去田里走一走，夏日里看着荞麦花儿开，或者谷子抽穗，冬日里拾起豆荚，会看到有豆子从里面蹦出来。

有时母亲会站在那里，向北看，远远的那边是父亲的坟墓。母亲不说话，就那样看着……

尚儿和我说，我们去摘沙果吃吧。

院子墙角的那株沙果树，是母亲亲自栽的，它兀自开着自己的花儿，结着自己的果子，现在它的果实还是青青的、酸酸的，到了夏末秋初，它就会变得红彤彤的，摇曳着一树风光。母亲会说，看我这棵果树长得多好。

尚儿说，我们去抱小狗好不好。

家里的大白狗生了六只小白狗，一个月大，被亲戚抱走了四只，还有两只。两只小狗如往常那样在院子里奔跑，彼此娱乐，互相纠缠。我和尚儿每人抱一只小狗在怀里，在空荡荡的院子里走来走去，我的心也空荡荡的……

整理母亲的遗物。在她的箱子底儿，看到很多六七十年代的粮票、布票，一些发黄的老照片，母亲的裁剪书，书里夹着很多纸质鞋样儿，父亲的刻章……这些小小的物件，我一一收好，带回杭州……

二哥翻着一些影集。有两套影集是父亲母亲来杭州的时候拍的。

母亲站在花前，一手攀着花枝，笑着；

父亲坐在跷跷板的一端，另一端是我，我们笑着；

我挽着父亲的胳膊从茶园的小路上走下来；

我把我的墨镜给母亲戴上，那一刻我在说，妈，你特别像一个教授呢。

……

这些，都成了回忆，我再也不能和他们一起了，不能把我的快乐幸福点点滴滴向他们汇报了。我说，爸，我被录取了。我说，妈，我今天做了花卷儿，他们说特别好吃。我说，爸，我们买房子了。我说，妈，我怀孕了，不知道他一个多月能有多大了……

　　思绪总是回望。在那条路上，那张照片里的我双腿岔开站着，双臂伸展，左右分别是我的父亲母亲。我傻傻地笑着，那个样子像极了一只大大的风筝。

　　而如今，那条一直牵着我的长长的线已经断了，那许多年来每天的牵挂，忽然便飘在空中，变得无处可去……

你想我了没有？我想你了

《冈仁波齐》是一部非常缓慢的影片，确切地说是一部纪录片。它真实地记录着十几人一千多公里的朝圣之路。从出发到抵达，一路跟随他们的脚步。在这个队伍中，有男人，有女人，有老人，还有一个九岁的小女孩。他们简单、纯朴、真诚，彼此信任和给予。他们走在路上，心无旁骛。影片让我们对一种文化有了更多的了解、理解，并会感动而充满敬意。

电影中的很多片段，我都印象深刻。在离家几月之后的一天晚上，大家围坐在帐篷里休息时，小女孩给她的奶奶和哥哥姐姐打电话。她先后与他们说着同样的简单的话：

"你想我了没有？我想你了。"

一个"想"字，把距离遥远的亲人们紧密联系在一起。无论在哪，即使是一个人，也不会感觉孤单，想念就如风筝的线，轻轻地牵着你，让你无论置身何处，都会有一种温暖的感觉，有一种力量。

我们都在被我们的亲人们惦念着，也惦念着他们，特别是我们的父母。只是我再也感受不到父母的殷殷切切的叮嘱和让我们回家的渴盼了……

母亲去世后的那个冬天，腊月。那天上午还在上班中，叔叔忽然打来电话，问我，今年过年回来吗。

我说不回了。一句话没有说完，便忽然流出了眼泪。这是我自己也没有想到的，叔叔的电话让我有一种猝不及防的感觉，他以父母的角色询问着我，让我有了瞬间的脆弱。

叔叔说，嗯，那就别回来了，这老远来回折腾，反正明年暑假还回来，咱们这今年冬天特别冷。

叔叔继续又问了我一句什么，我哽在那里，一下子说不出话来。调整了一下情绪，和他说了几句。他感觉到了我声音的变化，说，那先别说了，好好上班吧。

在我读大学的时候，第一个寒假回家，母亲问我，你在那想家不？
那时家里还没有电话，最多是给家里写两封信。

我看了看母亲，我怕她为在遥远外地的我担心，也总觉得说想家是一种脆弱的表现，就说，不想。母亲继续追问，那你就一点都不想？
我当时并不明白母亲的心情，继续嘴硬，不想。

几年后的某一天母亲又问了这句话。我看着母亲眼角越来越多的皱纹，知道我们之间很多东西已经悄然在发生变化，从她惦念我，变成了我惦念她。

于是我老老实实地说，咋不想呢，但和以前的"想"不一样，以前是感觉在家里最自在，娇生惯养，现在总是很惦念你和我爸。

母亲笑了，说，惦念我们干啥，不用惦念，这家里都挺好，你好好把自己管好就行了。

但我从母亲的笑容中知道，她满足于我的惦念。

后来有个邻居家里装了电话。我偶尔会把电话打到他们家里，麻烦他们喊一下我的家人。每次都是母亲去接电话。我在电话里和母亲说着，问问家里每个人的情况，甚至每个小动物的情况。姐姐如是。

时间久了，父亲有点不开心了。有一天他终于和母亲翻脸，说，两个丫头打电话来，都是找你，都是你去接，她们心里就没有我这个爹了吗。

我和姐姐知道后，笑了，同时也有点心酸，我们大意地忽略了原来父亲也老了，那个最不愿意表达感情的人、最不愿意唠家常的人也开始像小孩子一样从形式上在意子女对他的在意了。

那次之后，我和姐姐转变了做法，尽量和父亲母亲轮流说话。

《冈仁波齐》。特别喜欢电影中那个小女孩那么直接的表达。

你想我了没有？我想你了。

一递一回，心心相印。

我们时常在情感中变得含蓄，特别是在亲情中。我们很少表达自己对他们的爱，但是他们的内心其实是非常需要的。

你想我了没有？我想你了。

很多情境中的表达。

每个人的内心都可能经历除了亲人朋友之外的另外的想念。它无法言明。也可能会短暂而逝，但切实存在。只是无法递出那样的一句话：

你想我了没有？我想你了。

一个村庄的记忆

一

　　去年回老家，是六月。因各种意外的辗转，近家时已是凌晨三点了。是时天边开始泛白，远山高低起伏着，渐渐有了大致的轮廓。我给家人打电话，要他们去路口接我。本不想过早地吵醒他们，只是我怎么都没有找到通往家门口的那条小路。

　　整个村庄搬到山顶上已有十多年了。十年中回去多次，却总是无法知道家的确切位置。我的记忆似乎对它有了一种本能的屏蔽，总是想不起，总是忘记。我熟悉的，我怀念的，依然是山脚下那个原来的小村庄，那个我长大的地方。

二

　　小村庄亘古久远，谁也说不清它已经存在多少年了。村庄北面靠山，东西两侧各有一条羊肠小河，我们俗称河套。儿时时常和小伙伴们约起：是去东河套玩还是去西河套？

　　东边的小河窄而温和，浅浅的，它一直向南延伸，经过我们的小学。在冬天，我们时常会一路滑着冰上学去。西边的小河河宽水深，是男孩们夏天游泳的好地方。

　　那时的河水清澈见底，绿色的水草飘摇，鱼儿游来游去，鹅卵石静静地卧在水中，青蛙从一块石头跳到另一块石头上。那时的水极其干净，路过的人口渴了，随时都可以蹲下去捧一口水喝。

村子的南面有一片树林，沿着西河，一直绵延到另一个村庄。林中的树木以杨树居多，间以少许榆树和柳树。北方是适合小白杨生长的地方，有风吹来，杨树的叶子泛着白色的光一起"哗啦啦"地响。

春天了，我们踩着脚下软绵绵的土地，一起吹着杨树哨，看着柳絮飞，在树林里没心没肺地追逐奔跑。小草冒出嫩芽儿，带着清新的味道。我们犹如这些小草一样，在蓝色天空下，自由而肆意地胡乱生长。

夏天，雨后天晴，林里的蘑菇长得飞快，大家一起拎着篮子去采蘑菇。蘑菇的种类不多，黑色、白色、酱色、花色，小的、高的，瘦弱的、胖乎乎的。地上的青草都湿漉漉地沾着水珠，不小心被人一碰，水珠就滴溜溜滚落到地上。在有些随意的专注中，也会听到有人笑喊：哎呀，那个不能捡，那是"狗尿苔"啊！

秋天到了，黄色的叶子在风中划着优美的弧线一片片飘落，林中便有了我们扫落叶的身影。"沙——沙——沙——"那声音真好听啊！弟弟用小筐装满了落叶，心满意足地低头往回走，走着走着就撞到了树上……

到了冬天，可以打树枝了。寒风里的每个小傻瓜，都穿着厚厚的棉袄，流着长长的鼻涕，热情无比高涨地，手持一根短木棍，寻着树上干枯的树枝，看到后，用棍子对准扔过去，"啪"的一声，枯枝和棍子一起应声而落……

这个树林就在我家的门前，是我和弟弟逗留相对更多的地方。七八岁的时候，家里有一头老黄牛，我和弟弟时常会牵着它去林里吃草。炎热的夏季，它吃草时我们百无聊赖，就一起蹲在地上看蚂蚁搬家，找七星瓢虫，用小树枝追甲壳虫，那种大而黑的甲壳虫有一个惊人的名字：屎壳郎……

后面的小山也是我们的乐园。虽然它总是生长着极少的树，极少的草，但蚂蚱和野花在每个夏天都会如期而至。我们坐在半山腰上，看着眼下的这个小村庄。它被两条小河环抱着，静静地卧在山的脚下。一切都郁郁葱葱的，那些红色或黄色的屋顶，那些红色或黄色的院墙，与绿色的树木一起，映衬在橙色的落日的余晖中，使整个村庄看起来如诗如画。

我们就那样坐着。透过未被树木遮蔽的一角，辨认着每一家每一户，猜着某个院子里时而出现时而隐没的是谁的身影。已是傍晚，炊烟四起，大人的呼唤声传来，该吃饭了。站起身，一溜烟地向山下跑去，向那个长长的院子跑去……

三

长长的院子，高高的院墙，是每户人家的共同特点。院子里也都会有一个菜园，菜园四周是窄窄的矮墙。我们总是喜欢坐在矮墙上，弹着小腿，看着大人们干活，或者无所事事地在墙上走过来走过去，有时觉得不过瘾，开始加速小跑，会一下子失去平衡，摔下墙去……

院子左右还设有厢房和猪马牛羊圈、鸡鸭鹅狗窝。每天天一亮，炊烟袅袅升起，整个院子便开始变得热闹非凡：小猪哼哼着，马打起了响鼻，小狗追着公鸡满院子奔跑，刚出生不久的小羊咩咩地叫。

房前东西两侧的老榆树，一声不响地看着这些。它们是记忆里不可或缺的一种存在。早晨醒来时，阳光上了炕，老榆树的影子落在墙上。夏季在院子里乘凉，也总会看到月亮长时间地挂在老榆树的上方，老榆树的影子落在地上。

春天时等到榆钱儿长大，哥哥就会爬到树上折下几支树枝扔给我们。我们坐在台阶上，满足地摘着上面的榆钱儿吃。榆钱儿有一分硬币大小，椭圆形，嫩嫩绿绿的，甜甜的。

除了榆树，大部分人家的院子里都会栽上几棵果树，因土壤和气候的影响，那里最适宜种植的是沙果和杏树。

我家菜园的井旁有两棵杏树。春天里，杏花白，青杏小，蜜蜂飞，我们时常站在树下，仰头看着它们，等着它们快快长大。有时也会迫不及待地把小小的青杏摘下来，连同嫩嫩的杏核一起咀嚼，感觉着一*丝丝*的酸，一*丝丝*的苦，一*丝丝*的甜。

四

那时家家户户都会养十几只羊。每天早晨，羊倌会集合村里所有的羊到远处的山坡上吃草，黄昏时分再把它们带回各自的家。羊儿们很听话，都记得自己的家，到了自家门口就会很自然地从队伍中出列，蹦蹦跳跳地回去了。

在羊倌儿举着鞭子的吆喝声中，也会有人走出院子迎接自己的羊，或者端着正在吃饭的碗，就那样向院门口张望。

也有调皮的羊不想回家，在羊群经过自己的家时会装模作样地继续向前。羊倌儿认识每一个羊，看到后就会呵斥两声，或者用鞭子轻轻地抽打一下，它便有些不好意思地转身向家里跑去……

小羊和小孩有着同样的习性：淘气，调皮，贪玩。小孩子侧着耳，听着爸爸妈妈的对话。"今年咱们营子唱戏吗？""大伙刚商量完，过几天就唱。"小孩暗暗喜悦，一溜烟跑走了，去告诉小伙伴，过两天咱们营子唱戏呢。

戏台搭起来了。戏上演的当天，村里杀了一只羊，然后由年岁较大的老人带着一队人马敲锣打鼓地到河边祭拜，以祈求风神雨神保佑村里一年风调雨顺。

戏开演前的半小时最热闹了。戏台上紧张准备，戏台下人声鼎沸。特别是小孩子们，总是早早地搬了凳子前来，一边吃着兜里的瓜子，一边喊着叫着瞎嚷嚷着，或者围着戏台跑来跑去。

人们逐渐安静下来，好戏开始了。我们都喜欢看丫鬟小姐穿着鲜艳的衣服、戴着颤动的配饰出来赏花，看被坏人追赶的青衣伴着紧密锣鼓长时间沿着8字走碎步，我们不喜欢演员的衣服过于陈旧，不喜欢年纪过大的人去扮小姐，不喜欢老生唱得太慢，不喜欢青衣哭起来没完……

随着剧情的进展，状元回来洗了小姐的冤情，坏人被脱去了长袍跪在地上。这时戏台下开始有了轻微的骚动，戏要结束了。我们并不知道都看了什么，却也总是忘乎所以地兴奋着。

五

这个山脚下的小村庄，总是处于一片温暖祥和的气氛之中。

长辈们都有着慈爱的目光和笑容。见到我们，笑呵呵地看着，摸摸脑袋，捋捋头发，有时也会夸奖几句：这孩子，越长越好看了。

端午节，谁家包了粽子，会给没有包的那家送几个过去，大家相互说笑着推搡拉扯一番，最后收下品尝。进入腊月，每家每户都会杀猪，相互请来请去吃新鲜的猪肉，吃刚出锅的杀猪菜。

作为村长的父亲总是有着各种忙碌。准备分家的，家里有红白喜事的，两家出现纠纷的，或者不过是小夫妻吵架，都会来找他。父亲觉得那似乎就是他的分内之事一样，从来不嫌麻烦，只要有人来找，就跟着去了。

到了冬天，特别是快过年的时候，会裁剪的母亲也开始了她的忙碌。大姑大婶们总是带着布料前来要母亲给她们的孩子做衣服。知道母亲不会收下别的什么，就会在衣服做好后留下一小块边角布作为感谢。母亲便把那些碎小的布片拼起来，拼成一个个枕套，五颜六色的，也很好看。

奶奶从邻居家串门回来了，从衣兜里掏出几颗熟了的杏，尚有些青涩的沙果，或者是几块糖，递给我们。奶奶让我们把刚出锅的玉米、蚕豆等我们觉得特别好吃的东西给后街的羊倌大叔送过去，羊倌大叔是个单身汉，家里贫穷，没有父母，奶奶总是特别关心他。奶奶让我们把饭菜端着给前院的大爷送过去。大爷也是单身，因为在一场于全村人而言都有些轰烈的事件中断了脚筋，行动不便，又没有人照顾，在那一个月里，奶奶要我们每天去送饭给他。

奶奶心疼着村里好几个落魄的或者"无家"可归的人。

我家门前的那片空地，总是被我们打扫得干干净净的。晚饭后，一些人会从各自的家里走出来，聚集在这里，坐着站着，天南海北地说着。小孩们也一起跑过来，大声叫嚷着，做着各种游戏，弹杏核、踢毽子、跳绳、藏猫猫……

西河南绕，在村子的南边是青蛙蛤蟆最多的地方。每天饭后是大人们的闲聊时光，孩子们玩耍的时光，也是青蛙和蛤蟆叫得最起劲的时候。

更起劲的则是啄木鸟，它们每天一大早就"笃笃笃"地开始啄树了，好像树上真有很多虫子似的。百灵鸟就不太一样，只有阴天下雨前，它才会歌唱。

……

六

那时的日子并不富裕，但似乎总是有着无尽的快乐。也或许我们还小，没心没肺地无法感知大人们的烦恼吧。

我的所有关于家乡的记忆都在这个小村庄里，在那个老院子里。后来，除了几位老人，其他所有人都因为"社会主义新农村建设实验村"和规划水库的建设，而被要求全部搬到山顶上。

自此，人们原有的生活秩序被打乱了。大家很少坐在一起交谈，村子里的孩子也越来越少，且再也看不到他们如我们以前那样成群结队地疯跑了，人与人之间也似乎少了曾经的暖意……但不可否认，人们的生活在十几年之内发生了很大的变化，很多人家都有了汽车、电脑、网络……

　　只是新的村庄于我一直陌生，以至于我依然找不到回家的路。我经常梦到的，是那个带给我快乐的地方，是那个山脚下的小村庄，那个老院子、老房子，那些充满温情的老的一切。

　　十几年过去了，最爱我们的亲人先后离开了我们，这个我爱的村庄的所有的一切也都不在了，留给我们的，只有那些和它有关的记忆，深深地，永不忘怀……

你在睡梦里笑了

我亲爱的宝贝儿，一转眼，你就两周岁了。

妈妈刚刚知道有你的时候，开心极了。从医院出来后和爸爸一起走了很长很长的路，走路过程中打了很多很多的电话，告诉妈妈的亲人和爸爸的亲人。大姨知道后，在那边哈哈大笑。我问她笑什么，她说，感觉你还是个孩子呢，就怀孕要做妈妈了。我也笑了。

春节从老家回来，带你到医院做体检。是的，是带你去。那个时候，妈妈已经感觉到你是一个鲜活的生命了。虽然还不到两个月，但是我已经开始穿宽松的裤子了，因为我怕压着你。看着体检单，我醉了。从医院出来，我和爸爸又沿着那条路走了很久，打了很多电话。告诉姥姥和奶奶，你的小屁股已经有 3.7 公分了。

以后的每天，我都在想着你已经发育成多大了，并尽一切努力让你更加健康：买了防辐射服，不染发不烫发，努力吃一切有营养的东西，听胎教音乐，饭后每天都散步，尽量保持愉快心情……

妈妈有段时间没有上班，那些天，在家里看了一些小说。现在你这么淘气，不知道是不是因为妈妈无聊的时候重温《鹿鼎记》影响了你——你生下来便总是逢人就眉开眼笑的，走在路上碰到漂亮阿姨还会不经意地伸出手掐人家一下。

终于要生产了。爸爸和奶奶都很紧张，倒是妈妈很镇定。只是，妈妈的镇定是暂时的。下午四点出现有规律的阵痛后，远方的姥姥打电话说，别怕，最晚十二点前就能生下来了。可是，却不知，直到第二天晚上六点整你才呱呱落地。这中间的痛苦我已经记忆不深了，只记得听到你哭的时候，我笑了。

出产房的时候，发现除了你爸爸奶奶外，还有三姨和三姨夫站在那里。忽然心里就脆弱了起来，那一刻，我感到前所未有的疲惫。

你躺在你的小床里，时常扭头看着窗外。我不知道像你这么大（不到十天）是否能看那么远。你看着窗外，我看着你，问你爸爸，你说他在想什么呢？

也有时，你在睡梦中忽然就笑了。

你满月的时候，给你剃了满月头，并做了胎毛笔，就是现在你整天把玩的那支笔。你有点早熟，一个月就能伏在爸爸的肚皮上看着我笑。两个月的时候，能伸出左手和妈妈玩"斗斗虫"，伸出右手和妈妈玩"你拍一，我拍一"，而且，各手有各手的分工，绝不混淆。

三姨到家里看妈妈，你伸出小手和她拍。三姨很惊讶。后来，三姨也有了自己的宝宝，她对妈妈说，我越发地感觉到轩轩各种认知能力都有点早。

三个月的时候，你知道了去外面玩耍的路。奶奶抱你去小区内部的小公园，你总是把身子向街道方向挣得远远，无奈之下奶奶每次都带你去逛外面的商店。于是，你时常对着服装店、药店、鞋店、理发店、超市等所有你所到之处的阿姨笑。于是，你便开始在小区里小有名气，并有了个外号：皮皮。

有时，妈妈到外面去找你和奶奶，时常会被告知你们的所在。我奇怪，怎么那么多人认识我。

四个月的时候，妈妈带你去参加亲子俱乐部。因为你能熟练地配合阿姨的"金勾勾，银勾勾，两只小手勾一勾"做动作而得到了阿姨的赞扬。妈妈也很高兴。但是，以后的几次课，你总是上课就睡觉（妈妈怀疑，这六姨也没来看你啊，你怎么随她呢），下课了就开始异常活跃，不肯离开那个需要给其他小朋友腾出的场地……

在这个月，你学会了翻身，并趁奶奶不注意，翻到了地板上。妈妈下班回家的时候，看到你脑袋上的大包，心疼得流泪了。以后，你又摔过多次，妈妈就已经见怪不怪了，笑着告诉你，没事。

六个月的时候，你学会了坐。一次下班回家，妈妈看见你正穿着一件蓝色的小上衣，背对着房门，独自一人坐在五颜六色的地板块上玩玩具。妈妈上前轻轻把你抱住了，你的小身子特别柔软。你转过来，朝妈妈笑，然后示意妈妈教你读地板块上的各种小动物。

每天晚上推着婴儿车带你出去，你坐在里面，也会不时地回头仰面向我笑一下。我就把头探上前和你互动。

八个月的时候，你学会了爬。每天你都要妈妈和你玩追爬游戏。呵，宝贝儿，你爬得太快了，妈妈膝盖很痛，总是追不上你。追不上你的时候，你就停下来，回头笑着等妈妈，然后看妈妈要追上了再"噌噌"地爬走……这个时候，舅舅来了，开始对你进行他所谓的启蒙教育。舅舅的教育就是学"人猿泰山"，长长的一声嚎叫。然后，不管别人问你猫咪还是小狗如何叫，你都学"人猿泰山"叫一下。以至于爸爸"愤愤"：这启蒙教育太重要了！

九个月的时候，流了那么多口水之后，你的小牙终于出来了。你一笑，两颗小牙就露了出来，特别好玩。妈妈好高兴啊，这可是全家都期待了很久的大事啊。

周岁的那一天，你生病了。妈妈抱着你，摸着你的发烫的额头，没有任何心思去为你准备一个生日。爸爸那两天在出差，家里来了几个爸爸老家的客人，他们用自己的方言交流着，妈妈与你沉默着。

吃饭的时候，有人敲门，却是在外面出差的舅舅赶了过来，手里还拿了为你买的电子琴。你开心了，瞬间活跃起来，在电子琴上不停地敲啊敲。我本来很内疚那一天没有准备什么礼物给你，舅舅的到来让妈妈忽然宽慰了很多，舅舅的电子琴也让妈妈少了些内疚。那一刻，妈妈把你交给了舅舅，去了洗手间，偷偷地擦眼泪。

在你十二个月零八天的时候，也就是中秋节那一天，妈妈抱你到楼下看完月亮后回屋吃饭。在饭桌上，你忽然就站在自己的小椅子上给大家表演节目——咚咚嚓嚓地跳舞！所有人都惊呆了，那一天，你向大家宣布，你已经会站了！

10月1日，你十二个月零二十一天的时候，爸爸和妈妈带你到电影院大厅玩耍，在那里，你学会了走路，从妈妈这边走向爸爸，然后再从爸爸那里走向妈妈。妈妈和爸爸特别开心，不停地唤着你，不停地让你那样咯咯笑着扑过来扑过去的……

你说话有点晚，十八个月的时候，你才清清楚楚地说"妈妈"，但是，你进步很快，一旦会说了，就短时间内能说很多字。

二十个月的时候，你开始说你要娶两个媳妇，一个丢丢，一个小萌。而丢丢是你相对比较钟爱的，你们总是在一起玩耍，一起吃饭。你看到她时会亲她一下，她也会在你哭了的时候拥抱你，给你安慰……呵呵，等你长大了，妈妈告诉你这些，你是不好意思呢，还是"呵呵"地笑呢？

哦，我的宝贝儿，现在，你已经整整二十四个月了。

你现在会很多童谣，会唱很多歌，会从一数到十，能认识依然是三个月前认识的那十几个字。

会自己打开电视看节目，会自己拿筷子，会于奶奶做饭时帮奶奶洗菜，会拿着抹布细细地擦你自己的小床，会学着爸爸的样子到厨房某个柜子里拿了斧头、钳子、扳子，在你小床上敲敲打打，煞有介事地进行修理。

你依然尿裤子，你会去抢小朋友的玩具和零食，你会忽然把水果扔了一地，你会拿了颗葡萄塞在妈妈嘴里，你会兴冲冲地给妈妈送来一块西瓜，你拉着妈妈的手要求同你一遍一遍地数星星，你会在爸爸"OK?"后回答"不OK"。

你会在说完某句话后忽然笑着更正说"轩轩是笨蛋，轩轩说错了"；有时你也会害怕，你会忽然地就抱住妈妈的脖子说"怕"……

宝贝儿，还有四天你就两周岁了，两周岁，你便又跨入了一个新的阶段。

你告诉妈妈说：妈妈是大人，轩轩是小人。

我笑，要你将奶奶教的"小人"改为"小孩儿"。

我时常拉着你到小床前量一下你的身高，每次你都很配合，做立正姿势，背紧紧地靠在小床上，然后妈妈在那里用指甲轻轻地划一道线。

昨天，我们又去划了一道，发现，我的宝贝儿，你又长高了一公分……

妈妈爱我是最美好的

2004 年 9 月，你终于哇哇大哭着来到了这个世界。那一刻的你皱巴巴的，小样子的确一点也不好看。我看着你笑了，我亲了亲你，哦，我的宝贝。

尔后的几天，你躺在我身边，总是会无比好奇地看着窗外。你有时会微笑，有时会忽然满眼的忧伤。你看着窗外，我看着你，哦，我的宝贝。

一个月的时候，你趴在那里能够抬起头；两个月的时候，你学会了拍拍手；三个月的时候，你认识了去外面的路；四个月的时候，你能够自己翻身了；六个月的时候，你学会了坐；八个月的时候，你学会了爬；九个月的时候，你的小牙出来了；在十二个月的中秋节这天，你站了起来。

你说话有点晚，十八个月的时候，你才开始说"妈妈"，但是，你一旦会说了，短时间内就忽然能说很多字。比如你会盯着我的睡衣和浴帽说："妈妈，好漂亮！"会在吃饭的时候小心地用手碰了碰鸡块，问："妈妈，轩轩用手抓了吃，好不好？"

二十三个月，你会数数了。你喜欢掰着手指头数家里的人。五个手指一个一个掰过去：爸爸、妈妈、奶奶、破舅舅、轩轩！

两岁半的时候，你开始了你的幼儿园生活。你那天很兴奋，一个鸡蛋都没有吃完，拿起一袋牛奶就率先跑出去了。但是没忍到放学，你还是哭了。我去接你回来的路上，你一边抽搭一边给我讲幼儿园的种种。

第二天，依然是我去接你回家的路上，你告诉我说："在幼儿园，我老哭。"

我笑问："为什么老哭啊？其他小朋友哭了没有？"

"涛涛没哭，天仪没哭，就我哭呐。"你奶声奶气。

我继续笑："你是男子汉了，不能动不动就哭的，知道么？别人都不哭，就你哭，那多不好意思啊！"

你有点骄傲地大声回答："好意思滴！"

你总是语出惊人。

三周岁的一天，我们去农庄的路上，你喊热。你一边开大车窗一边说："风要是再大点，把太阳吹跑了就好了，就不会这么热了。"

你说，"啄木鸟要是能上网，查一查哪棵树上有虫子就好了"。

你说，"这枝柳条垂下来，像是要和我们打招呼似的"。

这个时候，你也开始懂得了体贴妈妈。每天在我准备去上班时，你都会跑到你的房间拿一包麦片出来塞到我包里，同时叮嘱道："妈妈，你到单位就吃了啊！"

这时你也总是经常铿锵有力地说："我是——妈妈的——好——兄弟！！"

你特别爱笑，一笑就把嘴咧得很大。舅舅评价你说：一笑，满脸都是嘴。

有时你也会为生小孩儿的问题伤透了脑筋。时常趴在椅子上闷闷地说："我也想生个小孩儿。"

你给"美好"下了最美好的定义。

"宝贝儿，在你的心里，你觉得什么是最美好的？"

"妈妈爱我是最美好的。"

"那么你最喜欢的是什么？"

"我爱妈妈是我最喜欢的。"

你的老师告诉我说："你的儿子真的是非常非常善良，你千万不要以为他是软弱。"小朋友打你，你选择逃开。舅舅问你为什么逃，你说，"如果不逃，我就受伤了"。"那你为什么不打他？""我打他，他就受伤了，我和他是好兄弟。"

四周岁，你总是喜欢问一些稀奇古怪的问题。

你问："妈妈，等我们都死了，我们的房子车子怎么办？"

你给了街上乞讨者一块钱后，问："他如果要不到钱，怎么办呢？"

你不满地问："你不给我买零食，那赚那么多钱干吗？不如扔了算了！"

你也会对未来充满幻想，时常会有些惆怅地说："妈妈，我想也让你回到六岁（这时你已是六虚岁了），这样，你就可以和我一起长大，以后我就可以和你结婚了。"

这个时候，你也开始了自己在一个房间睡觉。

五周岁时，虽然我们从来没有教过你，但你已经认识了很多字。

这时你也总是喜欢我写信给你。一封信读完你总是得意而快乐，意犹未尽地说："妈妈，你再给我写一封吧。"

"你该去睡觉了。以后再给你写。"

"妈妈，写一封短的，我读完就去睡。"

我说好，于是在电脑上马上打出一行字："轩轩，我亲爱的宝贝，你该去睡觉了。"

你看后哈哈大笑。

这个时候的你慷慨又抠门。有一天你看到我在摆弄那些项链手串，就很高兴地说："妈妈，这个送给我好不好？等我长大了就把它送给我的老婆……我就不用再买了！"

依然体贴。过栈桥的时候会来牵我的手，说，保护妈妈。

对待教育小孩也有自己的独到见解。那次你问舅舅："等你有宝宝的时候，如果他调皮，你会不会打他？"舅舅说："打！狠狠打！"

你说："你不要打他，我教你一招，你就罚他站！罚五分钟。"

开始考虑生与死。你说，"妈妈，我要永远和你在一起"，并继续说，"即使你死了，我也要和你在一起"。

不过还没待我说什么，你又说："不过如果你死了，我觉得我自己还是能辅导自己做作业的。"

你也时常和我说："妈妈，我真的不想死啊！"

六周岁生日的时候，我偷偷问你许了个什么愿，你趴在我耳边告诉我："我许的是：长生不老——"

那段时间你除了对生与死着迷，最让你着迷的当然是电脑。

"妈妈，你的梦想是什么？"

"我的梦想啊，我现在的梦想就是希望你永远快乐。"

"我的梦想是整天玩电脑。"

然后，你上了小学。你成了一名小学生。这个时候，你开始了你最爱的羽毛球。你也会念着乱七八糟的顺口溜："一年级的小鬼，二年级的贼，三年级的美眉跳芭蕾，四年级的帅哥真臭美，五年级的作业满天飞，六年级的学费真他妈的贵。"

下课了，你们依然是男孩女孩一起玩。你说："一下课，那些女孩子就来追我们，我们就跑，她们一起跑过来抓住我，都差点把我拉成好几块了。"

"她们是不是特别喜欢你啊。"

"不知道。她们总是来抓我，每次我都很惨。"

二年级，你和同学们有着越来越深厚的感情，特别是和同桌。

你告诉我说："中午发的水果我都不吃，都给我同桌吃。"

"你自己怎么不吃呢。"

"我不想吃，她喜欢吃我就给她，她从家里带好吃的也总是第一个给我。"

你的同桌也在一年级结束的时候写了一个大大的贺卡给你，上面写："我最爱轩轩了！"

这一年你的羽毛球水平也突飞猛进，教练认为你可以打进杭州前四，虽然最后是第五，但你也非常开心。

三年级。有女同学来家里玩并留下吃饭，她告诉我说："我们班有很多女生喜欢他。"

"嗯，你是怎么知道的？"

"有些是她们自己说的，有些是凭我的直觉，也就是第六感！"

并点评你说："他嘛，第一，他比较帅；第二，他体育超好，几乎都是第一；然后就是比较能忍，受伤了也一声不吭；还有就是宽容，勇敢"，并把五指伸开在空中，"就这五大点"。

四年级，你开始了你的架子鼓生涯。你说你一敲错，老师就会用鼓棒轻轻敲你的头。你有一次对老师说，"老师，你不要敲我的头，你敲这儿"，你指了指自己的脖子。头天晚上你睡落枕了，说被老师敲一下会很舒服。

下课的时候，你们不再和女孩子一起撕扯、玩闹，开始对男生女生的界限有了懵懂的认识。你说，"我们都不愿意和她们玩了"。

五年级，你成了学校的升旗手。爸爸说，"儿子，我为你自豪，因为这是我小时候的心愿"。你笑了。

你体育成绩非常好，全年级综合素质测评第一名——你一直是那个淘气的小猴子。

六年级了，你依然那么快乐，也依然有很多自己的烦恼。

有一次你问我："如果班级的事和学校的事发生了冲突，你应该以哪个为重？"你为了不耽误下一节课活动中的升旗，在数学课上带领护旗队的同学们去满校寻找那个不知道被谁拿走了的升旗的工具，而被数学老师批评，你有点不服气……

你也会愤愤地说："三班那个老师，自己班不管，总是来管我们班。"因为那天你又陪着好友受罚了。我听了大笑。那位同学非常调皮，总是因在课间操或体育课上胡闹而被罚跑几圈，你作为体育委员，会一并被罚，因为老师说你管理不善。

我告诉你说，这些都是非常有趣而珍贵的经历，以后你回头想想，恰恰是这些插曲让你记忆犹新，让你觉得学习生活丰富多彩。

现在，你已经小学毕业了，马上就要跨入一个新的阶段。作为一名初中生，你应该会更帅更酷，依然坚强勇敢自信，依然执着坚韧，依然真诚善良大度友好，依然喜欢帮助别人，依然经常哈哈大笑……同时，你也可能会迎来你的青春叛逆期，我有点小心地等候着。妈妈希望能够一直是你的朋友，我们一起聊着知心话，聊你内心的快乐和烦恼，聊你喜欢的女生和男生，聊你喜欢的书和音乐，聊你听来的那些无厘头的话和你们班级有趣的故事……

同时，最主要的，是妈妈希望你无论在哪个阶段，都能够保持你的快乐，能够自在地成为你自己。人生路上有很多选择，或许，怎么选择并不重要，更重要的是每个人都应该按照自己的选择好好地走下去。相信在公办初中的你能够更好地发挥你的优势，而成长为一个全面发展的、有着优秀品质的、在成绩上能更上一层楼的——帅大轩！

母亲的训斥

妈妈在外屋一边生火一边喊着哥哥，军，你去煤屋子给我铲点煤来。

噢，知道了。正在看电视的哥哥闷声应着，人却没动。

妈妈等了一会儿，说，快去吧，我这忙着做饭呢。

哦，马上。电视里的猫和老鼠一个跑一个追，正闹得欢腾，我们都看得入迷了。

又过了一会，妈妈生气了，提高了声音，那咋还不去？啥事三遍两遍支使不动。

哥哥悻悻地走出了房间。

妈妈看着他的背影，说，这一让干点啥活，脖子后都是气。

但如果是我们几个都能干的活，哥哥有时就会支使姐姐，姐姐就会支使我。那时候似乎大一点的都有一些权威性，一旦发出指令，小的就也不敢违抗。弟弟还小，我就只好闷头去干。

干得多了，母亲就发现了这个规律，有些事，与其喊老大，不如直接喊老三。

所以，那时在家里，要说最麻利、干活最多的，就是我了。

然后，就成了习惯（也可能是天性），只要妈妈一喊，我就立马回应并去干活。

多年以后侄女小雪慢慢长大，我回到老家发现她和当年的我一模一样。越是干得多，大家越是支使她，因为别的孩子使唤不动，就专挑那好使唤的。稍有怠慢，还会挨说。我就愤愤不平，说，"雪，咱不给他们干"。雪就龇牙一笑，露出两颗好看的小虎牙。

父亲作为一家之主，几乎很少做那些琐碎的家务。而与小时候的我们相关的，也无非就是那点家务了，扫院子，推碾子，压水浇园子，抱柴火，拉风匣，捡鸡蛋，喂猪，圈羊，给马放干草，给小鸭剁食……所以，在我们的心里，时时刻刻都可能会被母亲召唤，任我们怎么躲，也逃不出如来佛的手掌心。

而且，不可思议的是，母亲还总是在我们感觉最不恰当的时候喊我们：

皮筋跳到一半，纸片子刚输了二十个，打跑球没有我怎么行呢；电视正上演到关键的时候，米老鼠和唐老鸭正在斗智斗勇，聪明的一休哥刚在脑袋两边画了两个圈想出了一个主意，恐龙特急克塞号刚刚做好一级准备还没发射；一本小人书刚好看到兴头处，刘郁芳长剑一指正要出发……

所以母亲一喊干活，我们心里就都老大不乐意。

不乐意了就会反应慢，反应慢了就会挨训，挨训了就会更不高兴。有时我们不免在背后嘀嘀咕咕："你说是爸好还是妈好？"

并一起得出了一个结论：爸比妈好。

等我们长大一些，才开始知道体谅母亲，才知道她的辛苦和各种不容易。慢慢地，当我们越来越强，感觉父母就越来越弱了。这种"弱"，是情感的逐渐流露，是不舍的目光，是鬓角的白发，是不知所措的担忧，是她看着我问："你在外面，想不想家"……

那天夜里做了一个梦，梦见和母亲一起在田野里干活。确切地说，是母亲在干活，我在一旁看小野花儿。不知道梦的出现是与哪些因素相关，那几天我并没有过多的思虑，或许，是母亲想念我了，所以托梦给我吧……

在梦里，我依然是那个十多岁的孩子，站在那些小野花面前，似乎只比它们高出一点点。我每一朵花都挨个看着，那么小的一朵，在风里摇曳。

而花朵在我的梦里一会模糊一会清晰，就像在我的镜头里对焦时的样子。

那个场景非常美好。远处的山朦胧一片，远处的树也是，以及脚下的那片黄色的土地。

清晰的，只有那朵小野花儿，以及，弯腰干活的母亲和站在那里看花儿的我……在母亲身边，我感到无比安宁……

整个期间，我没有说过一句话。母亲也没有说过一句话。

我们在静默中忙着各自手中的事儿。母亲弯着腰，可能是在薅草，也可能是在割着什么。

如果我开口说话，我或许应该是说，妈，这个花是什么花儿。

或者，我可能会问，妈，咱们什么时候回家啊……

小时候的五月节

早晨，当我们醒来时，母亲已经忙碌一两个小时了。

院子里也早已热闹起来。马儿吃完料草，满足地打着响鼻。小狗"汪"的一声发出吠叫。羊已经被村里的羊倌儿赶到山上放牧去了。母鸭带着一群毛茸茸的小鸭，在院子里"嘎嘎嘎"地叫着从一边跑到另一边，小鸡有点晕头转向地跟随。

过节了。五月节。我们多天以前就一直盼望的日子。

想必小动物们也都感受到了节日的气氛，而都有些兴奋起来。

五月节即端午节。喜欢五月节这个叫法，它与我们身上所穿的棉布衣服是相称的，与低矮的花墙、菜园中的水井、刚刚搭起的黄瓜架是相称的，与屋檐上的燕子窝、窗前的老榆树是相称的，它凝聚了那片土地的朴实，有着温暖的乡土气息。

吃完早饭，奶奶喊着哥哥，去树林里撅点柳树枝子回来吧。哥哥爽快地应着，带着弟弟走出了家门。树林就在我家门前不远处，里面大多是杨树，也有几棵是柳树。林里啄木鸟很多，每天早晨，在我们还未起床时，就响起啄木鸟"笃笃笃笃"啄树的声音了。

他们很快就回来了。哥哥抱着一大抱树枝走在前面，弟弟拿着两根柳条蹦蹦跳跳地跟在后面。哥哥完全被树枝遮住了，我一直看着，感觉有趣，那是一棵移动的树。

五月，杨柳的叶子早已长大，绿油油的，在清晰的脉络中，散发着微苦的清新的气息。

把枝条三两成束，挂在外屋的门框上，挂在厢房的门框上，而后，把纸做的葫芦挂在树枝上。葫芦是我们自己折的，大的小的，胖的瘦的，鲜艳而可爱。

母亲和奶奶在外屋包着粽子。我跑过去坐在一旁，津津有味地看着。

粽子叶在她们的手里叠加翻转，成三角形漏斗状。放进去一勺黄米，再放入两个大枣，然后把粽子叶交替叠紧，最后再用线缠住，一个粽子就完成了。

"妈，我也想包一个。"母亲同意了，并一步一步地教我包粽子。

费了很大的劲儿，我包的粽子松松散散，完全不成形。

"妈，我再包一个啊！"

母亲笑着说我："你可别在这霍霍了啊，快出去玩吧！"

我不走，继续看着，问母亲："这粽子叶是用什么做的？是从哪里来的？"

但母亲忽然忙于和走出房间的父亲说着什么，没有回答我。于是粽子叶的来源便成了我多年的困惑。

前两天和姑姑说起，她说，那时用的粽子叶应该也是竹子的叶子，外面用来绑的绳子是山上的马莲，现在大家都不用马莲了，开始用尼龙绳了。

马莲，是不是儿时那个童谣里的马莲？我们经常拉着长长的腔调，高声喊着：

"一个键，大家踢，马莲开花二十一，

二五六，二五七，二八二九三十一……"

　　奶奶准备了很多五彩线，白绿红黄蓝，给我们系在手腕上、脚腕上。五彩线又叫长命线，据说在五月节这天戴上五彩线，可以长命百岁，驱邪避毒。

　　我抬起胳膊端详着它们，真好看啊！抑制不住的喜悦和骄傲，一溜小跑，跑出了大门外。

　　那里已经有几个小孩在玩了。我伸出胳膊给她们看，问道："你们拴五彩线了吗？看我的五彩线，我拴好五彩线了。"

　　她们也都一一伸出胳膊，或者伸出小脚丫，相互比较、炫耀。

　　多好看的五彩线啊！心里好几天都美滋滋的。

　　开始煮粽子了。母亲慢慢拉着风匣，风匣响起"呱哒呱哒"的声音。

　　炊烟袅袅中，锅里开始腾腾地冒着热气。不一会儿，粽子的香味便弥漫开来，弥漫了整个院子。

　　我们跑进屋，站在锅台前，使劲地吸吸鼻子，问母亲："粽子好了吗？还没熟吗？"

　　母亲告诉我们还要等会，我们便又跑出去玩了。

　　不一会儿再次跑进屋，问道："妈，还没好吗？先给我们捞一个尝尝？"

　　不管是玉米、豌豆、蚕豆，还是粽子，刚刚出锅的时候最香了。

　　母亲觉得差不多了，就会提前捞出一个，剥掉粽子叶，让我们站在锅台边解馋，嘴里笑着嗔怪："你说你们咋那么馋啊！"

　　我们一边吃一边发出"嗞嗞哈哈"的声音，太烫啦！

　　吃完了，心里又开始期待着午饭。午饭除了粽子，还可以吃到腌制了很久的咸鸭蛋。

　　本儿发出"汪汪"的叫声，有人来了。

隔着窗子向外看，是东院大爷家的三姐。

她站在门口，两手端着什么，笑吟吟的，口里喊着："看着点小狗啊。"

我和母亲一起走出屋门迎接。

母亲一边喊住小狗一边热情地笑着对三姐说："是三儿啊，快进屋。"

三姐给我们送粽子来了。

她穿着鲜艳的衣服，脸上带着憨厚的笑容。她从那个长长的院子里穿过，脚步一直不紧不慢的，粽子一路飘香。

"我妈说你们今年可能不包粽子了，就让我给你们送几个过来……"

黄昏时分，奶奶带我们去河边挖艾蒿。

感觉，傍晚河边的石头比白天沉默，蹲在那里成为一个一个影子。更加沉默的，是左边的树林和右边的小山，它们成为更深的影子。树林里偶尔也会发出树枝落地的声音，或者"噼啪"一声，似乎是有树枝炸裂开来了。

河里的水静静地流着。忽然不远处有蛤蟆声响起，"呱——"地一声，给连续的流水声打了一个重重的结……

我们低头寻找着艾蒿，在堤岸边、石头旁。

"我找到一棵"，姐姐喊着。"我也找到一棵"，我也喊着。

拿到鼻前使劲地闻，艾蒿有着一种清凉的微微的苦味。

奶奶说，在五月节这天，把艾蒿别在耳朵后面，可以辟邪的。

小时候除了哥哥，我们几个都怕鬼。傍晚到屋后上厕所，即使天还没有黑，去的时候还比较镇定，回来的时候就会一溜小跑，总感觉好像有什么在后面追着一样……所以对于五彩线也好，对艾蒿也好，既然奶奶说能够辟邪，不管真假，总是让我的内心踏实了不少……

入睡了。

我们把艾蒿别在耳后，手里摸着胳膊上的五彩线，满足地，甜甜地进入了梦乡。

梦里，我们在飘满香味的院子里追逐，一片欢笑，本儿和毛茸茸的小鸡小鸭跟着我们，一起奔跑……

回家的路

　　姐姐发来视频，是老叔、老姑和三姑他们一起回老家了。他们一起走在老院子里，说着，看着，或者是一起走在西河套边，看着，说着。

　　老院子除了有些萧条，其他依然保持着原样，房前屋后的树木还是那么高。西河套里的水"哗哗"地流着，河道很宽，河水有些浑浊。

　　我说，河里的水还挺大的。姐姐"嗯"了一声。

　　我问，今天是什么日子，怎么都回来了？

　　没什么日子，老叔说趁三姑状态还好，一起聚聚。

　　父亲兄妹六人中，三姑应该是最不容易的那个。她从小就一直病恹恹的，也不怎么善于表达自己，两个孩子长大后也都不太顺利，三姑一辈子没怎么省过心。

　　三姑属于远嫁，虽然距老家也不过是百公里的距离，但那个时候交通不便，回来的次数便非常少了。在我很小的时候他们都是赶着马车回来。老姑家离我家是三十里路，马车差不多也要走半天。

　　记得在我八九岁那年，老姑在老家待了两天后，赶着马车往自己的小家返。走的时候天气还算晴朗，过了一段时间忽然阴云密布，然后瓢泼大雨和冰雹一起落下来……

　　全家人都坐在炕上焦急地看着窗外，口里念叨着，不知此时老姑他们到哪了，不知他们那里是否也有这么大的冰雹，不知他们是否刚好路过某个村庄，找到了避雨的地方……那种紧张的情绪深深地感染着我，我的心也一直揪着，不敢呼吸，内心充满了恐惧……

又过了几年，有了自行车，每年奶奶过生日的时候大家都会全部回来。或者家里有其他什么重要的事，最远的三姑一家也便一起回来了。

有次母亲说，"别看你三姑他们两口子有点穷，你三姑父那就地道，咱们家有点啥事，他要是能帮上忙每次都是尽心尽力地帮"。

三姑他们能帮点什么忙呢？比如我们盖房子，他们会把家里的树砍一些给我们拉过来，做榆木檩子。

读大学时放暑假回家，总是先到市里的老叔家停留，有两次都碰到三姑在那。因为老叔家离她家最近，三姑对这个二哥的依赖可能远远胜于对她的大哥，我的父亲。

那年我们去看望二姑。二姑离我家只有十里路，开车几分钟就到了。从二姑家出来后，一商量便决定去三姑家看看，于是我们一路向南行去。

似乎哥哥他们也不太熟悉三姑的家在哪儿，走了很长的路，然后找到了那个村子，一路询问。印象中整个村庄都是那种土房子，那天天气特别热，或许天气并不热，只是那些土房子和院墙的光线让我感觉是在艳阳高照的夏天。

三姑正在洗衣服，听到有动静便出来看，发现是我们，不免愣了一下，继而欣喜。她结婚这么多年，去她家的人极少，我们的出现确实让她感到意外。那时确实是这样，大家都习惯从四面八方往老家赶。

我有些模糊地想着这些，那种不真切好像做梦一样。那个记忆非常特殊，好像整个地面都向外翻转，而三姑家就在那个高处。房屋很矮，院子很短，周围没有树，进了大门没几步就进了屋。屋子里是简陋的家具，外屋地上有一把青菜放在那里……

此时此刻，我忽然怀疑这或许真是梦，我没有和弟弟他们确认过我们是不是真的去过三姑家。

那天看到老叔他们又回到老院子去了，我也会想着叔叔内心的沉重。几个兄弟姐妹中，大姑去世了，我的父亲去世了，现在三姑又得了重病，他作为多年以来的那个核心，便继续打起精神，招呼她们一起回到老家，一起坐坐，聊聊。

三姑并不知道自己的病情，高高兴兴地跟着他们一起到处看。

爷爷奶奶已经去世多年，老叔和姑姑们依然对这个家有着无限的眷恋，逢年过节，哥哥弟弟便约他们回老家呆两天。但不是每次都会去老院子。

现在，因为三姑，他们又回去了，并一起去了老院子。那里有我的童年记忆，也有他们的很多困苦而又美好的时光。他们对老院子的感情并不少于我，只是他们并不表达，只是看着……

大家庭里的每一个人因为这个家而凝聚着。每个人都过着不同的生活，走着自己不同的路，但有一条路是一样的，那就是回家的路……

小时候的精神食粮

此时，窗外车来车往，房间里散发着桃子的清香。

一件事物，一些味道，总会让人产生遐想，或者让人瞬间回到一些曾经。而此时，我想起的，是小时候的桃子罐头。

那时的罐头真好吃啊！以后不管何时再吃桃子罐头，都再也找不出当年的味道。你有没有觉得，似乎，我们所吃的任何东西，都没有小时候的好吃，粽子、面包、大白兔奶糖……

除了罐头，那时罐头瓶子上的贴纸也总是让我爱不释手，我总会小心地把它们揭下来珍藏。同时收藏的，还有酒瓶子纸、糖纸。它们大多图案美观、色彩鲜艳，有空的时候把它们拿出来一张一张地看，感觉瓶子纸和新的一样，散发着墨香，而糖纸五彩斑斓，就像遥远的童话一样。

糖纸除了纸质的之外，还有一些闪闪发光、发出"哗啦哗啦"声音的半透明的纸。我把它们夹在书里，压得平整。这种相对就比较稀少一些，因为稀少，就感觉特别珍贵。其实小时候并没有那么多吃糖的机会，能收藏那么多五花八门的糖纸也是挺不可思议的。

如果有重复的，就会拿出来和其他人进行交换。每获得一张自己没有的，就感到特别快乐和满足。有时也会异物交换，比如，一张酒瓶子纸换一本小人书看。

小人书主要有《铁道游击队》《刘胡兰》《小兵张嘎》《孙悟空三打

白骨精》《七剑下天山》《杜十娘怒沉百宝箱》……一时想不起更多了。对杜十娘的故事印象较深，小人书里把她画得非常美丽，她和百宝箱一起沉入水中的画面，如天上的仙女，衣裙是飘动着的，珠宝散落在她的周围，正在渐渐下沉。

有时，我们把小人书放在炕上，奶奶坐在那里，就会认真翻看。她不认字，只是简单地看那些画面。有时看到某一页，她会问我，这是咋回事？我便给她讲解一番。她翻书和我们不一样，是用左手的大拇指一捻，我就感觉特别好玩。

除了这些花花绿绿的瓶子纸、糖纸、小人书，我家还有一幅画让我特别喜欢，名字叫"丹凤朝阳"。

当时给我们画画的是一位走街串巷的流浪画家。那个时候会有画家上门画画是另外的一种不可思议。当时上前叩门的，基本都是要饭的。爸爸说要饭的都是从山东那边来的，说话口音和我们不一样，我们称为"垮"味。据说我太爷爷就是从山东那边过来的，辗转了几个村庄后，在现在这个地方扎了根，应该就是所谓的"闯关东"。

继续说这位上门画画的画家。我的父母是对生活有美好追求的人，我家应该是当时村里为数不多的几家让这位画家给画画的家庭，当时一幅画至少要五块钱吧，相当于一个小学生一年的学费，但我的母亲还是同意了让他给我们画一幅画。

那个画家画画的时候，我们围着观看的场景有点模糊地出现在脑海中，是在我家的东屋炕桌上，画家一边聊天一边画着，墙上的挂钟"滴答滴答"地响着。他画的是一只凤凰，一只非常美丽的绿色的凤凰。

之后母亲就把这幅画放到相框里，挂在墙上，一挂就是很多年。

在一些年里，我没少临摹过这幅画。有时上自习的时候，学得累了，就凭着记忆开始画这只凤凰。画了很多年，画了很多幅，但印象中只有一次画得还算有点像，虽然像但又特别地生硬。说到底，我不是一块画画的料儿。当时有个小伙伴画画特别好，她最喜欢画戏台上的那些人，头上戴着华丽的头饰，耳上挂着很多东西，有时还滴里嘟噜地挂得很长。偶尔我也和她一起画，但从来没有画好过。

可惜的是，那幅画后来不见了。我再回去，好像就没有看到过它。

另外家里还有一本带图画的读物，正方形，没有封面，尺寸和我们小学的课本差不多，已经被翻得很烂了。上面有一些轻松愉快的打油诗、顺口溜，其中一则我到现在都还记得：

"课堂上，摇脑袋，挤眉弄眼耍怪态，望望那，瞅瞅这，不知不觉下了课。课堂上，出考题，这回他可着了急，抓耳挠腮坐不稳，憋得使劲啃橡皮……"

读时就会忍不住笑，真是又有趣又真实。碰到这种比较俏皮一些的，我都会很快记住，然后讲给弟弟听。

星期六晚上中央八套十点以后会播放译制片。我们几个都喜欢看，总是一起看到很晚。

那时译制片的配音都有着一定的特点，男的声音沙哑，女的声音清脆。很多配音都成为后来的经典。另外，相对而言，国外的电视剧节奏很快，语速很快，所以陪着我们一起看的奶奶就基本看不懂了。

但是她依然很认真地看着，看到男的和女的在一起，就问："他们是两口子啊？"看到女的摔门而出，就说："那说话不好好说，动不动就跑啥？"或者问："那个维吉娘（剧里面的名字是维杰妮娅）咋半天没出来了？"

所以，那时，我们看电视的乐趣除了电视本身，还有在一旁老是问来问去的奶奶的打岔。

温暖的冬季

　　天渐渐亮了。公鸡在窗外用力打着鸣，一声接一声，声音嘹亮。喜鹊一早就站在了枝头，和那些麻雀一起，叽叽喳喳叫个不停。北风在晨曦中停止了呼啸，天地间有了片刻的宁静。

　　我从梦里醒来，闭着眼睛，试图再次回到那个梦。迷迷糊糊中，听着外屋传来的各种声音：妈妈拉风匣的声音，灶里的柴火噼啪作响的声音，风门被吹开又被妈妈关上的声音，刷锅的声音，舀水的声音，把泔水倒进水梢里的声音……

　　这个时候躺在被窝里，最是幸福。炕还是热的，头天晚上妈妈往灶里絮了很多穰子，它们慢慢地燃烧，所以炕一夜都是热的。奶奶坐起身，甩动着胳膊锻炼身体，那只白猫从脚底处走过来，轻轻趴在一旁。

　　妈妈做好饭，进屋喊我们起床。我把头往被子里缩了缩，这么冷的天，起床着实是一件很不容易的事儿。奶奶便把我们的棉袄棉裤塞到褥子下面，焐着。如果炕不那么热，妈妈还会把它们拿到灶前烤一会儿，烤暖和了，我们才爬起来飞快地穿上。

　　窗上一片雪白，一层层地结了各种各样的冰花。这些冰花特别漂亮，有的像轻盈飞舞的羽毛，有的如雪中的树木，有的是一朵一朵盛开的素色的花，有的是远处高高低低的山峦，宽宽窄窄的河流，或者，是独自闪烁的星星……

　　冰花总是让我充满好奇，不明白它们为何能变成这样。心里想着，

或许，这是对一些事物的映照，就如树木照在水中的影子，只是，这些
事物都在哪里呢？或许，它们都在天上，到了夜晚，便一一呈现，然后
被印在了窗玻璃上。

多年以后，看中世纪教堂的那些百花玻璃窗，各种美丽的图案，它
们和阳光一起，形成一种唯美而神秘的气氛，它高不可攀，又如此艳
丽，或许，在教徒们的心目中，那便是天堂的模样。

起床后，磨磨蹭蹭的我们并不马上下地洗脸。在奶奶叠被子的时间
里，我们会用手指在窗户的冰霜上胡涂乱画，画一些奇奇怪怪的线条、
图案，或者画老丁头儿、小鸭子，抑或是写几个不久前才学会的字：
一、二、三、小、大、尖。

我们也总是向窗上使劲哈着气，看冰花在哈气中慢慢融化，有时极
小的部分会露出透明的玻璃，透过玻璃窗向外看，外面是一片微微的蓝
色，杏树巍然挺立，枝杈分明，门前不远处的树林一片朦胧……

妈妈很认真地告诉我们，早晨，千万不要用舌头去舔那些铁的东
西，比如门上的锁和洋井把子之类。这一说不要紧，充满好奇的我们总
想知道为什么不能。然后就会听到弟弟的哭声——弟弟伸出舌头去舔
锁，他的舌头被粘在锁上了。

白天，奶奶把火盆生好，放在炕上。火盆里已经积了一半的草木
灰。草木灰三个字我极其喜欢，单独看好看，放在一起看更好看。

我们从外面气喘吁吁地跑回来，小脸冻得通红，奶奶就会心疼地上
前，用她暖和的大手攥住我们的小手，焐着。等我们的手不再那么冰冷
了，奶奶就把我们牵到火盆前烤火，说，手冻着时不能马上烤火，容易
长冻疮。

我们可不愿长冻疮。有时脚上长冻疮了，妈妈就会往碗里放点白
酒，点燃，然后把白酒往我们的脚上涂，脚上生起一团燃烧的火焰，烫

得我们大声地叫……

炭盆里散发出一阵香味，那是哥哥在里面埋了山药。我们那边的山药如果用书面语来说，就是指土豆。姐姐用木棍把灰轻轻地扒开，把其中一个山药扒出来，捏捏，感觉好像还有点硬，就重新把它放进去，埋上。我们坐在一旁，耐心地等着山药烤熟。

天寒地冻的日子里，我们似乎从未感觉到寒冷。再冷的天气也挡不住我们出去玩的热情。用妈妈的话说，每天总是眼一睁，人就没影儿了。

我们经常到树林里奔跑，或者去河里打滑出溜儿，或者爬到后面的矮山上。有时会冻得鼻涕流出来，我们便不管不顾地一抬手，把鼻涕擦在棉袄的袖子上。所以那时似乎每个小孩的棉袄袖口都油光锃亮。

我们跑进跑出，总是忘记关上风门。妈妈便总是叮嘱，出去把风门子关上啊。我们还是推开门就跑了。妈妈气得大声骂："这出出进进的咋就不知道关门？你们都长尾巴了还是咋的，这要是把我的水缸冻两半，有你们的好果子吃。"

有时，爸爸和哥哥会在洋井边架起一堆柴火，准备烤井。如果晚上压完水忘记泄井了，一夜之后，井管里的水就会被冻住，第二天需要用火把冰慢慢烤化。

这时，会得来妈妈的另一阵唠叨，因为烤井确实是一件比较麻烦的事儿。

冬天的夜晚也是抓麻雀的好时候。

哥哥拿着手电筒去了屋后，在屋檐下的石缝里一阵摸索，不一会就带着一身寒气回来了，手里拿着几只麻雀。

有时我们会跟着哥哥一起去。当他把手探进那些黑咕隆咚的地方时，我的心总是十分忐忑，那里面有着很多未知，或许，里面会住着一条蛇……

回到屋里，哥哥把麻雀的脚拴上绳，让我们先玩一会儿，玩够了就把它们烤了吃了。

冬天的西河套是我们的乐园，河水结了很厚的冰，而冰下的水则是温的。

有时我们把冰砸开，砸出一个洞，这时就会有青蛙或者鱼跳上来。不过也不总是这样，因为河里的鱼本身就少，那些鱼（我们称为"泥了均子"）也没有那么好的跳跃能力。

很多男孩会拿着小鞭子，在冰上抽一种冰尜（gá，方言，陀螺），木质的冰尜在冰上滴溜溜地转着，能一直转很久很久。我们也会轮流坐在一块石头上，把石头当冰车，一个人推着另一个人跑；或者手里拿着一块冰，"咔吧"一声咬一口，清清脆脆……

北方的冬季是那样的寒冷，但在我的心里，又总是有着别样的温暖。

我们没心没肺地在冬季里奔跑，盼着长大，盼着过年……

那年那月

一

　　早晨七点。太阳已经升得很高。天空中有几片红色的云正在不紧不慢地向东方移动。大人们都去田里干活了，羊倌也在一阵吆喝之后带着那群羊走向了远山。阳光温柔，整个村庄沐浴在一片静谧之中。

　　这是一个长长的院子。像所有的农家一样，院子里有一个菜园，菜园被L形的土质花墙包围起来，并被一畦一畦分成很多小块，里面种着各种各样的蔬菜。

　　菜园中央有一个洋井，在井与高高的院墙之间是一棵正结着青涩果实的杏树。猪圈、马圈、羊圈在院子西侧依次排列，紧挨着厢房。厢房里堆满了柴草或其他许多日常物品。

一棵已经生长了多年的榆树，树干粗壮，枝繁叶茂，站立在厢房与正房中间默默守护。榆树上拴着本儿，黑色，高大，毛色光亮，静静地趴着。其实它并没有名字，但我们一"本儿本儿"的呼唤，它就会马上出现在你面前。所以，我把它叫做"本儿"。

窗帘是拉开着的。东屋的一扇窗户也开着。阳光照进了房间。

房间里有着简单的家具摆设。在有点凹凸不平的土质地面上，两个红色的柜子分别被放置在北侧和东侧。两柜相挨的角落的茶盘里，是随意搁置的暖壶、茶杯和一个大大的搪瓷缸子，搪瓷缸子上有着红色的毛主席像。

靠炕沿处的那把椅子已经有了些许裂痕，木质灰色。

墙上镜框里镶嵌着不多的几张照片，大都是黑白，也有几张呈现了彩色。有爷爷奶奶和爸爸的合影，有妈妈姐妹三人的合影，有大舅抱着四表哥的全家福，还有一张是我四岁时候的照片。

我穿着一条绿色的背带裤，傻呆呆地站着。

这是一个炎热的夏天。此时，六岁的我和四岁的弟弟还在熟睡。那只白猫懒洋洋地睡在我们身旁。

二

我从梦中醒来。

这一天和往常没有什么不同，房间安静，爸爸妈妈都上山了，十岁的哥哥和八岁的姐姐也都已经上学，奶奶去城里照顾刚出生的叔叔家的小妹。

我睁开眼睛，就看见了天空中有红黑色的云快速地向东方移动。

我忽然感到极大的恐惧：红黑颜色的云！红黑颜色的快速移动

的云！

这，我从未见过。

虽然我知道，这个时候爸妈早已不在家里了，但出于恐惧，我还是大声地喊了一声："妈！"

我一喊，弟弟也醒了。当然妈妈不会走进房间里来，可意外的是，爸爸出现在我们面前。

爸爸告诉我，妈妈已经到山上去了，他是回来取东西的。

我哭了，央求爸爸："爸，我害怕！今天不想在家里看家了，要姐姐请假在家看一天吧。"

爸爸不明白我怕的是什么，为什么忽然不想看家。于是哄我道："你姐已经上学了，要么要她明天在家。"

我哭得很厉害："爸，要么你今天不要上山了。"

弟弟看到我哭了，扯开嗓门"哇"地一声也大哭起来。

爸爸很耐心，继续哄我们："你妈一个人做不完，要么我去一个钟头就回来，你和波好好在家。"

我虽然不知道一个钟头到底是多长时间，但我想爸爸应该是去去就回的，便抽抽搭搭地答应了。这个时候弟弟亮开了嗓门还在哭。爸爸摸了摸弟弟的大脑袋，让我好好哄哄他，说完就急匆匆地走了。

爸爸过一会儿就会回来的。想到这个，我不像刚才那样害怕了。我穿上衣服，并帮助弟弟穿好衣服，把被褥叠好，洗了脸，就去锅里盛一些吃的。

锅里有一些小米粥，上面架着一个箅子，箅子上是妈妈用黄豆面和玉米面掺杂在一起做的饼子，我们把它叫干面子，我喜欢吃。

三

吃好早饭后，我们走出了房间。

　　一群黄色的毛茸茸的小鸭在鸭妈妈的带领下正在院子里"嘎嘎嘎"地叫着奔跑嬉戏。鸡妈妈也不示弱，带着她的孩子们在后面紧紧跟随，一起抢着地上的食物。

　　我们走到那群小鸡小鸭中间，蹲下，用手捧起其中一只，轻轻抚摸它黄色的绒毛，看着它黑亮的眼睛。其他小鸡小鸭也不怕人，围着我们"叽叽嘎嘎"地叫着。

　　它们奔跑的速度很快，像一只黄色的小球在地上滚动。

　　本儿看到我们走出时，兴奋地跳起来。待我们走到它身边，它就把前爪搭在弟弟的肩膀上，弟弟抱着它。我轻轻摸摸它的头。

　　本儿如果站起来，比我们俩都要高。它外表看上去非常勇猛，让别人很怕它，但实际特别有灵性。它能够通过气息判断出来人与我家的亲密关系。亲人来了，它趴着不动，或者轻叫两声，关系远一点的人来了，它便一直狂叫不停。

　　它有时稳重，有时又非常调皮。它特别喜欢和母鸡较劲，时常追得那些母鸡披头散发到处跑，"咯咯咯"惊恐地叫着从一个院墙飞到另一个院墙。

　　一个钟头还没有到吗？我问弟弟，也像是在自言自语。弟弟显然什么都不知道。时间一点点过去，我知道爸爸要到中午才能回来了，和妈妈一起。但是，我已经不那么在意了。看到这些小动物，我的那种恐惧已经在慢慢缓解。

　　爸妈似乎忘记了我早晨的害怕，回来后并没有提起此事，第二天也没有让姐姐请假在家，我也没有再向他们提起。但是那天害怕的感觉却实实在在地影响了弟弟。

　　有时候，我和弟弟到院门口去玩，弟弟忽然撒腿就往回跑。我不明所以，也跟着他一起跑。跑到了家里，我气喘吁吁地问他："跑什么啊？"

他说："我看见有一个人过来了。"

很长一段时间里，弟弟看到陌生人就跑，即使妈妈爸爸在家时也是这样。而我也偶尔会说"我害怕"之类的话。

记忆里清晰地记得爸爸妈妈聊天时轻声叹息：最近这两个孩子也不知咋了。

四

盼望爸爸妈妈回来的日子，每一天都感觉漫长。

天空湛蓝，阳光浓烈，地上我们的小小身影一直跟着我们一起移动。有时它们变得很短，有时又变得很长。

母鸡发出了"咯咯哒"的叫声，然后满足地从那个柔软的窝里站起。

它又下蛋了。

妈妈养的几只母鸡都会很勤快地下蛋。

本儿听到声音，抖抖全身的毛站起来，它和我们一样也喜欢捡鸡蛋。

我和弟弟走过去，看到那个由茅草堆成的窝里卧着一个大大的鸡蛋。把它拿在手里，还热乎乎的。我拿给弟弟，他小心地捧着，生怕走路不小心跌倒把它打碎。

我们把鸡蛋放到妈妈指定的篮子里，感觉特别有成就感。

时常，我和弟弟玩耍一阵后，就会沿着院墙爬到厢房上，趴在上面，看着邻家院子里忙碌的舅奶，大声问："舅奶奶，我爸我妈快回来了吧？"

舅奶奶正在拿着筐子择青菜，或者提着水桶浇花，抑或用镰刀挖着菜园里的小葱或者蒜苗。她听到我们的声音，总是会抬头看着我们，笑吟吟地回答："嗯，他们就要回来了。"

我和弟弟便会很高兴，爬下厢房，爬下院墙，一边等爸爸妈妈，一边在菜园的小窄墙上走过来走过去。

感觉时间过去很久了，还不见他们回来，于是又重新趴到厢房上，再次问："舅奶奶，我爸我妈这下快回来了吧？"

舅奶奶依然笑吟吟地告诉我们："嗯，快晌午了，他们就要回来了。"

这次我和弟弟并不马上爬下来，而是一直趴在那，一边看着忙碌的舅奶奶一边和她聊天。

有时看到舅奶奶抱了柴禾回屋，知道她要烧饭了，那是真的要到晌午了，爸妈马上就要回来了。我们就会快速爬下厢房，到大门口等我们的爸爸妈妈……

五

黄昏时分，夕阳西下，天边铺满了红色或橙色的云霞。

那时阳光会把院子切成两块，西边阴暗，东边明亮。东边高高的土质院墙斑斑驳驳，并不平整，有些地方还会长出一些青草来，但它在夕阳的光芒里却有了不一样的色彩，也变成了橙色或者金黄色，像一个古老的城堡一样。

壁虎顺着墙壁向上爬着，忽然间会伏在那里一动不动，而后倏地钻进墙缝里，不见了。一只喜鹊站在墙边的那棵树上，四处观望。鸭子开始"嘎嘎嘎"地叫，小猪也饿得一直哼哼着。

村庄里有炊烟袅袅升起，有些人家已经开始准备晚饭了。

"圈——羊——了——！"

羊倌带着羊群回来了，在很远的地方就开始拖长声音一路吆喝，提醒着每家每户的注意。

我和弟弟一溜小跑跑出去，等在大门口，迎我家的羊。

羊群经过时，漫过一阵浓浓的属于它们特有的气息。它们一边走一边"咩咩咩"地叫着，此起彼伏。有的声音沙哑，有的声音柔嫩。那些沙哑的，大人们管它们叫"羊耙子"。有时小男孩到了换声期，说话瓮声瓮气，妈妈就会说："听这声儿，就和个大羊耙子似的。"

这群羊大部分是绵羊，毛色暗沉、厚重，也有几只是山羊，山羊的毛要相对白些，头顶两只角，形体也显得比较轻盈。有些老绵羊也是有角的，只是它们的角不像山羊那样立在头顶，而是盘在耳旁，所以显得脸特别大。

羊群里的小羊羔蹦蹦跳跳的，只有在它们长到一定程度，可以吃草了，才能跟着羊妈妈一起上山，一路跟随着妈妈向前奔跑……

有的羊走着走着就把屎拉在路上，跟在后面的羊倌会直接把羊粪铲在他背着的篮子里。羊粪是很好的肥料。为此有时我们几个小孩也会专门背了筐子带着小铲子去一些路上捡羊粪，一粒一粒，圆滚滚的，像奶茶里的黑色珍珠。经过几天的风吹日晒，它们已经变得很干了。

有一次我们正在捡着，几个大姑大婶拿着镰刀锄头一路说笑着走过来。

"你们在干啥呢？"一位大婶和我们打招呼。

"我们在捡羊屎。"一个小伙伴说。引来一阵轰然大笑。

另一个小伙伴赶紧纠正："我们在捡羊粪蛋儿呢。"然后是一阵更大声的笑。

我们便有些窘迫，同时也非常奇怪，不知道她们到底笑的是什么。

羊儿们大多很听话，一到自家门口就会自动出列，慢悠悠回家了。

也有跟着羊群向前忘记回家的，或者故意不回家的，羊倌就会用一下鞭子，吆喝一声，鞭子在空中一声脆响，它们就会马上出列，或者我们去羊群里把它拎出来，它便若无其事地跟着我们回去了。

六

哥哥姐姐放学回来不久，爸妈也从山上回来了。

妈妈回来后，就是一阵忙活。做饭，喂猪，给牛马填草料，到菜园里摘青菜给鸭子剁食……有时她也会喊爸爸帮忙："哎，你去给我往缸里压两梢子水来。"

爸爸和妈妈从来没有喊过对方的名字，要么是直接对着说话，离得远了，就直接喊一个"哎"字。

喂猪时，为了让猪吃得膘肥体壮，要不时地在猪食上撒上一层玉米面。它们见了，就低下头"哐哐哐"一阵猛吃。等把那层玉米面吃完了，它们便又开始胡乱地拱来拱去，或者抬头看着你，示意你再给它们撒一点佐料。

我或姐姐便会经常站在猪食槽旁边，看着它们，过一会儿撒一下玉米面……

太阳完全落下去了，月亮升起来。天渐渐黑了，蝙蝠也开始出没。

妈妈大声喊哥哥："军！把灯点上，放桌子吃饭。"

哥哥就拿出煤油灯，移开灯罩，点亮灯，而后搬了桌子放在炕上。

煤油灯散发着我们看不见的黑烟，放煤油灯处的上方往往都被熏得很黑了。也不知过去了几年，煤油灯才换成了蜡烛，后来村里通了电，有了电灯。

妈妈一边拿起筷子一边说，"总算能坐在炕上待会儿了"。我和弟弟个子矮，坐着够不着菜，便总是跪坐在桌旁。我和妈妈都是左撇子，为了避免吃饭时筷子和别人打架，我都是挨着妈妈坐。

妈妈对着爸爸说："明天还剩那点地你自己去耪一下，我去老彭家坟地那里把那块地里的草再薅薅，这才薅了没几天，又长起来了。"

爸爸"嗯"了一声。耪地可以，薅草的活他可不愿意干，一是蹲不住，也觉得这种活太磨叽了。前几年还是生产队的时候，爸爸是生产队队长，每天忙着很多杂事儿，没怎么干过薅草的活儿。

我问："妈，你们啥时候能干完啊？"

"快了，再有一两天差不多了。"

家庭联产承包责任制实施，包产到户以后，村民们上山干活的时间确实比原来少了。大家不再因为吃大锅饭而磨洋工，对自己分到的地都很珍惜，认真耕地，认真除草，地也不那么荒了，粮食产量成几倍增加。

"我奶奶啥时候回来？"哥哥忽然问。

"那最快咋也得明年这时候。"哥哥听后闷声不响了。

有时煤油灯燃着燃着会忽然暗下去，妈妈就会用针或者别的什么挑一下灯芯，火焰便会再次明亮起来。

七

时逢周末，爸妈不用上山的日子，院子里就热闹很多。

我们跑进跑出。马儿在马圈里打着响鼻。本儿偶尔发出"汪汪"的叫声。西屋的缝纫机响个不停。只要一有空，心灵手巧的妈妈就会给村里人做衣服，或者给家人缝制鞋垫。

有时我会站在一旁，看着妈妈干活。这台栗色的缝纫机大概是爸妈结婚的时候买的，她非常珍惜，每次用完，都会把机身收起放回到架子里。几年过去了，缝纫机依旧光亮如新。

妈妈不紧不慢地踩着脚踏，移动着布料，或者把头低下去重新穿着针线，然后梭子和线就飞舞起来……

妈妈做这些时，会一边轻声哼着一些歌，比如"洪湖水，浪打浪"，有时是一些不知名但好听的曲调，可能是她自己随意编的。

妈妈唱歌很好听。她的音域很宽，声音透亮。

"妈，我也想玩这个。"

"你还想干啥？别给我乱霍霍啊。"

我正看得入神，弟弟气喘吁吁地来找我了，小手里攥着一根细绳。

"二姐，咱俩翻老牛槽吧。"

"我忙着呢，你去和姐玩。"

"她不跟我玩。"

翻老牛槽是一种花绳游戏，我也不愿意和他玩。四岁的他和六岁的我相比，水平相差太多，每次翻来覆去都只能玩几个简单的，不一会儿就会让我感觉枯燥无味。但我对他天生心软，总是不忍心拒绝他的一些要求。

我把绳子套在两个手腕上，翻转交叉，然后摆在他面前，说："筛子底儿。"

他笨手笨脚地用小指挑起两端，食指和拇指撑开，小手一翻，没有撑住，绳子搅在了一起。

再来。

"筛子底儿"。我翻出来后同时叫着它的花色。

他笨手笨脚地翻着，生怕又不能成功。嗯，可以了，也是筛子底儿。

我继续翻着，口中念念有词："挂面条儿。"

弟弟只能翻这两种了，所以就循环反复，没完没了……

我不耐烦了，说："我不玩了。"

弟弟就嚷嚷："妈，妈，我二姐也不和我玩。"

妈妈头也不抬："不跟你玩，你就自己玩。"然后继续踩着她的缝纫机，移动着她的布料。

此时轻风吹来，飘过一阵清新的香味，是菜园里青杏的味道，是刚刚落花儿的向日葵的味道，是门前花池里的各种花香，是那棵老榆树散发出来的树木特有的味道……

我趴在弟弟耳边轻声嘀咕了几句什么，他听了很高兴，跟着我出去了……

<h1 style="text-align:center">八</h1>

收拾完碗筷，喂完院子里的动物们，妈妈就会催我们早早上炕睡觉，因为这样可以省一些灯油钱。那时候的夜特别漫长，没有电视，读物也极少，天一黑基本就该睡觉了。

如果是夏天，天黑得晚，饭后的我们也会坐在院子里，唱歌，找北斗星，玩嘎拉碴，捉迷藏。月亮渐渐升到那棵老榆树的树梢上。

或者我们什么也不干，就那么在台阶上坐着，看着小鸡小鸭来回奔跑，等着天渐渐黑下去，等着在外面玩耍的哥哥回来。

妈妈熄了灯，经过几次催促终于把我们轰上了炕。

如果他们都睡着了，我还没有入睡，就会开始胡思乱想。外面有着不明来处的响动，引起本儿的一阵叫声。房子后面的院墙连着炮台，再远几步就是那座小山。到了晚上，那座山黑黢黢的，有着更多的神秘，如果说妖魔鬼怪会突然降临，他们白天必然就隐藏在那座山的后面。

窗外的树叶忽然响起"哗啦"一声，我的心便忽然一凛。燕子李三飞檐走壁，八仙过海各显神通，这次，是谁，忽然踏着树梢从一个屋顶飞到另一个屋顶上？

没有睡着的还有哥哥。他把头蒙在被子里，我听到他轻微的抽泣。

他极力压低着自己的声音，但我还是能够听见。哥哥是个极少哭泣的人，他在我们心目中的地位仅仅比爸妈低一点点，虽然那时他也只有十岁。他有着比我们更加宽广的见识和更多有趣的想法。他从来不和我们打架，什么事都会让着我们。有时我们犯了错误，妈妈怪罪于哥哥，他也从不分辨，就替我们担了。

由此，我们对哥哥非常崇拜。哥哥的哭泣让我感到无比难过。

有时在院子外面，我们坐在矮墙上，看着那些大男孩玩耍。看到邻居家比我们大几岁的，我们叫他叔叔的人和另一位哥哥一起欺负我的哥哥，我就感觉特别痛心。但东院的三哥会过来，一个箭步跨过小墙，站在了哥哥的一边。两边势均力敌了，他们便又和好如初，我的心便也忽然放下了。但哥哥被欺负的画面在我的脑海里一直清晰。

在情感方面，我总是比他们都更敏感一些。

有一次，哥哥到西院大姑家和几个哥哥一起玩炸药，把手炸得血肉模糊。他举着血手回来了，引起妈妈的惊叫。妈妈把他的手放到碱水里清洗，哥哥一声不吭地忍着，不哭不叫。哥哥的不哭却让我更加受不了，我跑出院子，到大门口，坐在门槛上掉眼泪。后来又怕往来行人看见我在哭而笑话我，就跑到前面的小树林里哭……

对姐姐也是。相对来说，妈妈训姐姐的时候比训我的时候多，我就心里不忍。有一次终于鼓起勇气对妈妈说："妈，你不要有偏有向。"妈妈问我："我偏向谁了？""我，我感觉你偏向我。"把妈妈说得笑了。

那日叔叔在我家感同身受说及这种情感，说："自己吃肉，他（兄弟姐妹）至少得有碗汤喝，否则这心里就受不了。"

这便是手足之情。

回头继续说哥哥的哭。第二天我把哥哥哭了的事情说给妈妈听，并问她，我哥怎么了。

但妈妈对此事并没有如我一样看重，"不知道他咋了，可能是想你奶奶了"，她一边忙活手里的活计一边回答我说，颇有些轻描淡写。

那个时候孩子多，大人们的主要精力都花在怎么上山把活干完、怎么烧火做饭养活这一家子人上面。每个孩子有了怎样的烦恼，他们并没有时间理会。甚至若有哪个小孩不高兴的时间长了，被妈妈注意到，她还会有点不满地随口说你一句："那总是哭丧着脸干啥？"

就是在这种不怎么被关注的情况下，更多时候的我们都是一副没心没肺的样子。我们就像田野里的花草树木，自由自在地肆意生长。也如院子里的那些小动物，吃饱喝足后到处撒欢。除了要干点该干的家务，其他时间都是属于我们自己的自由世界。

九

爸妈的不管我们体现在很多方面。不仅是我们的烦恼，有时我和弟弟打架，他们即使看到，也从不会插手过问。

弟弟和我形影不离，但我们确实会经常打架。确切地说，是他打我。别看他只有三四岁，但小拳头也是非常有劲的，打得我很疼，但我从来不还手。

有时妈妈看到后依然是轻描淡写地问："你又不是打不过他，那咋就那么抱着头让他打啊？"

妈妈这是怂恿我揍他，但我终究还是不舍得出手。如果我逃开了，弟弟就会在地上打着滚儿哭。用妈妈的话形容说，那声音大得都快把房盖顶起来了。

有一次大姨来我家，看到弟弟伸出小拳头打在我身上，而妈妈却像没事人一样继续做自己的活计，就有点看不下去了，说："那你咋不管管啊？"

妈妈不说话，也依然没有管。在对待我们小孩之间的纷争上，爸妈有一套属于他们自己的朴素的准则：自己的问题自己解决。

那就自己解决吧。姐姐决定好好教训弟弟一通。

有一次弟弟欺负到姐姐头上，刚要伸手去打，姐姐直接把这小东西摁在了地上，骑在他身上，抡起拳头一顿揍，像极了武松打虎。姐姐一边揍一边说，"还反天了你"。

自那以后，欺软怕硬的弟弟再也不敢惹姐姐了，而总是天天黏着我。

我虽然没有那么不乐意带他玩，但我自然更愿意一个人找我自己的伙伴玩。

记得有一次趁爸妈在家时，我终于把弟弟甩了。我和小伙伴们一起"咿咿呀呀"地唱戏，跳皮筋，踢毽子，好不快乐。但中间我会忽然想起弟弟，他在干嘛？他找不到我了不知道在家怎么闹呢？

我回家时，远远就看见小小的他正一个人等在大门口，手里还拿着一块小石头。之前他曾经扬言："你要是出去玩不带我，看我不拿石头揍你！"

我瞬间心疼：他一直在这里等我吗？等了这么久。也有点害怕：他不会真的拿石头打我吧？

他看到我回来了，特别高兴，扔了石头就上前拉住我。我有点内疚地牵着他的小手一起回家了。

十

我们的村庄是用蒙语起的名字：音只嘎梁。爸爸曾经告诉我说，这个名字是"黄羊坡"的意思。大概最初是有游牧民在这里安营扎寨，有一群群黄羊出没于此吧。也或许，黄羊是另外的黄杨，整个山坡上都长满了黄杨树？

因为这个名字很特别，我的同学中到现在都还有人记得。特别是高中同学，每当经过这里，都会拍照片给我看，说，"到你们家了"。

因为当时水库建设的需要，二十年前，小村庄里的大部分居民从山脚下搬迁到了广袤无垠的山顶上，国道的一旁。如果你想去乌兰布统草原，沿国道一路向北，音只嘎梁是必经之地。道路两边是一排一排的白杨和一片一片的庄稼。无论是夏天还是秋天，沿线风景都美不胜收。

但我自然更怀念山脚下的小村庄，那个生我养我的地方。

村庄名字的由来很难追溯，但它在当年必然有着举足轻重的地位，或者说是这一片中出现最早的村庄。因为根据《赤峰志》的记载，赤峰周边的一片苍茫之中，只有少数的村庄赫然在录，我们的村庄便是其中之一；且在这一整片村庄之中，只有它的名字是蒙古语，其他的都是汉名，这让我一直充满好奇。

那时的村庄延续着生产队的叫法，为"小队"，每七个小队组成一个"大队"。村里的小学只有一、二年级，两个年级在同一个班里上课，是由一个老师教授两个年级的所有科目。到了三年级的时候就要到大队去读书了。

大队在我们村的东南方向。村庄里的街道根据前后位置又分为前街和后街，前街平坦，后街则依山而建，很多房屋都是在半山之处。我家属于前街。在我的记忆中，前街总是要比后街亮堂很多，前街的人似乎也比后街的人更富有一些。

也或许，这种感觉中的亮堂或富有，与我们和大队的距离有关。

从我家到大队有三条路可以到达。要么是沿着西侧向南转向东的林边小路行走，要么是从门前田地里直接穿过，也或者从东边的更宽的马路上走过。东边的马路旁边就是一条小河，冬天里可以沿着小河一直向南滑着冰抵达学校。

大队离我家很近，大约只有一公里的距离。但一般情况下，三年级的哥哥觉得中午回家吃饭太麻烦了，便总是从家里带了干粮在学校吃。

可是有一天中午，我们正在吃饭，妈妈看着窗外忽然说："咦？这个小子怎么倔哒倔哒回来了？"

等哥哥气喘吁吁进了屋，妈妈便问他怎么回来了。

哥哥说，老师让他们交学费呢，很多人都交了，他昨天忘记说了。

"那要交多少钱？"

"两块五。"

"家里现在没这么多现钱。明天交吧，过晌了去想想办法。"妈妈想了想说。

哥哥很不高兴，别人都交了，自己不交，多没面子啊！

他站在那里不动，说："那去卖鸡蛋吧。"

一直沉默不语的爸爸发话了："明天肯定给你交上，你去跟老师说明天交，卖了鸡蛋钱也不够。"

哥哥不敢反驳爸爸，赌气走出了房间。

不一会儿，就听见小鸡惊恐地叫着四散逃跑的声音。

妈妈嘟囔道："这是招黄鼠狼了？"

那时经常有黄鼠狼从山上下来偷鸡吃，我们便会听到鸡窝里的一片混乱。但黄鼠狼基本都是半夜出没，它们还没有那么大的胆子大白天在人们的眼皮底下作案。

手脚麻利的妈妈话音未落，人已走出房间查看究竟。

然后就听见她一边大声笑一边训斥的声音："孩崽子玩意，那它没蛋，你让它下它就能下啊？"

原来是哥哥逮住了一只母鸡，把它塞在灶边窝洞里母鸡们下蛋的地方，关上小门儿，抱着膝盖蹲在旁边，在逼着它下蛋呢。

十一

小孩的世界里没有时间的概念。对于我和弟弟来说，在一天一天等待爸妈收工回来的日子，夏天是如此漫长。阳光照在地上明晃晃的刺眼，泥土的小路有些烫人。有时我们会光着脚丫走在路上，石子硌在脚上，影子短短长长。

在漫长的等待中，秋天到了。

那个时候已经实行了联产承包责任制，家家户户都分到了自己的土地，地里的庄稼终于可以割回自己的家里了。

在我家门前有一片空地，空地的西侧是两间厢房，里面住着一个我们管他叫三大爷的人。不过他似乎经常不在家，也好像没有自己的地。在他偶尔回来的时候，我们也会到他的小屋子里看一看，里面黑咕隆咚的，散发着一股浓浓的烟味和霉味。

那个时候三大爷已经有四十多岁了吧，是个光棍。他常年叼着一个黑色的烟袋，是一个特别严肃的人，严肃到面部甚至有着一丝凶狠的模样，但对我们却非常和善。他很孤独，似乎与本家的几个兄弟都很少来往。来往最多的，可能就是我家了。

门前这片空地和三大爷的厢房融为一体。有一次听妈妈说，如果细究的话，这片地应该是属于我们的，但三大爷盖不起自己的房子，也没有自己的地基，就让他凑合着在这里盖了一个小厢房。

这是爸妈的宽厚之处，在爸爸做生产队队长的时候，方方面面也确实照顾了很多人。

爸爸把这片空地作为一个临时用的小场院，上面堆放最早成熟的庄稼，主要是荞麦。这对三大爷的生活并没有妨碍，反而给他带去了一些烟火气息。有时他在家，也会拿起木锨帮助我们把荞麦堆堆晒晒。

而之后大量收割回来的庄稼则要堆放到房后那个大一些的场院里了。

土地改革之后，我们终于能够在自己的家里见到一堆一堆的粮食了。

在庄稼收割期，没有条件的，依然借用以前生产队的场院，我们把它叫做"东大场"或者"大场院"，而使用大场院晚上需要看场，否则就有可能被人偷了放到自己家的粮食堆里，毕竟它们长得都一样。

所以，能有条件开辟自己家场院的，就尽量去开辟了。

而我家是有这样的条件的。

十二

我总说我们的院子很长，其实不仅是房前的院子，房后也有着很大的场地，一直延伸到山脚。高高的院墙上有一个很宽的后门，是一个木门，用几根木头横竖交错钉在一起。但我们到后街玩却很少从这个门走，因为开关都不太方便，一般都直接爬上旁边的炮台，然后从炮台跳下去。

这个炮台让我的家有了一些神秘。它可能是军用炮台。

奶奶曾经给我们讲，过去的土匪是如何在村庄里烧杀抢掠，一听说土匪来了，家里的女人们都要满脸抹上灶里的灰，以让土匪们分不清男女美丑，这是对自己唯一的保护。

奶奶还说到王明，似乎她见过他一样，并说他带着军队到旁边的营子如何如何。

也或许，这炮台其实与战争无关，与土匪无关，而是用来防冰雹的。用土炮防冰雹是村里惯常的一种做法，并设有专门的放炮人员。在乌云密布要下雹子或者已经在下时，就在后面的山上放上几发土炮，把乌云驱散。多年来村里一直采用这样的方式防雹。防雹炮的声音很大，震耳欲聋，我时常担心它会不会走火，会不会伤人。不知道这种炮现在是否还在使用。

而关于这个炮台的记忆，最深的还是奶奶给我讲的关于叔叔的事儿。

那时叔叔六岁。家里来客人了，奶奶热情招待，就炒了个鸡蛋。鸡蛋出锅的时候叔叔馋得不行，说："给我吃一口。"奶奶说："等他们吃剩下了都给你吃。"

爷爷和客人一边喝酒一边聊天，叔叔则站在门口虎视眈眈地盯着这盘鸡蛋，没承想这位客人最后把鸡蛋都吃完了。

叔叔急了，指着客人大骂："×你妈的，鸡蛋都被你吃了，也不说给我留点。"

这让奶奶特别难堪，便把叔叔拖到了炮台处，狠狠打了一顿。我家的家长都不在人前教育孩子，这也给小孩留足了尊严。

那年回老家和叔叔说及此事，他哈哈大笑，说："就是，也不说给我留点。"

房后除了神秘的炮台，还有两个圆仓，另外就是疏疏密密地生长着的树木，其中有些是妈妈栽的杏树。

爸妈决定在房后填铺出一个场院来。他们每天都去南面的河滩里拉土，填高，整平，并用马拉着遛轴一遍一遍地碾压，直到表面不再起浮土为止。

因为房后院墙挨着山脚，从院墙到房屋之间高低起伏特别大，因此，他们用了很多天，才终于铺完了这个场院。

也可能是那时我们矮小，感觉那个场院真高啊，比爸妈都高。所以那对于我来说，真是一个浩大的工程。我们去场院的时候，如果不从西边院墙处专门堆的土坡上去，就得从两个圆仓边那棵树旁的梯子爬上去。

即使是多年以后说及此事，爸爸也会感叹当时拉了多少多少车土才使我们有了自己的场院。由此，在我的心中，这是勤劳坚韧的爸妈所做的了不起的事情之一。

十三

而在秋天，我和弟弟只要照管好门前场院里的荞麦就行了，因为这时爸妈还要去山上收割其他的庄稼。等到大部分庄稼都收回到房后场院时，他们就会每天都待在场院里，慢慢打场了。

爸妈上山之前，会特意叮嘱我说，如果看到黑云卷上来，要下雨了，就赶快把荞麦收起来。

六岁的我和四岁的弟弟是能够担此重任的。堆堆扫扫，是我们经常干的事儿。

　　下午的时光凝滞着。我和弟弟有点昏昏欲睡和百无聊赖。

　　我们去外面闲逛，一直走到村子东边的大场院外、小河旁，悠悠荡荡。

　　玩着玩着，忽然抬头看到西北部的天边有一大片乌云压过来并迅速地扩散。不一会儿，乌云便笼罩了整个天空。

　　起风了。

　　"赶紧回去堆荞麦吧，要下雨了。"我跟弟弟说。两个人一溜小跑就回了家。

　　按照妈妈的叮嘱，我们拿了扫帚把场院里晾晒的荞麦堆起来，并用塑料布蒙好，还不忘记在塑料布上面以及四周压上几块砖，以免风大把塑料布吹跑……

　　才把这一切干完，跑回屋，倾盆大雨说下就下了。我们坐在窗口望出去，外面白茫茫一片雨雾，其他什么也看不见。戏水的鸭子也逐渐受不了雨滴的击溅，"嘎嘎嘎"地叫着逃回自己的窝……

　　暴雨总是不免让人担惊受怕。爸爸妈妈冒着大雨从山上赶回，一进院子就大声喊我们的名字，但没有回应。

　　爸爸趴在东屋高高的窗台上往里看，不见人。妈妈跑到西屋看，也没有人。

　　他们来不及多想就一起冒着雨冲出了家门。他们挨家挨户地问，问是否看见过两个孩子的行踪，问孩子是否在他们家里，但都被告诉说没看见。

　　后街的一位大娘说："下雨前我还看见他们俩在大场院边转悠来着，可别是去河里了吧，赶快去找吧，河里说不定涨水了。"

　　雨依然很大，打在人脸上，让人睁不开眼睛。

　　爸妈去河边寻找我们，但东河和西河两岸都不见我们的影子，而河里已经涨水了。妈妈哭了。她和爸爸说，我们肯定是到河里去了，现在河里涨水，说不定我们已经……

他们决定再次去河边，到河里打捞我们。

妈妈去了东屋，也就是我们睡着的房间，找工具。

然后就看到我和弟弟正依偎在一起，蜷曲在窗台下的旮旯里，睡着了。

当我醒来的时候，发现自己已经不在那个旮旯里了，应该是被妈妈挪动了位置。我看到爸爸正一声不响地坐在窗前看着窗外，窗外的雨依然"哗哗"地下着。弟弟则在窗台上爬上爬下。而妈妈，在哭。

我平时似乎没有看到过妈妈哭。第一次看到她哭还是我家新盖的房子被山水冲塌的那次，那个时候我也就两三岁，刚刚有记忆。

于是我有些茫然地问："妈，怎么了？"

妈妈抹了把眼泪，说："你们啊，差点就丢了。不是，都怪你爸，没看到你们。"

还没说完呢，就又哭了。

我依然没明白是怎么回事，但看到妈妈哭成那样，就也跟着哭，哭得像妈妈一样伤心。

待妈妈平静了，我才知道发生的一切。

后来，妈妈多次把这个过程详细地讲给我的亲人们听。二姑回来了，说给二姑听；大姨来了，说给大姨听；老姨来了，说给老姨听；东院的大娘来串门，就说给大娘听……

因为之前挨家挨户地问过，所以村里人都关心这两个孩子的死活，见面就会追问我们的情况，妈妈就再说一遍。

我以前从没发现原来妈妈有这么啰嗦。她讲述这些的时候，带着一种后怕的语气和一种失而复得般的庆幸。因为她说了太多遍，以至于我都快一字不落地复述下来了……

十四

场院使用第一年，就迎来了前所未有的大丰收，里面堆满了庄稼。

主要是谷子，另外也有一些黍子、莜麦、黄豆和高粱。

爸妈单是捎（shào）谷子就捎了很长时间。哥哥姐姐一放学，也会跑到场院里帮着干点杂活，而且会一边干活一边教我和弟弟说顺口溜："一二三，小大尖，十口古，日一且，七刀切，八刀分，千口舌，田力男……"

我们对这种朗朗上口的儿歌特别喜欢，总是学两遍就会了，也同时学会了一些字，之后再说时都是有节奏地扯着嗓子喊。

丰收的景象是橙黄色的。黄色的院墙，黄色的谷穗，金色的阳光，光线打在人的脸上也是黄色的。我们的叫喊声，爸妈眼睛里的笑容，那幅画面充满着轻松和祥和。

把谷穗捎下以后，晾干，用马拉着遛轴一圈一圈地碾压，谷粒纷纷而下，之后就开始扬场了。爸爸试了试风向，然后用木锨铲起一锨锨小米高高扬起，金灿灿的小米在阳光下如雨瀑一样落下，发出"哗啦哗啦"的声音，其他碎末则随风飞到一旁。

我和弟弟小，不用干活，没事儿就在一垛和另一垛谷子之间来回奔跑。或者使劲一蹦，蹦进米堆里，深陷下去，有时他躺在米堆上，装死，让我把他的身体埋进米中，抑或我们跪坐在米堆旁，把手深深插入，感受小米在指缝间自由地流动。

也有时，我们安静地坐在一边，画老丁头，边画边口中念念有词："一个老丁头，借我俩大皮球，皮球有俩点，我说三天还，他说四天还，一个大鸡蛋，花了三毛三，三根韭菜花了八分钱，一个大烧饼，花了六毛六，两根扁担，花了五毛五。"

而哥哥画到脑袋和耳朵的时候口中念词就野蛮一些："我说三天还，

他说四天还，去你妈了个蛋的吧，三天还就是三天还……"

开始装仓了。我在圆仓门口帮爸爸开着门，爸爸扛着一袋又一袋的米倒进圆仓里。那次的米真多啊，两个圆仓都差点装不下了。

装完后妈妈问爸爸："一共多少袋？"

爸爸满脸笑容，说："三十二袋。"

日子就这样慢慢变好了。交不起两块五学费的日子还是几个月以前，现在有这么多米，三年不种也够吃了，多出来的就可以拿去卖钱。

十五

"来电啦！来电啦！"

这墙那院的小孩们一起欢呼。在盼望了很久之后，村里终于通上了电。

而爸爸，成了村里的电工。

他经常会爬到电线杆子上，手里拿着螺丝刀、电笔，试着各种电路。

总的来说，爸爸属于村里有文化的人之一（最有文化的自然是我的叔叔，他从农村走向城市，开辟了自己的另一番天地），当年离开教师的行业，做了几年车夫，又成为生产队队长，到现在的电工，似乎没有什么事情能够难倒他，这让爸爸在我们的心目中特别高大。他嘴里说的一些专业用语，比如零线火线等，在我心中，那是我永远都不能理解的部分。

我们买了好几种灯泡。厢房用 15 瓦的，正房用 30 瓦或 50 瓦的。过年的时候，就用 100 瓦和 200 瓦的。有时妈妈会笑话别人："他们家那屋子黑的，常年都用 15 瓦的灯泡，一进屋那心里那个憋屈。"

妈妈说，过日子就要过个敞亮。所以她会在经济承受范围内用高瓦数的灯泡。

房间亮堂了，人的心里就亮堂了。

心里亮堂了，更好的日子就会到来。

告别了以前那种黑灯瞎火的日子，村里通电，让我们的生活有了很大的改变。至少，晚上不用那么早就上炕睡觉了。

村东头的大场院成了孩子们的集聚之地。每到傍晚，那里就乌泱泱一片满是人。很多家庭都买了自行车（我家买的是飞鸽牌和永久牌），并专门到那里去练车，一是显摆一下，二是场院比较平坦，正是练车的好地方。

我们则是去那里做游戏：打鸭子，踢毽子，打跑球，扇片子，丢手绢，撞拐子，跳皮筋，跳房子，蒙瞎儿，打杂儿，跳大绳，弹杏核，耍嘎拉碴，翻老牛槽……再大一点的男孩会玩难度更高一些的——骑片马，就是一个人骑在另一个人的肩膀上坐定，和另一组的人相互拉扯，谁把对方拉下"马"来就算赢了……

那时孩子多，一家至少三四个，多的有七八个。叫喊声一片一片。

同时，喊孩子回家吃饭或睡觉的声音也多了起来。开始声音平和，然后音量提高，最后气急败坏。但如果不是特别晚，便也由着这些小崽子了，爱什么时候回去就什么时候回去吧。

十六

爸爸筹备了多日，终于在冬天里开起了自己的加工厂。

我一直对爸爸敬佩不已。在当时那么艰苦的情况下，他总是能够做到别人所不能做到的事儿，总是能够突破自己之前的身份限制，开辟出一条新的道路来。

爸爸买了三四台机器，面粉机、粉碎机、风扇等，在村东河边的一个房间里开始营业。爸爸的加工厂是方圆几十公里内的第一个加工厂。因为效率比碾子实在高太多，偏远村庄里的人也会赶着马车过来加工。

大家排着队，连夜加工，爸爸就得连轴转，睡眠极少。

来加工的人里面，有些是远房亲戚，用妈妈的话说，是八竿子戳不着的亲戚。但是白天来了，半夜才能排上，这晚饭就没地方吃了。妈妈就把他们带到我们家里，做饭给他们吃。

其中一次来了个女人，我不认识，但她和妈妈攀来攀去的原来也是亲戚。妈妈给她做了面条。她一边和妈妈说话一边吃面。她说话语速缓慢，吃饭也更加缓慢，可把我和妈妈急坏了。

她那已经不是缓慢了，而是方法问题。她是把面条一根一根地挑起放到嘴里，一种想吃又不吃的样子。她之前没吃过面条吗？

我虽然只有六岁，但性格是和妈妈一样属于做事干脆麻利的那种，看到她这样，也快坐不住了。印象中能把人急死的，她是第一个。

那天凌晨三四点，爸爸终于忙完回来了。

妈妈兴奋得不睡了，开始数钱。

爸爸从一个小包里掏出一堆一堆的纸票或硬币放在炕上，一毛的，两毛的，五毛的……妈妈数了好半天，终于数完了。

爸爸问是多少，妈妈抑制不住声音中的喜悦，说，"六十三"。

那时我数数早已能够数到一百。我的脑海中时常记得哥哥那两块五的学费。六十三对那两块五来说，确实是非常大的一笔数目了。

十七

盼来盼去，奶奶终于要从叔叔家回来了。我的奶奶是村里最善良最和善的奶奶，她对我们的疼爱，是其他任何一个奶奶都比不过的。奶奶不在家的日子，我们总是特别想念她。

爸爸赶着马车去车站接奶奶，但是在回来的路上，不知什么原因，马忽然趸了车（方言，指马受惊忽然狂奔乱窜的样子），不受控制地横冲直撞，奶奶摔了下来，腰腿部受了伤……

之后的很长一段时间里，奶奶可以慢慢走路了，但是不能自己站起来。

那些天里，我和弟弟便一左一右扶着奶奶，陪她到大门外去坐坐。等她坐一会儿要起来时，我和弟弟便架住她的胳膊，使劲把她搀扶起来。

奶奶有点胖，感觉每次扶她起来，我都要把吃奶的劲儿使上。奶奶看着我俩龇牙咧嘴的样子，也会笑得不行。有时笑着笑着会变成苦笑，似乎在责备自己怎么还不快点好起来。

有时奶奶会说："我这可是得了我老孙女和老孙子的济了。"

奶奶在家让我和弟弟的心里变得踏实，再也不是只有我们俩在家看门儿了。我们似乎也不打架了，每天就那样出出进进，搀扶着奶奶，度过一天又一天，直到奶奶完全康复……

十八

二大爷来了。

二大爷是奶奶的娘家侄子。在奶奶的娘家人里，除了我的二姨奶奶，奶奶最喜欢的就是这个侄子了。除了他人好之外，更主要的，是他会"下仙儿"。

二大爷的下仙儿在方圆百里都极有名气。爸爸和叔叔都是很有见识之人，从来不信这世上有什么鬼啊神的，但对二大爷的下仙儿，他们也心存疑惑，不会专门去说一句否定的话。因为以二大爷的为人，是不会去故弄玄虚装神弄鬼的，也没有这么做的必要，毕竟，二大爷看病从来不收钱。

二大爷是个沉默寡言的人，中等个，憨厚纯朴，常年都穿着一件蓝色褂子，戴一顶蓝色或黑色帽子。眼睛不大，牙齿也小而稀疏。平时普通得不能再普通，甚至非常不善言谈，有点腼腆。但是等他下仙儿的时候，就滔滔不绝，口若悬河。对这一点，我一直感觉不可思议。

　　奶奶从来不怀疑这世上有"仙家"的存在。二大爷下仙儿，时常是以"长仙"或"狐仙"的身份，这也是奶奶最信任的两位"仙家"，如果哪天来的不是这两位，奶奶就略微有点失望，觉得另一位"仙家"的道行没那么高，算得就没那么准。

　　所谓"长仙"就是"蛇仙"。我们把蛇叫长虫，所以它变成的仙就是"长仙"了。有时我们在外面看到一条小蛇，回来一说，奶奶就千叮咛万嘱咐，一定不要去打它。她说，那都是在保佑我们呢。

　　这次二大爷的到来，少不得奶奶会让他下个仙儿算算这算算那的。村里有人知道二大爷来了，觉得和我们关系还行，就也会带着一些疑难杂症上门请"仙家"指点。

　　家里的女人们都对下仙儿事件深信不疑，家里的男人和学生们就保持沉默。因为这个现象确实没法解释，但书本上的科学又让我们相信这世上不可能有鬼，也不可能有仙。那么，它又是一种怎样的神秘力量呢？

　　到了晚上，吃完晚饭，就开始让二大爷下仙儿算命或者治病了。

　　首先由妈妈点上三炷香，在香前铺上几张黄纸。黄纸是用来接药的。在点香的过程中，二大爷依然盘腿坐着和大家聊家常。什么时候"仙家"附体，也不是他自己说了算的。

　　等到香的味道弥漫了整个房间之后，二大爷忽然停下聊天，打了几个长长的哈欠，全身骨骼发出一阵"咔吧咔吧"的响声，就和碎了一样。他把拇指和中指捏在一起，以忽然变化了的口音，缓缓地说："我——'长仙'来了。"

　　此时的二大爷面带微笑，异常和善。他的口音也变成那种垮垮的味道。有时山东的叫花子来要饭，妈妈说他们的声音有着一种"垮"味。

但二大爷下仙儿时候声音的"垮"和那个声音还是有一些不同，到底是哪个地方的口音，我们也不知道。

奶奶一听说这次是她最信任的"长仙"驾到，就很高兴。她说着自己的一些疑问，让"仙家"给破占破占（方言，破解）。这个时候，她和眼前这个人已经完全不是姑侄关系，在奶奶的心中，眼前这个"仙家"有着无比厉害的功力，让她敬畏。

他知道万事，那头驴在什么地方丢的，应该到什么地方去找，哪个地方不合时宜地挖了一口井，哪个地方开错了一道门，等等。之后就是教你如何如何，哪个地方压上一道符，什么时候动上一锨土，或者吃一种怎样的药，如此等等。

然后到了妈妈取药的时间。能让她们对此深信不疑的原因还有，黄色的裱纸上果然落有几粒小药丸，肉眼可见。

爸爸在旁边坐着，看着，听着。他从来没有问题需要借助"仙家"去解决，但对奶奶和妈妈以及村里其他专门找二大爷看病的人那种满脸满眼的虔诚，爸爸也似乎表示理解。

在整个过程中，我们几个小孩都安静地坐在一旁，瞪着大眼睛听着看着。我们不说一句话，似乎被这种气势震慑住了。但因为他是我的二大爷，也并不会觉得害怕，只是觉得神奇。

在二大爷去世以后，三哥来我家讲了之后的故事。

说有一次他回去，在他们的院子里看到了一条很长的蛇。之后，同样憨厚的三哥就接到了"仙家"的指令，让他和二大爷一样顶"仙儿"。但三哥不愿意，就被折磨了，有时甚至被"吊打"（应该也是意念中的吊打），有时是翻来滚去的头疼。但他还是死活不同意。

没办法，"仙家"就把那个指令转到了四哥身上。虽然四哥各方面的底子都不如三哥，但也只能将就了。四哥见抵抗不了，就依从了。从此，就有"仙家"附体到了四哥身上。但四哥似乎无法承受这么深重的功力，他身上的"仙儿"总是不如当年二大爷身上的"长仙"和"狐仙"一样让人信服，后来也就不了了之了……

这些匪夷所思之事，因为就发生在我身边，有些是亲眼所见，所以让我一直对其充满好奇，不明白那是怎么回事。

也让我不免觉得，这世上，的确存在一些科学所不能解释的神秘的力量。

毕竟，人的耳朵只能接收到一定频率的声音，人的眼睛只能看到一定光亮的事物，人类的逻辑也只能解释一定范围内的事儿……

十九

每年夏季，在蚕豆刚长成的时候，妈妈就会割回几抱蚕豆秧儿，把已经非常饱满的绿色豆荚摘下来，洗净，下锅，烀蚕豆给我们吃。

不知道"烀"应该怎样去形容，不是煮，也不是蒸，做法还是有些不同。此时豆荚里的蚕豆还嫩着，烀着吃刚刚好。再过一些天，蚕豆就有点老了，就不适合这么吃了。所以能吃到烀蚕豆，一年也就那么一两回。

每次妈妈说要烀蚕豆，我们几个小孩就很兴奋，一副迫不及待的样子。当锅里开始冒起热气，蚕豆的清香就弥散开来，在院子里就能闻到了。

晚上我们会把炕桌搬到院子里，坐在小板凳或者垫子上吃饭，有时干脆席地而坐。

清风徐徐吹拂，月亮挂在半空。南洼里响起一声接一声的青蛙叫，偶尔也会掺杂几声蛤蟆的叫声。鸭子和小鸡已经进窝了，马还在吃草，不时地打个响鼻，羊儿们刚刚从山上回来，心满意足，已经在羊圈里歇息了，本儿一声不响地趴在树下，看着我们陷入沉思，猪一声接一声地哼着，拱着圈门，表达着不满，它们总是在最后吃饭。

我们围坐桌旁，一边吃饭一边聊天。燕子站在电线杆上四处观望，"叽叽叽"地叫着，或者从屋檐下的窝里飞进飞出，带着刚刚出窝的小燕子练习飞翔。

哥哥渴了，就站起身，拿起水舀子走到水井旁边，压满一水舀子水，"咕咚咕咚"地大口喝着，剩下的"哗"地一下甩出去，甩到一旁的菜地里。

吃饱喝足了，正要往外跑，妈妈却给出了"最高指示"：今天都别出去玩了，该压水浇园子了。

二十

蚕豆刚出锅的时候，奶奶就把蚕豆装满一个小盆，说："去给后街你大叔送去。"奶奶口中的大叔是羊倌儿大叔，和门前的三大爷一样，因为贫穷，也是一个单身汉。他好像也不种自己的地，每天只是兢兢业业地放着羊。所以我们做了什么好吃的，奶奶都让去给他送点。有时去了会碰到他正在吃饭，永远吃得那么简单：小米饭加咸菜。

羊倌大叔管奶奶叫干妈。在村里，奶奶有好几个干儿子。对此妈妈总会拿来说笑，"全村人都成你奶奶的干儿子了"。不知道他们是基于什么认的干妈，也可能是因为一次算命，如果想躲过命中的劫难，就要认一个"刘"姓的人当干妈，谐音是"留"下来。但有些也不是，纯粹是因为奶奶对他们好，他们一感激，就认了干妈。

除了羊倌大叔，我们经常送饭的，还有门前的三大爷。三大爷在一次纠纷中被人追打受了重伤，躺在床上很长时间不能动，奶奶就经常叫我们送饭给他吃。

有时端着饭菜走出大门，打他的那家人儿女恰好从我家门前经过，他们见到我端着盆去送饭，会边走边狠狠地瞪我一眼，我就吓得一哆嗦，不敢再看他们，径直走入三大爷的小黑屋。以后每次送饭，走出大门的一刻，心里都会默念：可千万别再碰到他们啊。

三大爷对奶奶一直感恩在心。后来他的伤好了，出去闯荡，在外地安了家。每次回来，都会买些罐头点心来看望奶奶。

二十一

老叔一家从城里回来了。奶奶高兴得合不拢嘴，就去把刚刚熟了的西红柿摘下来，或者凉拌，或者直接让叔叔他们吃一个。

老婶和妈妈有说不完的话。她每次一回来，就和妈妈不停地聊着，妈妈走到哪儿，她就跟到哪儿：妈妈烙饼，她就站在灶前；妈妈去切菜，她就走过去站在菜板前；妈妈去倒泔水，她就站在门口看着外面等妈妈回来。

妈妈总是夸老婶朴实，说，一个大职工，一点都不乔气（方言，指不矫情、不娇气），从来没嫌过家里脏乱。

妈妈不让老婶帮忙干活，只让我们给她拉着风匣，填着柴火。那个风匣可真重啊，我用一只手根本拉不动，就用两只小手攥住来回使劲地拉着。在风匣"咕哒咕哒"的声音以及柴火在灶里忽然炸开的"噼啪"声中，会夹杂响起菜板"当当当"的声音，油锅"滋啦滋啦"的声音，或者勺子碰锅沿的清脆声。十几口人的饭，不一会儿就被妈妈做好了。

叔叔回来后坐不住，这屋看看，那屋看看，院子里看看，院子外看看，或者走过来歪头看看妈妈在切啥，或者假装凶一下哪个小孩，就听小孩"哇哇"地哭了，而很少会坐在凳子上和爸爸奶奶他们聊个天。

一听说他们吃完饭就要走，妈妈就不满地说："这回来一回，'嗖嗖嗖'地一脚不站，就和个拧腔子鸡似的。"叔叔就哈哈大笑。

妈妈的语言非常生动，有趣儿，有劲儿。比如聊天时会听到她说，"那一个大活人咋也不能让尿给憋死"。或者说，"鸡蛋碰石头，我就算是鸡蛋，我也要撞它一身黄子，不让它舒坦了"。

二十二

天气越来越热，剪羊毛的时间到了。不知道剪羊毛这件事是从何时开始的，是为了让羊凉快，还是为了得到羊毛。看米勒的画，其中就有一幅剪羊毛，那架势各地都一样。

爸妈一起把羊摁在地上，贴着它的皮肤表面，一剪刀下去，能听到声响，它的毛就离开了它的身体，露出了白里透红的皮肤。羊"咩咩"地叫着，开始还在反抗，后来就感觉到了舒服：咦？这怎么越来越凉快了？它就乖乖的了。

等把它全身的毛都剪完了，这只羊就变得很丑，如果它去河里喝水，在水中看到自己的身影，肯定也会吓一跳：我是谁？这是我吗？

把一只羊剪完了放回羊圈，其他小伙伴们就一阵沸腾：这个丑家伙是谁？但过不了多久，它们便都没有嘲笑其他小羊的资格了，个个都变得光溜溜了。

没有羊毛的羊确实长得都差不多。有时为了好辨认，不至于圈羊的时候认不出自己家的羊，妈妈就会在它们的脑门上抹上一点烟油子做上记号。

羊毛剪下后可以卖钱。每年的这个时候，都会有人上门收羊毛。

爸爸从中看到了商机，与其你挨家挨户地问，不如我熟门熟路地收好卖给你。夏天时加工厂也没太多的活，爸爸就做起了收羊毛、卖羊毛的买卖。由此，很长一段时间里，我家院子里都堆满了羊毛，好像一堆一堆的云从天上跳下来，满院子都是羊毛的气息……

第二辑

不一样的天空

百年孤独

　　我冲了一杯咖啡。微苦的味道让我清醒。窗外细雨迷蒙，一眼望去，氤氲一片。这个世界在我们的眼里以不同的样子呈现。不同的时间，不同的天气。

　　《百年孤独》中的那种磅礴抑郁而又无比悲凉的气息一直在我的脑海中回荡，让我总觉有什么飘在空中无法落地而让人不知所措。我深深地思考，却觉思想凝滞。我想抛开这些，但那个家族跨越百年的七代人守着各自的孤独在自己的角落里以一种永恒的状态停留，如此清晰。

　　这些孤独无比的人物，那些无法逃离的宿命，那些烟消云散，那些不知所措没有出路的爱，那些付出、获取、坚守、破坏，那些苦难和挣扎，冒险和探索，那生活之外的另一个迷幻世界，那些外来者的冲击，那些所谓文明的替代，那些战争，那些掠夺，那些漫长的等待和最后的颓败，那些吞噬每个人内心的深深孤独，那些内心里比现实更灰暗的世界……

孤独是布恩迪亚家族的宿命，他们绝望地封闭着自己，彼此之间很少交流，更不知道如何去爱。阿尔卡蒂奥和奥雷里亚诺，七代人不停地用两个同样的名字重复着。他们的命运也如同他们的名字一样，似乎永远在原地转着圈。

乌尔苏拉从家族漫长历史上重复命名的传统中得出在她看来无可争辩的结论：所有叫奥雷里亚诺的都性格孤僻，但头脑敏锐，富于洞察力；所有叫何塞·阿尔卡蒂奥的都性格冲动，但富于事业心，命中注定带有悲剧色彩。

奥雷里亚诺最终破译了羊皮卷，也终于明白吉卜赛人梅尔基亚德斯终极的密码向他显明的意义。他看到羊皮卷卷首的提要在尘世时空中完美显现：家族的第一个人被捆在树上，最后一个人正被蚂蚁吃掉。

一个人的命运。一个家族的命运。一个村庄的命运。

最初的马孔多隐没在宽广的沼泽地中与世隔绝，之后它在百年之中发生了翻天覆地的变化，从原始的朴素，到繁华，到最后外来者的离去，留下一地满目疮痍。他们先后经历了吉卜赛人的发明、失眠症、战争、美国人、香蕉公司，三千多工人被屠杀后，又被抹平了一切痕迹。之后，那些外来者带着文明的所有的一切扬长而去。

之后一直下雨。如果四年十一个月零两天的连续大雨能够洗清一切，一切罪恶，一切悲伤，或者是另一种意义的洗劫，洗劫一空之后，在飓风带走它之前，这个村庄又回到最初蒙昧的模样。

坚韧的乌尔苏拉几乎贯穿了整个家族，她说，等这场雨停止后她就死去。不仅仅是她，这个镇里所有的居民都在等待雨停后死去。"他们坐在厅堂里，眼神迷茫，抱手胸前，感受着浑然一体、未经分割的时光在流逝。既然除了看雨再无事可做，那么将时光分为年月、将日子分为钟点都终归是徒劳。"

狭隘保守落后与先进科技文明之间总是交织缠绕发生着碰撞，就如何塞·阿尔卡蒂奥·布恩迪亚孤独地沉浸在自己的世界里探索钻研直至谵妄。更深的贪婪和罪恶总是与更先进的文明相依而存，如乌尔苏拉所感叹的那样，一切都和以前不一样了。

在吉卜赛人最初来到马孔多带来闻所未闻的发明时，"马孔多的居民在自己村子的街道间迷失了方向，置身于喧嚷的集市中不知所措"。之后的各种新鲜事物更是层不出穷，马孔多人被诸多神奇发明弄得眼花缭乱，感觉仿佛走进了一个梦幻的世界，"他们时时摇摆于欢乐与失望、疑惑与明了之间，结果再也没有人能确切分清何处是现实的界限"。

后来有了铁路，一列黄色的火车缓缓驶来，伴随着它一起到来的，必然还有另外一些未知，"这列无辜的黄色火车注定要为马孔多带来无数疑窦与明证，无数甜蜜与不幸，无数变化、灾难与怀念"。

雨下了四年十一个月零两天之后。一个星期五的下午两点，一轮砖红色的太阳照亮世界，那阳光如砖末般粗糙，又如水般清凉。此后十年中滴雨未降。

马孔多到处都是一片颓败的景象。这个由村庄变为城镇后而为市的地方，亦如布恩迪亚家族一样，用百年的时间在原地转着圈，从无到有，从有到无，"何塞·阿尔卡蒂奥·布恩迪亚当年创业时探索过的着魔之地，后来变成繁盛的香蕉种植区，此时却沦为腐烂根系的沼泽，多年以后从这里仍能遥遥望见远方大海无声的泡沫"。

　　这里的人们如最初村庄里的所有人患上失眠症一样，到了最后，他们茫然地生活着，全部失去了对曾经的记忆。没有人知道这里曾经有过带领众人创建马孔多的布恩迪亚家族。所有过去的事物，除了百年的巴丹杏树，一切都不复存在了。

　　这是魔幻结局的一种预演，现实中的烟消云散。

　　在何塞·阿尔卡蒂奥·布恩迪亚认为冰块是这个时代最伟大发明的时候，他就想起他曾经的镜屋之梦，那个地方忽然出现的一座城市，家家户户以镜子为墙。

　　想必他的梦里不会指明，那座镜子之城，或者说是蜃景之城，最终会被飓风抹去，从世人记忆中根除，羊皮卷上所载一切自永远至永远不会再重复……

中世纪与乔托

和一位画家朋友视频电话，看他画室里的新画。

在移动并有些晃动的镜头中，看到桌子上放着的一本书，《中世纪之美》。

我问，封面上的画是乔托的吗？

他说不是。并调侃我说，行啊，还知道乔托呢。

乔托，中世纪最后一位绘画大师，意大利文艺复兴的先驱者之一，被誉为"欧洲绘画之父"。

中世纪是欧洲历史三大传统划分的一个中间时期，指从公元 5 世纪到 15 世纪的这段时间。之前为古典时代，之后则进入了近现代。

中世纪时代因为天主教会对人们思想的禁锢，文学、艺术等各方面都呈现了一种退化状态，刻板、僵化、死气沉沉。所以中世纪早期又被称为"黑暗时代"。

这个时代的绘画，多以宗教、神话为主，而所有的宗教人物都扁平化，没有表情，肃穆而僵硬。

和朋友但丁一样（一个是文学，一个是艺术），乔托站在了中世纪与文艺复兴之间的门槛上，终结了那种沉闷的画风，开启了新的绘画表现形式，成为一百年后文艺复兴的引领。

在中世纪的一千多年里，表面看似乎是画家的技术普遍出现退化，实际与当时的绘画功能有直接的关系：绘画不是为了欣赏，而是为了表达教义。

圣画像需要具有一定的隐喻，要有一定的意义超越，他们对自然主义之美的感知依然强烈，但更多是需要具有象征主义。

"无论哪个时代的禁欲主义者，都并非没有觉察到尘世愉悦的诱人之处，他们所感受到的强度其实比别人更甚……"

但任何语言都是在自己的语境之中，显然中世纪有着自己的美学定义。在《中世纪之美》里，翁贝托·艾柯站在当时的背景中对此进行了诠释，比例之美，超越之美，光之美……

可以说这些美的代表便是教堂。教堂作为中世纪文明的最高艺术成就，成为集书籍与图像于一身的存在，而总体仍然离不开意义，"大教堂的建筑学结构和朝向都是有意义的。但是更具意义的还有大门上方的雕像，窗户上的图形，飞檐上的怪物和滴水兽。大教堂将关乎人、人的历史以及人与宇宙关系的综合视野进行了实显化"。"一套经过深思熟虑、关乎对称和重复的安排，一套数字法则，一种象征音乐，静静地协调着这些巍峨的石质百科全书。"

对朋友说，你用通俗易懂的语言解读一下他所说的超越之美。

超越之美，不是一个清晰的概念，它实际上是个人（著书者的主观臆想）对一个阶层的共同审美取向的猜测和怀想，把神性之美（神性是美的）与人的善美混在一起炖成汤，即使味道不怎么好，但还是要强迫自己喝下去，甚至要求强迫自己在内心予以最真诚的赞叹。

时间久了，这样的审美就酿成真的了，最终可以统领所有人的头脑。

比如，耶稣被钉在十字架上，这本来就是一次比绞刑更残忍血腥的处决，但是，在神性的光环映照下，血腥消失了，上下左右对称的十字架和尸体，竟然变成那么神圣的具有敬畏感、形式感和仪式感的美感了。

这便成了超越生活经验审美的上上之美……

而这种审美的颠覆者，正是乔托。他是使艺术摆脱拜占庭传统刻板的伟大解放者。

乔托出生于乡村。据说他在小时候放羊时，经常拿起石头作画。有一次佛罗伦萨著名画家契马布埃经过时看到了，感觉这个小孩很有绘画天赋，便收他为徒，带回了自己的工作室。

又过了一些年，乔托的艺术造诣远远超过了师父。

这一点达·芬奇和他何其相像，因为他帮助师父在一幅画的左下角画了一个小天使，水平之高让师父羞愧难当，自此他师父竟不再绘画。

"契马布埃认为他完善了自己所谓的希腊风格，并在那个时代功成名就。然而在乔托的光辉下，契马布埃的成就黯然失色，如今仍为人所知的作品已寥寥无几。"瓦萨里的艺术著作开篇写道。

但丁在他的《神曲》中，也对此进行了描述：

人类力量的空虚的光荣啊！
他的绿色即使不被粗暴的后代超过，
也在那枝头驻得多么短促啊！
契马布埃想在绘画上立于不败之地，
可是现在得到彩声的是乔托，
因此那另一个的名声默默无闻了。

乔托，这个出生于乡村的放羊娃，他的生活经历以及他早期在罗马看过的许多古罗马的艺术遗迹对他产生了很大的影响，让他更喜欢身边自然的事物，更尊重客观事实，于是开创了写实主义绘画的新天地。

　　"乔托重新点亮了一种已被埋葬了几个世纪的艺术，他忠于大自然，无论他描绘的是什么，都有各自的外表，不是复制品，而是物品本身。所以人们常常发现，在乔托的作品面前，眼睛似乎被欺骗了，会把画面误认为真实的东西。"

　　意大利文艺复兴运动的杰出代表乔万尼·薄伽丘也发出同样的赞叹。

　　乔托的绘画质朴、庄严、厚重，已经在试图走向透视感和深度空间。他以画壁画为主，其中包含诸多宗教人物，但他所塑造的宗教人物不同以往，个个成为有血有肉的人，有了表情和情绪，有着丰富的感情。

　　英国罗斯金的评价很有意思，他说："乔托从乡间来，故他的精神能发现微贱的事物所隐藏着的价值，他所画的圣约瑟、圣母、耶稣，简直是爸爸、妈妈与宝宝。"

　　瓦萨里则说："多年以来，优秀绘画的方法与原理已被掩埋在了战争所造成的废墟之中。正是乔托，孤身一人，蒙受天恩，拯救并且复兴了艺术。"

　　最后说一下《中世纪之美》的封面，是威尔顿两联画，画者不详。

　　这幅画的主人是英格兰国王理查德二世，也是画里左侧跪着的人。左边是现实世界，右边是天堂的景象，左与右是黄色和蓝色的承接与对比。左右两幅画里有很多相似的元素，且都与理查德二世相关，比如白鹿和金雀花图案……

　　理查德二世伸出双手是一种接受的姿态，右侧图幅的小耶稣是一种传递的姿态，旨在表达王权神授。这幅画还可以像书一样折叠在一起，方便携带。

　　所以他喜欢极了……

生活在别处

　　1989 年吴文光制作的《流浪北京》被认为是中国第一部真正的纪录片，里面记录了五位流浪艺术家北漂的生活，他们分别从事绘画、摄影、戏剧导演和写作等工作。他们贫乏的物质生活与炙热的精神追求令人动容。

　　张夏平即是其中之一。

　　在倾斜而有些模糊的镜头面前，对于为什么会来到北京，她说："不记得哪位诗人有这样的诗句，我心绪不宁，我向往着遥远的事物。"

　　"我只能说是被选择的，别的生活方式我受不了。这种状况表面看，没根，飘着，都不知道明天会怎样，没安全感，没依赖感，但是我觉得，我要的就是这个，我最怕就是那种什么都有了似的，我反正从来都觉得自己一无所有……"

在当时的个展中，她在展板上这样写道：

艺术是人类心灵的迷彩／只有抖落你身上的尘气／你烦恼／请走进来／看到小小世界／你迷惑你新鲜／你还不习惯

纪录片的最后，以张夏平在其个展期间发病收尾，让人对艺术充满敬畏甚至迷惑，也让人对她产生深深的担忧。

之后，因为疾病也因为爱情，她离开了那个曾经带给她太多美好回忆的艺术群体，告别了张晓刚、曾经的男友叶永青和毛旭辉等这些如今已经在国内绘画界享有盛名的朋友，去奥地利投奔了她的阿路易斯，成了两个孩子的母亲。

她过起了温暖而又看似普通的家庭生活。她继续画画、拉小提琴，并开始写作，其间在当地多次举办个人画展，也多次因为躁郁症复发而不得不进入医院治疗。

"躁郁症的特点就是从一个高峰又会进入一个低谷。而抑郁却是最难最危险的。我不知道自己是用什么样的意志力来抗衡这种无法言喻的阴郁。"

由于躁郁症的间歇发作，很多时候，她不得不放弃绘画。但她一直认为，只有绘画才能真正治愈她。她说："这两天我从内心感到快乐，就因为我又开始画画了。""母亲一直来信规劝不要画画，不要胡思乱想，仿佛只要安安心心做一个好主妇就不会生病，就会平平安安。其实事情不是这样的。像我这样一个人只有画画才能真正解救我，才能让我获得正常人的思绪来面对生活。"

她生活在马克湖这样美丽的地方，那里的自然之美和人与人之间的友善以及人与自然的和谐共处让她对身边的任何生物都充满着热爱，甚至，她会把一枚蛋当作一个生命去对待。"今天在喂鱼的时候我竟然发现了鸭子的蛋。由于气候一直很暖，我们的鸭子一定是以为春天到了。我真不知道拿这些蛋怎么办，如果冬天来临这些蛋将全部被冻死。"看到这段话的一刻，我感动了。

在这本书中，对自然和身边小动物的描述是我特别喜欢的一部分，觉得有着非常美好的感情、非常美好的语言和非常美好的韵律感。"我们的小母鸭安东尼不知什么时候也不坐巢了，伊丽莎白几天前孵出一只小鸭，当天晚上就被邻居的猫吃了，坚强的鸭妈妈这几天一直坐在那个许多年才成为鸭子的巢的玫瑰花丛中，耐心等待又一只小鸭子的出世。"

在这样的美好和宁静中，她过着与以往完全不同的生活。特别是与《流浪北京》中的她相比，她不再把一颗追求艺术的心捧在手上，看着它热烈地跳动或者如烈焰般燃烧，她也不再去试图追问上帝我是谁，对艺术的激情似乎归于平静了。

或许这会让曾经知道她的一些人说，她终于同这个世界和解了，而背叛了最初的自己。

真的吗？艺术从来都不应该总是以一种激愤的状态出现，它有着各种各样的表现形式。事实上，在她平静的生活中，她从未放弃过对艺术的追求，只是表现得更加冷静，有着融入基于生活的对艺术的理解和呈现。

绘画不再是她主要的或者说是必须做的事儿，而是慢慢融入生活，成了生活的一部分。谁说生活本身不是艺术呢。

她这样描述其中的一些片段："饭后出去抽烟时，看着满园子野花，尤其是火红的罂粟，我突然想起阿路易斯对我说，拿起画具去写生吧！我放下抽了一半的烟，跑到楼上去找画油画的东西，用了最快的速度做准备工作。一个小时后一幅不错的油画诞生了。"

如此美好的一些时刻。

尽管对此，她也偶尔会陷入一种矛盾之中，特别是在与曾经的那些老朋友进行交流之后，她也会有短时间的心理不平衡以及对自身存在的一些疑问，但最后，她总是能够对她的选择有着坚定的态度。

她说："我记得文光还说，像马克湖这样美丽的地方，他们待上十天就待不下去，要回北京，要回中国能够施展才华的地方……在他们走的当天，我跳进湖中以后趴在长堤上很久很久，我对自己说这里是我的家，是好是坏我决不会离开……阳光暖暖地洒在我的身上，我的眼睛里浸满了泪水。"

从当初因为喜欢那种漂泊不定的感觉而选择了北漂的生活，到后来选择在奥地利拥有一个安定的家，夏平的生活轨迹变化无疑是非常巨大的。而另外一种变化还表现在她对自己绘画作品的态度上。

在《流浪北京》中，她曾说过一句比较粗糙而极具震撼力的话：我就是卖×也不会卖画。

一个人的境遇时常会改变这个人的一些初衷。在她的丈夫失业的那段日子，他们的家庭经济拮据，甚至到了可能会卖掉房子的境地。

"我当时没想更多的，只是觉得我现在必须站出来，帮助丈夫支撑我们的家。"于是，她选择了去大街上给人画肖像赚钱以贴补家用。"这个夏天是我一生当中最难忘也最辛苦的一段日子，其中的酸甜苦辣对人的意志是一种考验。"

最近一些天，她和我说着关于准备回国办画展的事情。她说，她会考虑在办展期间卖掉近两年的一些画，但是那些以前的画，她还是不会卖的。

这些，都无需奇怪。人都是在变化着的。每一个人每一个时期选择了什么以及选择的因由是什么，都有着很大的不确定性。一如现在，在她隐居多年之后，她一改以往低调的生活方式，而准备以一个全新的姿态出现。

那天她告诉我说:"大毛已经为我写好了序,我发你看看。"

我认真地看着,看到里面有一句话是这样说的:

"年轻时的夏平长得也很可爱,眼睛特别黑,像小孩儿的眼睛一样明澈,性格也像小孩一样单纯。现在看来,夏平的生命力是相当旺盛的,很坚韧。"

单纯、旺盛、坚韧,这是我也认同的说法。其实即使是现在,夏平也依然有着那样的单纯和有时如孩子般的天真。她活得真实而透明,这一点难能可贵,虽然有时这样的特点也会成为一把双刃剑,会为她带来些许不利。

她不一定很会懂得去体会他人的感受,是因为她总是过于沉浸在自己的世界之中,那是一种艺术家特有的"自我"。事实上,夏平是一个非常善良的人,对周围任何人从来没有攻击性和嫉妒心,对那些曾一起一路走来的人所取得的任何艺术成就,她总是真心地为之高兴。

有的评论家认为,叶永青那幅著名的《鸟》,很难说灵感不是来自她的"绳子"系列。而她的黑白系列,甚至可以与赵无极的画相提并论。

"我大胆地撕碎自己画的人体,在白色颜料和胶的混合中重新组合,并形成具有浮雕效果的机理很强的各种物体……博格斯说那是真的中国的山,他很看重这批画。"

对此,忽然想起我和她之间的一次有意思的对话。

在她与某艺术专栏所进行的访谈中,她说:"我是一个天才。"

她把那篇访谈发给我看。我笑了,说:"天才与否有时是他人的评判。"

她说:"事实上我是天才啊!你说我这么多年躲着,不是天才能憋得住吗?"

"你的天才不是你憋得住。千千万万的人都这样憋着。"

"是什么？"

"你的天才是你画得的确好。很多无意识的东西，或许正是别人在努力探索的。而你不需要思考，你靠本能，这就是天才。"

她为自己的博客起名为"生活在别处"，自然会让人想起米兰·昆德拉的同名小说。但是一个人的真实经历，很多时候比小说更加精彩；一个人的真实感受，很多时候会比小说里的描述更加复杂。

遥远的一盏灯。在这本书里，她如此坦诚而又朴素地记录着自己的生活，里面有温情有无奈，在艺术与疾病之间，在绘画与生活之间，在生活与情感之间，她如此真实地享受着，挣扎着，矛盾着，让它们彼此支撑，彼此让步，彼此妥协。

每一篇文章的字里行间，总是能让人感受到她对生活的热爱，感受到她的某种思想和艺术的光芒和高度。

这些文字以及里面的一些插画，我是喜欢的。

希望更多的人能够看到并也能够喜欢。

生命中的礼物

轩轩翻着夏夏送给我的那部梵高的画册，看着上面她给我的留言，说，夏夏的字还挺好的嘛，很有艺术感。

我把这句话说给夏夏听，她笑了。

和夏夏分别后，一直想写一篇和她有关的文字，但迟迟无法动笔。快一年没有写字了，对文字似乎已有些生疏，在这样的时候写她，自然避免不了浅白和拙劣，于是一次又一次打消了这个念头。但内心又的确有很多想表达的，那些和她在一起的画面时常在脑海中浮现。

她在上海时，我说，"我来找你"。而她则担心我过于疲累，或者怕太影响我的周末生活，用不容置疑的口气说："我过来，你等着我！"

她就是这样。她总是更多地为他人着想。我便也不再坚持。

而她还有另外一个理由，说："然后，我去无锡看望大叔。"

没落大叔是我们的共同好友，他的绘画和文字都很厉害。我与夏夏的相识，和大叔有关。那时，在大叔的众多朋友之中，我最喜欢夏夏。而夏夏则悄悄对大叔说，我喜欢你的朋友小刺。

于是，便有了后来。

当你与一个人越来越熟悉之后，似乎便很难客观地去评价她的作品了，她的文字，她的摄影，她的绘画。而只是用苍白的语言说，我喜欢这一切。

嗯，是的，就是这样。这所有的一切，都是那么美，那么美好。

夏夏曾经非常感慨地说，你和没落，对我都是无条件的好。

有什么理由不好呢。在这样一个才华横溢而又善良、温暖的女子面前，不管是我，还是大叔，以及其他的人，我们都深深地喜欢着她的一切。

她要我等她，然后就下了微信。她并没有确定是几时的高铁。她的手机没有网络，用的还是挪威的号码，我无法联系上她。

我在车站里等着。呃，那真是一次漫长的等待。

那天真冷。我的腰忽然很痛。

面对面地聊天。她的乌黑的长发自然地倾泻下来。她的眼睛明亮。

她讲话的时候会借助于手势，而我则总是托着腮静静地看着她。我说，夏夏，你真的很漂亮。她笑了。

我说，你讲话的样子很美，你是一件动着的艺术品。

我时常就那么看着，感觉就像在读她的画、她的文字、她的摄影一样。她自己和它们融为一体。或者说，是它们和她融为一体。

我有时融入和她的对话中，有时人在其中，但意识会忽然疏离出来，站在我和她的不远处看她。我说，你是你自己的第四种艺术体现。

草间弥生在很多展览中，会把自己置于作品之中，让自己成为作品的一部分。我想，一个人谈话的样子，散发出的那种美好的感觉，头发的美，动作的美，声音节奏的美，怎么去实现被他人当成一件艺术品欣赏呢？然而，我半开玩笑地说，我欣赏到了。

我们像任何两个好朋友之间那样聊着琐碎和内心深处。她曾经的婚姻，她哥哥的离去，她爸爸的离去……我爸爸的离去，我妈妈的离去……说着说着，会忽然地眼睛里噙满泪水。

相识七年，彼此看着对方经历着生命中最痛苦的那部分。或者同时各自经历着，各自苦痛着。只是隔一段时间，问，你还好吗？一定要好好的。

是的，都还好。所有发生的一切，都需要勇敢地去面对。现在，我们都有了明朗的心境，她的画里也自然地注入了一些新的元素，那种压抑和沉重的东西少了，取而代之的，是一种自由和轻盈的感觉，以及一种更博大的爱。她的绘画或者其他类型的作品里有越来越多的更深厚的关注：关于生命，关于环境……

其实，她的画一直那么特别。但是她最初吸引我的，是她的文字。

我喜欢画家的文字，而夏夏，无疑是我认识的女子中我认为最具才华的一个。她的文字有着不一样的质感，会让你一遍一遍地咀嚼，而唇齿生香。

于是当时，我忍不住多次说，夏夏，你的文字真好，我很喜欢。

即使到现在，我还是会回头去读她的那些文字。它们一直静静地卧在那里，等着我去看。

她几次书写孤独。每一个人，每一座孤岛。但孤独并不意味着是某种意义上的完全孤立，一些"空"亦会于不经意间被一些别的什么温暖地覆盖。很多东西闪念而过，但不会是一种永久的停留，即使窒息，到最后总是会自然地给自己留出一些缝隙，看到一些阳光，而后可以大口地呼吸。"其实每个人都不是一座孤岛，岛下都暗暗连着礁石。"

她写青葱岁月。我们几次于电话中或者面对面说及年少时的情怀和少女之间的纯真的情感，以及随着岁月的流逝，一转身，有些东西却不再是原来的样子。失望，难过，诸多迷茫。"我好像不大有那种等候的焦灼，只是一直伴随着不安和迟疑。就在那个迟迟未果的模糊的悬念里，慢慢地长大……"

她写乡间。美好而充满深情。那是我或许陌生但又十分熟知的情景，熟知的感受。我想象着那些画面，似乎我也正静静地伫立一旁，静静地看着那一切。"喜欢老屋子建在缓缓的坡地上。每次清扫院子，可以看见屋子后面露出的一部分岩石。……有时静静地看它们，觉得老屋像我的祖父母，有温暖厚实的手掌和旧羊毛的气息，给我宽慰。"

就这样读着她。认真地。每一个字。

而后，过了几年。在经历了一些东西之后，我终于开始回头去看她以前的那些画。

并接受，并喜欢。

夏夏所画的女性大都是孤单的、孤独的，有着一种无助或挣扎的状态。那些非常女性角度的诠释，是一种悲伤和绝望的书写，有些犀利，对某些内心的东西表达得毫不含糊。初看时，想到蒙克的"呐喊"，一种无望的恐惧带给我一种深深的颤栗。

我再次看着她们，那些消逝的影像，感觉有了更多的认识、理解，很想站在她身边，轻轻拥抱……

那天，我对着其中一幅画（画的是一个半裸而静立在那里的女子，表情漠然）告诉她说，现在再看，会想到廖一梅的笔触，想到悲观主义花朵里的陶然。廖一梅是我喜欢的写手，她小说里面的人物，大多执拗，独立，不纠缠，内心悲伤。

与以上曲折的认识不同。去年，她的《呼吸》《河流的礼物》系列，让我一见倾心。

一种我喜欢的沉郁的色调。那些淡蓝色的、有着轻度的灰色的海面，那个游着的女子。

她独自一人。她的身上仍然让你感到一种执着的倔强，但是不一样了。

一切都变得轻灵起来，一种忧郁的轻灵。

整个画面都传递出一种自由，一种自我选择的高贵的孤独，一种深度的释放。

而等我看到那些顺水而来的孩子，内心瞬间被攫住了……我屏住了呼吸。

我想到很多。

想到米兰·昆德拉《生命中不能承受之轻》中的托马斯的特蕾沙。

昆德拉多次描写他关于她的感受，他总是觉得，她是顺水漂来的身上涂了松脂的孩子……那是一种偶然的必然。生命中的很多相遇，是一种宿命。我遇见你，你遇见他，都是冥冥之中的一种力量的安排，它是偶然的，也是必然的。

也自然想到丫头。在夏夏第一次用只言片语提及丫头时，我瞬间流了泪。我想到夏夏之前和我说的很多，她的"心爱"，以及作为一个女人内心的渴盼。

丫头顺水而来了，从此，她和她的生命开始交汇。

丫头抱着膝盖坐在地上，看着周边的夏夏的画，那默默的样子，似乎也在思考自己是谁。

我看着她们短暂离别时紧紧的拥抱，夏夏眼睛里的晶莹的泪花儿……

她时常到野外采一些五颜六色的野花给夏夏，那是送给美丽的夏夏的美丽的礼物。

我看到夏夏给她编织的围巾，她围起来酷酷的样子……

她灿烂的笑。她快乐幸福。

她们之间的许多美好的画面总是让我非常开心而感动。

这是一个柔软而美好的世间。

实际上，《河流的礼物》所要表达的显然更多。夏夏把自己从自我的情绪中抽离出来，把目光转向社会，转向那些需要更多关爱的孩子。

一个一个婴儿被放在篮子里，流向了未知。他们有着各种表情：惊奇，害怕，或者仍然在甜美地酣睡着。他们并不知道发生了什么。他们不知道自己的爸爸妈妈去了哪里。他们被这个世界遗弃了。他们成了这个世界的孤儿。他们的命运被无情地安排了。

一切都变成未知。或许，他们会遇到一些温暖。或许不会。

没落大叔也被那些画震撼到了。他说，那些画，他觉得具有宗教的意味。

夏夏坦言，她画的时候并没有想到这个层面。

嗯。一幅画的意义除了表达完自己，有时观者的确会有各种不同的感受，即便那感受并非与作者想要表达的一致，甚至完全背离。

这一系列的作品，如果说上升至宗教层面，表面上是把个人化的东西放大，但殊途同归，因为所有的"大"命题都是由个人的"小"命题组成，这些画的确会让人产生对自由、对爱、对生命的思考和敬畏。

印象深刻的还有那幅怀抱婴儿的母亲的画。那里有一种无言的力量。我想到母爱的伟大，并延伸想到女娲补天等神话中人类的起源，想到每一个生命的诞生以及所得到的守护……守护，是一个幸福的词，与那些漂来的婴儿形成对比，心中会有各种怜悯和同情。

艺术并不是用来讨论的。很多感受的确无法用语言或者文字表达。想起陈丹青在他的书里说及在一个画展中看到梵高的画，一时间什么都说不出来。而后说，一幅画放在那里，不是让你说的，而是让你看的。

没落大叔也说，这个东西不太好聊，"每个人的作品都有自己的解释"。深以为然。

所以，我们说的更多的自然还是生活中的琐琐碎碎。

我喜欢她的那些花花草草，她的阳光，石头，田野，青花瓷的碗，和她在一起的孩子们以及各种诱人而好看的食物。她曾经告诉我说：

"我的西餐做得很好，你知道吗，我曾经在很正规的饭店里做过一段时间的厨师。"我当时的反应是有些惊讶。半晌才说："你很了不起。"

也会说她与他之间。

想起她来杭州时背的那个大包，应该属于香槟色，是敞口的，没有拉链。她说，背这样的包出来的确是不太方便，但是因为是他给我买的，我就想背着它。

我笑着看着她。真好，她遇见了那个真正懂她和爱她的人。

两个人的照片里总是充溢着满满的爱与温情。他总是带着有些孩子气的笑容，在后面轻轻地抱着她，或者牵着她的手。

有一次我说，夏夏，看到你的状态，我终于感到安心了，很放心。

艺术没那么重要，能够好好生活，对关心她的人来说，才更加重要。

会偶尔说起那次短暂的会面。

我说，脑子里总是有一些画面挥之不去：我在等你；你在房间的角落里吸烟；你在西湖边的长凳上吸烟；你打着手势讲话的样子；我送你变成你送我，你站在那个角落里……

而她则自言自语般地与我和没落大叔说，不时想起和我面对面的时光："她柔软，沉静，与一种细软的驼色羊绒非常相似。有时在想什么的时候，她好像自己也在里面的状态，不被干扰，很美好——不是女人看女人的角度，是作为一个有一定思想境界的，还算阅人无数的，对人其实有些挑剔的艺术者的角度。"

有一定思想境界毋庸置疑，但对于阅人无数——我心里笑了。对她来说，阅人无数只是个物理概念，在我看来，很多时候她都有些傻傻的，因为她是那么单纯、善良。

然 后

那天收到没落大叔的信息：地址给我，因为我要寄画册给你。

这是在他的新画册《然后》出版之后。"然后"这个名字很让我喜欢。一并寄来的，还有他的散文集《最后一张东风》以及画册《夏天里》。

浙江美术馆就在我单位不远处。空闲时，或者中午时分，只要愿意，就可以去那里走一圈。

好的油画展大多不会错过，而对于国画，便少了一些迫切的心情。喜欢油画中带有动感的笔触，厚厚的或薄薄的颜料涂抹、叠加，色彩，层次，机理，起伏，一幅画放在那里，所有这些蕴含的激情，时常会令我怦然心动。

而国画呢？

以我的眼拙，看来看去，好像这许多年来，有那么一些国画家一直在用同样的风格画着同一幅画——特别是山水画，看的多了，往往也就没了新鲜感。其实重复本身也并无不可，要命的是之于我，山水画以及大尺幅的写意花鸟竟时常会让我心不在焉。

大叔的画却非常不同，一如他的文字、他的人一样特立独行。

最初我看到他的《故园》和《落日帝国》，说，大叔，我判断不出你的画是国画还是油画。

他笑而不答。想想也是，为什么非要给国画和油画划个界限呢，水墨还是颜料，也不过是供人画画的工具而已。

　　大叔的画是有着强烈的个人标签的，是神秘的、模糊的、浪漫的、诡异的，是让人无法言说、无法捉摸的。它并非怪诞，那种如水漫过的迷离，梦境一般的架构，是具有美感的，会让你不知不觉跳进去，融入其中。

　　那天他发了一个画展的几幅画，我看后说，最后一张是你的，其他不是吧。他夸我慧眼。非我眼明，而是他的画的特色的确太鲜明了。

　　后来我告诉他，的确，那些画里，我只看到了两种风格，一种是别人的，一种是大叔的。

　　在与他的交流中，感觉他永远充满了奇思异想，天马行空，他时常在现实与想象之间飞奔，且分秒之间即完成跨越。

　　《夏天里》，他的梦总是那样的柔软温存，在一些安静的时光中。

　　他的葡萄园，他的伯渎港、南长街，时常会出现的一种树，树枝总是有些光怪陆离地伸展着。

　　画着画着，月光没有了，有风吹过来，他的马变成了绿色穿过苏博。

　　在玫瑰红的云的照映下，绿色的马有了红色的影子。

　　夏天了，大地，树木，小草，总是对空气中的温度无动于衷，而那几匹马，在暗色的背景中是一片红色的醒目。

　　在这一系列中，五月，夏天，七月里的葡萄树，秋天无语，冬天的草绿色马，无论季节如何变幻，任时光怎样流转，画面都是同样的青灰色的调子，偶尔也会有亮的一抹忽然出现。

　　我喜欢啊。这别开生面的表达，清冷的调子，自由的意境，无限的遐思。

　　大叔一直是大叔，但他的画风还是在悄悄地或者是忽然地发生着变化。

在我的感觉中，2009 年与之初识时看到的那些，与印象派油画的感觉更加相近。画面是可捕捉和想象的，它安安静静地存在于那里，满满地，没有任何留白。在画中，一些蓝紫的色调令画面极具美感和浪漫。

《夏天里》则把一些写实的笔墨抽离出来，加入了更多的想象，那流动的色彩，自由的气息，温柔的变幻，包括常规之外的冲突，总是让人印象深刻。在这些画里，他用了更多的灰色和青绿色，使画面如水草般灵动柔软而又异常宁静冷寂。

《然后》中的表达更加大胆、更加抽象，充满了不可捉摸。里面女人居多，粉色的支离破碎。我一直不太喜欢粉色，总觉粉色颇多暧昧。而他要表达的，或许正是这种含糊其辞。

大叔画女人是有着大的尺度的。由于之前看过弗洛伊德的一些作品，因此对他这样的一种描述也并没有大惊小怪。但收录在《然后》中时，还是有所保留了。

画册中的这些面孔，男人或者女人，是一种犹如一张老照片被水多次浸染后的效果，氤氲着，夸张，扭曲，怪诞甚至丑陋。

表现主义。瞬间，脑子里出现了这样一个词。

很多存在只是一种存在，不管你喜不喜欢画面本身，不管你能不能接受，那些场景，都是一种现实，它都是切实存在着的。

那么，然后呢。

写完以上，我留意了一下《然后》与《夏天里》作品的顺序，才知道那种变化非递进式的，而是跌宕的，跳动的。从《然后》到《夏天里》，并非沿着某种轨迹一直向前，而是忽然有了一定程度的抑制，一种回旋。

这就是大叔。你永远不要试图去摸清他的脉络，他一直都是在随心所欲。

在空中飘荡

　　我们面对面坐着。偶尔吃一点东西，更多时间只是聊天。早餐厅里散发着烤面包的香味，还有咖啡和牛奶的醇香。他倒了两杯牛奶，把其中一杯递给我。因为上午还有其他事情要办，主要是为了那本关于收藏方面的书籍，我便早一些过来，来拿我的那幅画。

　　他一头卷曲长发，如欧洲古代时期的贵族一样有些扎眼，散发着艺术家的气息。我们一边喝牛奶咖啡一边随意说着，因为太过熟悉，所有的话题都可以随时转移或者进一步深入，而无需刻意怎样，彼此之间一直保持着一种自在的气氛。

　　说到他曾发给我的那张照片，他正坐在街头写生，后面围过来三个衣着朴素的女人。他们之间形成强烈的对比，他低着头，一副苦大仇深的样子，专注地画着，风中头发飞过来挡住了一只眼睛，她们则抬脚探头，乐不可支……

我调侃着这是美女和野兽，而后又很认真地说，她们笑得很善良可爱，你是艺术，她们是生活。

两边过道上的人来来往往，有时他会故意歪头盯着某个经过的人看。我说，你不要这样，担心这种近乎挑衅的举动会给他人带来不适。他便收回目光，和我讲起凯鲁亚克的《在路上》，说及那"垮掉"的一代、拧巴的一代，说他们故意走入一个群体之中，做着一些极端的行为，以给那些自以为体面的人带去不快。他们的行为充满挑衅，别人越是不愉快，他们的内心似乎越是感到满足和兴奋。

我知道他非常喜欢这本书，在他的文字里和聊天中已几次提及。书里的人物一路向前，冲破着种种规矩，嘶吼着，破坏着，亢奋着，颓废着。也如王朔在《动物凶猛》中所做的描述，"大家聊起近日在全城各处发生的斗殴，谁又被叉了，谁被剁了，谁不仗义，谁又在斗殴中威风八面，奋勇无敌"。这些，也是属于他的少年时代。

因此，对于具有"拧巴"特性的人来说，他是其中之一。

在他的心里有两个房间，一个理性的、温和的、有着渊博的知识和较高文化素养的一面，这让他成为一名优秀的美术馆馆长，还因此被评为全国先进；一个是放肆的、肆意的、有时具有破坏性的、近乎黑暗的一面，这是他自己的世界的一部分，是儿童时期的世界的延伸。有时，他把这些拧巴的东西通过艺术进行了调和，偶尔，调和不了时，也会一触即发。

他在他的这两个房间里随时进行着切换，不定期地穿梭。或许对于油画艺术家来说（传统的国画家大多不会这样，他们和艺术相互影响，性格儒雅温和），很多人都是如此。离开生活本身，他们便进入他们自己的世界，那个更自然的、原始的，甚至有点野蛮的世界，就如一块生牛肉一样，带着血腥。

艺术创作是隐秘的，这自然的部分是成就艺术的根源。我觉得，艺术家是比较痛苦的一个群体，因为他们的内心总是不能像普通人那样实现自洽，但他们又是幸福的一个群体，因为他们一直在保持着最纯真的那个自我。

想起木心说，伟人，就是把他的脾气发向世界，如果脾气很怪异很有挑逗性，发得又特别厉害，就是大艺术家。

由此我们说到卡拉瓦乔。作为红衣主教身边的红人，当时最具盛名的画家，他在创作完一些作品之后，便会配上腰刀潜入市井之中，开始寻衅滋事打架斗殴，以此来释放他身体里的野蛮部分。最后，他也因此死于非命。但如果他能够旁观自己的结局，或许，他觉得这样的结局不是一种悲伤的部分，而是一种快意的部分，就如在那幅画中他让大卫提着歌利亚的是自己的头颅一样。

他说，那个少年时代的他，以及现在在他的身体里依然隐藏着的另一个自己和卡拉瓦乔有些相像。为此，他还专门刻过一枚印章，上面写有四个字：卡拉瓦乔。

我问及他脖子上那块古老的玉。他试图摘下给我看，但因为绳子太短，一时没有摘下来。我问，是否有一种说法，自己的玉是不能让其他任何人碰的。他用他一如既往的语调说，我不在乎任何。

这块玉是他姥姥送给他的。他说他从小对和艺术相关的东西就非常敏感，姥姥送给他这块玉的时候，他特别喜欢，就一直戴着。

要说这块玉的年代，那也是非常久远了。他的大姥爷曾经做过曹锟家里的家庭教师，而姥爷则是一名律师，卢沟桥事变的时候，大姥爷觉得打仗会对弟弟产生影响，便要他辞掉工作，回了老家。后来姥爷开始学中医，成了一名医生。

这些过往让我有着浓厚的兴趣，似乎远处的时光也由此变得更加真实、更加深厚起来。

他笑说他们的家庭从祖辈开始都算是比较体面的人了，但唯独出了他这样一个"异类"。小时候家里有客人来了，妈妈就会给他拨拉点菜，哄他去另一个房间吃，生怕他给她丢脸。

我喜欢他的油画《天空飞翔的孩童》。这幅画大概画于二十年前了。孩子们在田野上空张开双臂向各个方向飞着，看不到他们的表情，但从他们轻盈的姿态中能够感受那种快乐，自由自在的，无拘无束的。远山起伏，田野被分割成一块一块，近景是硕大的蝌蚪在河里游着……

他说，那是他内心的真实反映，对他来说，没有什么比自由更重要。但在他还是个孩子的时候，他们在那个机关大院里生活，身边总是有着太多让他难以呼吸的禁锢：来自大人的，来自社会的。

从小就甩着一头长发跑来跑去的他，对于周围叔叔阿姨们的指责和打压，总会如一头小狮子一样充满愤怒，我留长发怎么了？我穿牛仔裤怎么了？愤怒时便如困兽一样横冲直撞，砸玻璃，扎轮胎，做着各种让别人反感的坏事，试图挣脱那些无形的囚牢，并在与大人们的抗争中感受着快意。

在他七岁那年，偶尔在一个画报上看到了拉斐尔的圣母像素描，他说，那一刻，他感到全身战栗，甚至近乎一种疼痛，像被人用棍子闷了一下，世上竟然还有这样的东西，这样的呈现。或许，这是使他走入油画世界的一次启蒙，是西方艺术带给他的一次震撼。

他说，绘画让他有了躲避之穴，他一辈子都在用绘画抗争来自童年的阴影。

　　但即使过去了那么多年，那些阴影还在。可能会永远都在。

　　他依然画着那些飞翔的人，依然在绘画创作中延续着他自由的冥想。近七八年来，他以丙烯颜料掺合水墨，弄出了一批具有明显当代性、表现性特征的绘画作品，并投入了很多的精力。这或许是一个专业创作人的阶段性蜕变。这一"飞人"系列，入选了文旅部每五年举办一届的全国美展（第十三届）。

　　对于他的这类绘画，我不知道好不好，但被这类要求较高的有着保守传统的五年届展所容纳，无疑是他这批有着独特图式的绘画吸引了评委眼球，能够入选这样的大展肯定是很不容易的。

　　而他自己则用了"包容"一词，说这也侧面反映出这种官方的学术性大展越来越有胸怀，对个性化面貌的绘画有了从未有过的拥抱姿态……

　　飞翔的深层意味，或许仍然是他少年时代所种下的种子持续地生根发芽，来自对自由的向往，但不同的是，那些飞着的人，已经由孩子变成了大人，飞翔的姿态也发生了变化，大人们的身上不再是那种单纯的轻盈，取而代之的，是一种没有方向的茫然，冷漠，亢奋，忧伤，甚至，在有些面孔中还有着一些令人不寒而栗的狰狞之态。

　　或许，他无意表达这些，不过是我看到这样。

　　我问，你知道你的画中有些人的表情是狰狞的吗？

　　他说，我要的就是这个。

　　对一件事物的理解有时需要时间的沉淀。对他的"飞人"系列，以前我并没有那么深的感受，在写这篇文字时，再看这些飞翔的人、那些众生之态，挣扎在上空如尘埃一样飘浮，心里忽然出现不一样的感觉，一种想流泪的感觉。因时光的变化，有些东西带给人的震撼是那么不一样。也或许是因为通过写他，对它们有了重新的理解，重新打上了情感的烙印，时光回溯，一直穿回到他的童年……

作为艺术家，他有着敏感、感性、诗意和浪漫的一面，有着一种骨子里的孤独和忧伤，但作为美术馆负责人，他又似乎羞于表现出自己的这一面。每次在朋友圈发点抒情的内容，最后都一定要跟上一句无厘头或非常野蛮的言语，似乎不带点野蛮的意味便不是他自己。

我问，为何你每次抒完情，都要自己扬把土？

他哈哈大笑。

童年时与大院里的人们"斗争"了那么多年。多年以后，再看到那些当年与他"斗争"过的叔叔阿姨，他们都已头发灰白，都已老去，他忽然对他们有了怜悯之心——时光向前，过去的都已消逝，他们再也不是当年对他指指点点的那些人了。

是的，他说，画画救了我，画画让我善良。

这个因画画而没有变坏的人，一个经常用水墨绘画的油画家，一个有一手好文字的平面设计师，一个极其拧巴的美术馆馆长——江湖人称"三哥"。

爱的神秘方程

　　他是一个数学天才。

　　他在博弈论和微分几何学领域取得了非凡的成就，并最终获得诺贝尔经济学奖。

　　他不善交际，性情孤僻，他不知道应该怎样对一个女人表达他的情感，他已经在试图和对方有"液体的交换"这样的表达中被一个女人扇了一个耳光。

　　一定要相信，上帝在创造你的同时，也创造了另一个人，她与你是一个世界的二分之一。她在什么地方，你并不知道，但是她一定存在着。如果足够幸运，你终有一天会与她相遇。你们彼此吸引，对方的身上有着你一直在寻找的让你迷恋并会为此深深地想陷入的气息。

是的，就是他，他在那里，正是你内心深处的那个人。无论发生什么事情，你们都会密不可分。或许经历一些事情会让你们有短暂的分离，但那只是上帝设置的一个迷局，是针对一份情感的一个恶作剧。真正相爱的两个人，爱是永恒的，无论以后再遇到什么人，发生什么事，甚至分开，爱，依然会一直在那里。

纳什虽然更爱他自己的世界，他还是把那么一些位置留给爱。他靠自己的感觉去爱，而不是语言。

聪明美丽而又温柔的艾丽西亚出现了，一个物理系学生。

"我发现你非常的迷人。你的热情也告诉我，你对我有着同样的感觉。但是似乎在我们可以交往之前，我们还要参加一系列不切实际的柏拉图式的活动。但是我现在只想做的事情，就是立即和你做爱……你会扇我一个耳光吗？"

纳什小心翼翼地对艾丽西亚诉说着。她一直温柔地凝视着他，作为回答，她主动吻了他。他对她来说有着非凡的魅力。

他不知道怎样才算是真心的相爱，那应该用怎样的数据去支撑。作为一个数学家，他经常无视周围的一切，他的大脑被一串又一串的数字和方程式填满了。

"艾丽西亚，我们之间的关系是否能保证长远的承诺呢？我需要一点证明，一些可以作为依据的资料。"纳什并不是在开玩笑，现实中的很多问题让他困惑，他总是试图通过数学去找原由。

"你等等，给我一点时间，让我为自己对爱情的见解下个定义……你需要能证明和可以作为依据的资料，好啊，告诉我宇宙有多大？"

"无限大。"

"那你怎么确定它是真实的呢？"

"不知道，我只是相信。"

"我想，爱也是这样。"

他们结婚了，并有了自己的孩子。

老天给了他一个与众不同的大脑、一个深爱他的女人，是对他的眷顾，也让他备受折磨——他迷失在妄想型精神分裂中。

他的幻想世界里出现了三个人：挚友查尔斯、查尔斯的小侄女及一个让他执行国家机密任务的"老大哥"。

妄想症的痛苦在于，他完全无法分清什么是真的，什么是假的。他在经历着别人看不见的人，看不见的事。他在另一个世界里穿行。

他从中得到了很多温暖和满足，但很不幸，其中也充满了深深的恐惧。

没有什么比知道什么才是真实的更让人渴望，你在一个世界里，不清楚哪些是真实的，哪些是幻想的，如果你有一天忽然知道，那些曾经对你重要的人，重要的地方，重要的时刻，它们并没有离去，也没有消失，而是从未存在过，这是否一种在地狱般的感觉？

《楚门的世界》里，楚门在毫不知情的情况下被制造成了电影明星，他在那个被布置的场景中生活了多年，全世界的人每天都在看他的真人秀表演。直到有一天，他发现了真相。经过一次次的努力，他成功出逃了——辽阔的大海的尽头是薄薄的幕布，他微笑着穿透了那片谎言，走向真实的世界。

纳什是个天才。但他无法如楚门那样，找到真实世界的出口。他是那样的无能为力。

他让人钦佩，也值得同情。而和他同样可怜的，是他的妻子艾丽西亚。

面对纳什，她平静的外表下有着深深的痛苦。他似乎已经不是曾经的那个人了，那个一起和她看天空的人，那个握着她的手用天上的星星画着一把小伞的人。他逐渐变得冷漠，蓬头垢面，目光呆滞，神秘兮兮。他对着不存在的人说话，执行着神秘的任务，办公室房间里贴满了密码。他完全沉浸在自己的世界里，她似乎已经不存在了。

但是，她能因此离他而去吗？

他不相信自己病了，他对治疗充满愤怒。

直到有一天，他用他的天才的数学头脑想明白了一件事情：多年过去了，查尔斯的小侄女一直是那个样子，永远都没有长大。他的妻子和另外三个人，也从来没有同时出现过。

他相信了那个残酷的事实：他是个疯子。他病了。他需要接受治疗。

治疗并没有完全成功，那三个人依然不时地出现。

他无论怎样都无法避免他们的存在，他痛苦万分，觉得孤立无援。

他不再到精神病院治疗了。

她握着他的手，让他抚摩自己的脸，告诉他这是真实的。她把手移到他的心脏的位置，又移到她的心上。她告诉他，很多问题，不是靠大脑就能解决的，而是这里——心灵。

她一直在他的身边，支持着他，鼓励着他，帮助着他，忍耐着他。她让他再一次融入社会，她给他充满信任的笑容，她要他永远不要放弃。

她的坚韧，她的柔软，成了纳什康复的最坚定的力量。

在艾丽西亚的帮助下，他靠意志力与幻想世界里的人达到一种平衡的相处，慢慢获得了康复。虽然，偶尔，他们仍然会出现。

　　一九九四年，纳什获得了诺贝尔经济学奖。在图书馆里，很多人都恭敬地把自己的钢笔放在了他的面前。

　　在颁奖典礼上，他说："我一直都相信数学，相信方程式和逻辑。但在一生的追求之后，我问自己，什么是真正的逻辑？什么能决定原由？我的探索带我穿越了物理、哲学、幻觉，最后回到了这里。我生命里最重要的发现，就是只有在爱的神秘方程中，你才能找到逻辑，找到原因。"

　　然后，他对着艾丽西亚说："今晚我能够站在这儿，全是因为你，你是我能够获得成功的所有的因素，也是唯一的因素。谢谢你。"

　　泪流满面。

巴尔蒂斯：画画就是祈祷

我长时间沉浸在一种感动的情绪之中。这种情绪的升起缘于很多，最主要的，还是因为那个小孩，那个丢失了一只猫的六岁小孩，巴尔蒂斯，他涂画着和猫有关的一切，因为猫的丢失而感到伤心。我感动的，是作为巴尔蒂斯的母亲最亲密的朋友，里尔克，那么关注一个小孩的情绪，给予这个孩子那么体贴的安慰，他写信给他，说着拥有与失去。

不仅仅是猫，对于一个出生于 2 月 29 日，每四年才能过一次生日而为此难过的小孩，里尔克给予了不同的解读。"这个隐蔽的生日，在大多数时候都处在彼岸世界里，它一定赋予了你一些权力，让你能掌控许多这个世界上未知的事物。"

他鼓励他用自己的方式带回存在于另一个世界中的神秘。生日隐蔽时，在那个平行世界里，一定有一些什么在发生着，等待着他，从那个缝隙里穿过，他会看到他所丢失的一切都躺在那里。他通过那个缝隙进入，而后，以自己的方式把它们呈现。

于是，呈现那些如梦境一样的世界，那些做梦的人和穿透他们的事物，成了他的使命。绘画向他走来。他选择了绘画，以及他的绘画方式。

因为父母都是画家，巴尔蒂斯从小就在艺术的氛围中耳濡目染。他从来没有学过绘画，只是去卢浮宫一遍遍临摹他喜欢的作品，马萨乔，弗朗切斯卡，普桑。

后来母亲带着他和哥哥离开了父亲。他们经历了颠沛流离，能让他缓解痛苦的，唯有绘画。

之后，里尔克走入他们的生活。他送给他一本中国画册，这本书让他感受到那种无论西方与东方，某种精神的一致性，那就是和谐统一。

他回忆道："在我快 14 岁的时候，我读到了一本关于中国画的书，讲的是南宋时期所画的山，它让我眼前一亮，准确来说这不是一次发现，而是一次相认。"

里尔克鼓励着他的绘画方向，培养着他的感受力。他被带领走入了一种属于自己的绘画方式。那种神圣的，精神性的，充满生命力的表达。

"里尔克向我展示了夜路的路线，他让我喜欢上这些狭窄通道，需要钻过去才能到达开阔处……我隐约感觉需要实现某种广阔无边的、高贵的极其雄心勃勃的事情。"

宁静，虔诚，精神性，和谐。这些都是我喜欢的字眼。在阅读巴尔蒂斯的回忆录《向着少女与光》时，我一度忽然把书合上，看着窗外，让自己的思绪停留片刻。这是一种情不自禁的反应。

他说，我喜欢花时间看着画布，在画布前沉思。凝视着画布。静静地度过这段无与伦比的时光。冬天的大暖炉呼呼作响。一些画室里常听到的声音。

这些，都会让我忽然停住，脑海中想着这个画面，内心升起感动。

就如在多年以前，看到一朋友描写的差不多同样的场景，他说他在画布前长时间冥想，以至于，油画颜料"啪嗒"一下掉在地上。那一瞬间我眼睛湿润。

无法说清感动我的是一种怎样的情怀，是什么让我的内心深处与之产生深深的共鸣。

有时，我看着巴尔蒂斯的画。那些风景。脑子里想象着那个处于半山的小木屋，房间里有莫扎特的音乐持续响着，他们走在木屋里，木地板响起"吱嘎"的声音。小猫无声无息地跟随，或者在角落里沉睡。窗外的风景与他的画中非常相像，那也是他儿童时代所看到的风景画。他从这里找到了过去的一切。

一切的记忆都因为相似的风景而重新回归。即便，那只叫米簌的童年时期的小猫已经不在，睡着的，是另外一只。

画画是一种祈祷。在里尔克的引导下，他在少年时期，便总是相信着那种神秘，那种在午夜子时，黑暗和光明交汇的瞬间，那个忽然出现的缝隙，以及发出的"啪嗒"一声，一切就在那"啪嗒"一声里忽然呈现。

他的画里总是有着那种虔诚的东西，那种梦幻般的静止的瞬间，那神秘的光，少女的纯洁无暇。画面中总是会有一只猫，米簌已经成为他的一部分跟随着他。猫总是以一种恰到好处的距离与人相处，温柔的，亲近的，也是疏离的。

那些少女，正处于童年向少年转变的时期，她们举着镜子，好奇地探索着自己和这个世界。她们以一种不太舒服的姿态出现，并定格在那里，她们有的裸露，肌肤光洁，目光中充满着天真与好奇。她们停驻在了这一瞬间，在巴尔蒂斯的心里，"她们是来自别处的生灵，来自天堂，来自某个理想世界，来自某个突然裂开、穿越时间的地方，留下令人惊叹、迷醉的足迹，又或者她们只是圣像"。

"我的创作一直是为了接近童年的秘密，接近那界限不明的慵懒之美。我想画的，是这灵魂的秘密和在稚嫩外表下，在她们还未破茧成蝶时，这份黑暗与光明并存的张力。在这不确定的朦胧时刻，她们是绝对天真单纯的，而这个时刻将很快过渡到另一个确定的、受到社会影响的年岁。"

巴尔蒂斯的画是朦胧的一个整体，他似乎没有颜色的分割。他的绘画的颜色是昏黄的褐色的宁静，就如中世纪城堡中石头的颜色，有古旧的气息。他对色彩进行着调试，以便奏出最和谐的声响，他说，每一种颜色相当于一个音符，需要跟其他颜色配在一起才能产生出准确的和声。

我喜欢他所描述的这种虔诚。他要把那种美丽的、神秘的、充满神性的东西表达出来，就如那些光。而在他的绘画中，我会忽略那些光，或者说并不会一下子感受到，光与画面早已形成一体，没有哪个事物是中心，它们是一个整体，那是巴尔蒂斯一直追寻的。

而那些风景。我们与风景之间总是有着一层面纱，它们就在眼前，但是朦胧的。它们在一种梦境之中，和谐唯美。女孩们走出的房间，和景色融为一体。那个站在樱桃树边爬在梯子上的女孩，那个打开窗户向外观望的女孩，那个站在山上的女孩……或者，只是风景本身，两头牛在山前慢慢地走着，就如中国画的呈现。

　　回想那天与艺术家朋友的交谈。那是我初次看巴尔蒂斯的画。我感受着他的画的奇特。

　　我说，他的画就是一个个飘渺的梦。里面的人物好像是在动着，但又是静止的，动作没有延续性。它们被瞬间定格了。里面的人物，彼此之间不产生关联，有一种宁静的疏离感，只是恰巧出现在同一场景中一样。让我想起修拉的安涅尔浴场，存在于虚幻与现实之间。画中的那些关系，好像一个小孩在认真搭他的积木，专注，但别人也不明白为何那样呈现。他就自己玩自己的。

　　多天以后，交谈继续。

　　他说："当代的巴尔蒂斯与中世纪的虔诚绘画以最本真的方式相遇。他的定格画面，给人以孤独的高贵和完全不在意旁人的自信。僵硬、呆板、无视造型规则，甚至有些冒傻气，在他这里都变成了优点。"

　　"他用莫扎特音乐的休止符类比这种定格。"

　　最后，摘录一些《向着少女与光》中他的话，作为结束。

　　"一幅画和一次祈祷其实是一回事：最终领悟到的天真，从消逝时间中抓住的瞬间。捕捉到的一份永恒。"

　　"一定有一些地方，有一些人是为了我们而存在的。它们与我们产生交集，变成我们不可缺少的一部分，几乎成为命中注定的存在。"

每个人都是孤独的

此时，房间里异常安静，窗外不远处有喜鹊的声音。天阴着，树叶黄了，有风吹来簌簌而落。这是属于深秋里的萧索景象。如果有阳光，你会感觉到另一种不同，那是一幅缤纷的、斑斓的、由各种色彩叠加的丰富的油画。

心里想着很多。更多的是想着卡森·麦卡勒斯的《心是孤独的猎手》。有很多书，会在看第二遍的时候更加喜欢，《生命中不能承受之轻》如此，《追风筝的人》如此，这本书也是如此。

镇上有两个哑巴，他们总是在一起。每天清早，他们从住所出来，手挽手地走在去上班的路上。

一个是胖哑巴安东尼·帕罗斯，一个是瘦哑巴辛格。辛格总是向他的伙伴诉说着，而安东尼会给予偶尔的微笑或者有时并没有任何回应。

后来，因为安东尼的种种怪癖，他被表哥送进了疯人院。

辛格一个人坐在他们的房间里，感觉无比孤单。

而后，辛格走入人群中，走入比夫的咖啡馆。经常去咖啡馆的，还有小女孩米克、杰克和考普兰德医生。

咖啡馆老板比夫看着米克。她让他有着一种不一样的感受。他总是希望能够更多地看到她。有一天他的妻子说："她和你很像，你们灵魂的形状和颜色是一样的。"

米克是一个十几岁的女孩，喜欢穿男孩的衣服，她对音乐有着狂热的爱好，家境贫困的她时常在安静的夜晚跑到富人家的窗前聆听收音机里的音乐，那些音乐让她疯狂。在她的心里，有一个"里屋"和一个"外屋"，"外屋"装的是普通人的世俗生活，而"里屋"，则有属于她自己的秘密：她的梦想。她不想把这个秘密说给任何人听，她孤独地存在于她自己的世界里。

比夫看着醉酒的杰克，那个一直含糊不清地发表着自己言论的人，他的言语有时粗鲁，有时又充满了诗意，他一定是读过书、接受过教育的人。比夫观察着，思考着，他想解开一些谜团，想知道杰克到底是一个怎样的人，想知道为何他认为哑巴辛格能够听懂他的话，而辛格是否真的能够听懂？杰克又到底在说什么？

哑巴辛格静静地看着杰克，他没什么表情，他只是那样静静地看着。杰克似乎找到了知音，他觉得只有哑巴能够理解他，能够听懂他在说什么。他要把真理传给更多的人，让人们明白是什么让穷人更穷、富人更富。而周围所有的人，却总是一副麻木的神情，他们窃窃地笑着。他烂醉如泥，他无比孤独。

考普兰德医生是一名黑人医生，他一边努力工作，一边企图唤醒他的黑人同胞们做出必要的努力，让黑人不再遭受歧视，让他们知道，他们应该有着和白人一样的权利。但包括他的孩子们在内，没有人能够理解他，他们安于现状，他们觉得"我们这样也很好"。医生愤怒着，绝望而孤独。他由此和自己的孩子们之间也有着一条深深的鸿沟，孩子们害怕他，不想和他说更多的话。

比夫、米克、杰克以及黑人医生都有着同样的孤独。但是慢慢地，他们觉得哑巴是能够理解他们的。哑巴从来不发表什么言论，他们认为只有他能够接受他们所说的一切。他静静地听着，他微笑。

他们每次从辛格的房间里走出来时，都似乎变得更安静一些，内心都会得到一种满足，似乎对心中的坚持更加笃定。

只要有人能够理解，就不再那么孤独了。

"世上有两种人：知道的人和不知道的人。你知道，我们知道的人彼此遇见，这是一个事件。它简直是不可发生的。有时我们遇见了，从来想不到对方就是知道的人。"

他们都在对着哑巴诉说。当有一天他们四人同时出现在辛格的房间时，气氛安静而尴尬，他们谁都无法通往对方的心灵，也无法打开自己让别人走进来。

哑巴辛格在这个小镇成了一个传奇，人人都在谈论他。

他成了他们心中"上帝"的化身一样的存在。

辛格则写信向疯人院的胖伙伴安东尼倾诉："已经过去五个月二十一天了。这些日子我一直过着没有你的孤单生活。我唯一能想象的是，我可以再和你在一起的时刻。如果我不能很快去看你，我不知道如何是好。"

他说着四个人的奇怪之处，"我不知道他们所说的那些是什么，我只知道你，我唯一的朋友。然而，我现在连你也不知道了"。

辛格去看望伙伴安东尼，他的眼里闪着兴奋的光。但安东尼看到辛格，依然只是安静地微笑，只有看到辛格带给他的投影机时，才表现出了欣喜。

所有的理解都来自一种误会，都是一种自我催眠。

辛格觉得安东尼是他的知音，而安东尼对辛格的在与不在并不会特别在意，对辛格无休止的倾诉有时也会有不经意的嘲讽。另外的四个人，认为辛格能够听懂他们，只是因为辛格是个哑巴，他似乎全部接纳，也不想表达……

辛格再一次去看望安东尼时，发现他已经死了。他的世界瞬间崩塌，他无法接受这个事实，他回到房间，朝自己的胸膛开了枪。

没有了辛格，那些在精神上依赖他的人会怎样呢……

人生来是孤独的。或许过着普通生活的普通人，往往感觉不到孤独为何物。一旦你有了与别人不同的想法，孤独便已经袭来。没有人会真正地懂你，或完全地懂你。所有的懂，都是你自己营造的一种假象。

人越是明白，越是有追求，就越孤独。

麦卡勒斯把人的孤独描写到极致。小说是静静的，没有什么特别的事件，只是缓慢地述说着每个人的日常，她的描述有着一种特别的质感和韧性，每读一段，都如轻轻地触摸时掌心中感受到的一种摩擦的粗糙，以及纸张发出的低沉的钝钝的"哗哗"的声音。

读这部小说，会让你安静和思考，也会让你感到一些悲伤，一些不忍，会感觉空空的没有着落。麦卡勒斯有着"狠"的下笔，里面没有一丝安慰。它刺痛你的心，但是会告诉你，很多时候，无需躲躲闪闪，不管你是否理解，孤独，完全的孤独，这就是存在于很多人面前的不争的事实。

"孤独是绝对的，最深切的爱也无法改变人类最终极的孤独，绝望的孤独与其说是原罪，不如说是原罪的原罪。"

想起廖一梅在《柔软》中的话："每个人都很孤独，在我们的一生中，遇到爱，遇到性，都不稀罕，稀罕的是遇到了解。"

孤独。或许，你曾有过更深的体会。

木屑崩落的声音

我的姑父是一个木匠。记得小时候他经常在我家的院子里打磨家具。有时是我家的，有时是村里别人家的。姑父手艺很好，找他定制家具的人一直很多，他便总是从早忙到晚，我便时常在一旁呆呆地看着。

耳后别着一支铅笔，凝神吊线，而后把墨盒一拉、一弹，一条清晰的墨线就印在了木头上，墨线旁边有时也会有飞溅的墨痕。

坐在凳子上，用刨子一下又一下地刨着，长时间的重复，地上不一会就堆了很多一片一片卷起的木头花儿，或者碎碎的带着香气的木屑，身前的木头板也变得越来越光滑。

拉动锯子锯着木头。随着锯齿慢慢深入，一根木头会于忽然之间断成两截，露出深浅不一的好看的年轮。

把木榫敲进两块木头之间的缝隙，最后，"啪"地一下，牢牢地卡住，完美无缺……

如此种种，都让我特别着迷。

多年以后，一说及匠人精神，我的脑海中总会显现木匠们干活的场景，专注，满足，快乐，锯子刨子此起彼伏的声音，木头好闻的气息弥漫。

那年和同事一起出差去东阳，因时间尚早，就去木雕城转了转。花鸟，小动物，提着刀的将军，一脸笑意的弥勒佛……各种木雕工艺品，让我眼花缭乱。

其实杭州城从来不缺少这些物件，随意行走，茶馆、古董店或者书屋总会见到有不同的木雕摆放在不同的角落。

木雕在我国古已有之，随便哪一件物品，根雕，圆雕，镂雕，浮雕，其做工之精细、造型之繁复总是让人无比惊叹。

那是一种承载岁月的安静存在。

木匠与木雕手工艺人在我眼中没有什么分别，都是通过精打细磨，由一块木头生成自己满意的作品。

那个打磨的时光，单一，反复，细致，以及带着一丝虔诚，把自己融入与木头的交流之中。

木头是有温度的。人与木头之间必然有着深厚的情感。

而很多时候，这种情感被内化了。站在这些艺术品面前，觉得，这不只是一个物件，上面有细碎的光阴，有打磨的光滑的纹理，以及创作者时刻关注的满足的目光。

但意大利布鲁诺·瓦尔波特的人体雕塑很不一样。

三年前，浙江美术馆举办了"沉默的情感——布鲁诺·瓦尔波特作品展"。

那些人物忽然出现在你面前，简单，细腻，情绪饱满，逼真，不同的人、不同的姿态，站着、坐着，或者蜷曲，带着各自的表情、各自的情绪：忧郁，悲伤，迷茫，平静，或者是绝望的深深的沦陷……

所有这些，都不再是一种静态，而是一种安静的情绪的流动。以至于整个展厅里面，都充满着一种气息，一种无言的倾诉。

想起米开朗琪罗说："那个灵魂本来就藏在石头里，我只是把他放了出来。"

那么，这一个一个人体雕塑，也是一个一个被从木头里释放出来的灵魂。

他们经过雕塑家小心的剥离，去掉那些覆盖住他们的部分，来到世间，以一种独有的静默与这个世界进行着交流，或者倔强着融人之后的隔绝，以各种固有的姿态。

我在这里。我知道，你也在这里。

但是，我是我，你是你，我们独立存在。

我在寒风中站立。我的表情哀伤。我的周边一片漆黑，属于我的那盏灯还没有亮。我不知道我应该去往哪里。

我蜷缩在这里。我感到一种钻心的疼痛。不，我不需要你的安慰。我就想自己待一会。或许，明天一切都会好起来，但是此时，就让这疼痛啃噬我，淹没我，或许，在痛苦中浸泡过后，我就会获得重生。已经更坏了，还能再坏到哪里呢？

我只想蹲一会儿，让自己下沉。或许这样让我更有安全感，感觉更能接近大地。人不是每时每刻都需要站起来仰望天空，都需要打起精神向光亮走去。大地离我很近，我一伸手就触到了它，冰冷而真实。我甚至可以听到我的背部响起如骨头碎裂的声音……

我站在这里，没有哪一个时刻如此时此刻让我平静。我闭上眼睛，放空内心的一切。我在我的世界里，倾听自然的声音，风的声音，空气流动的声音，花开的声音，飞鸟的声音，远方海水激荡的声音……

默默地看着。在静静地凝视之后，心中有一些东西似乎与他们产生了联结，以至于在看后的很长时间里，仍会回想。

或许，这便是艺术的魅力。

确实，这些木雕，展示的不仅仅是一种技巧工艺，还有一种无法描绘的精神内核。如生活在意大利奥蒂塞伊小镇世代传承制作木质手工艺品的布鲁诺所说，他相信木头是充满灵性的自然材质，所以除了技术层面的物质基础外，尤其注重与木材的精神交流。

时隔三年，浙江美术馆再次引入意大利现代艺术雕刻展，且仍然是以木雕为主，以人物为主，参展的八位艺术家中，依然有布鲁诺·瓦尔波特。

事实上，他们是来自同一地区。

他们用自己的方式进行着不同的表达。一如布展前言中所说："在这一群体的意大利雕塑家身上普遍存在一种匠人气质。在呼唤匠人精神的当代，匠人，依然会让人联想到一种重复、低效的劳动情境。这种刻板印象或许与功利维度相关，然而从情感维度观照便充满了深邃与鲜活的人性温度。"

匠人精神再一次被提及。事实上这种精神一直都没有缺失，只是在大众层面，不再被广泛关注。那些默默的艺术创作者或手工艺人，仍然在自己的角落里，坚持着自己的坚持。

"或许中文中优美的'沉潜'一词便是对这一精神状态的最好诠释，雕刻时木屑崩落的声音、空间的气息和光线、材质纹理与皮肤的触感……而越能打开微观境界的丰富界面，其'抵抗'功利价值的精神力度就越是强悍。"

沉默如迷的呼吸

那天朋友说及《绿皮火车》，让我想起三年前看到博客里有关周云蓬的文章。

现在，再次回头找那篇文章。因为不确定是什么时候的文章，就在博文列表中根据对题目的感觉点入。只两下，就找到了。一个是，这世界其实挺美好的，能让我心碎。另一个是，自由就是脑子里没有障碍。当然，是后者，他从来不直接表达心碎。

这个题目是卢安克说过的一句话。这世上总是有很多人，很多地方是那么的相同。

"盲人影院，可下载听听。"

这几天都在听他的一些歌。沉默如迷的呼吸。盲人影院。九月。空水杯。不会说话的爱情。

是的，最喜欢盲人影院。我被打动了。这个时候，你唯一能做的，就是什么也不做，只是听。

这是一个盲人影院，那边也是个盲人影院。

银幕上长满了潮湿的耳朵，听黑蚁王讲一个故事。

有一个孩子，九岁时失明，常年生活在盲人影院，

从早到晚听着那些电影，听不懂的地方靠想象来补充。

他用这首歌叙述着他自己。安静的，淡然的，背景音乐也是非常简

单的，清澈的，以至于我第一次那么想知道那是什么乐器发出来的声音。最后，以一个哨声和钟声结尾。

钟声总是预示着开始或者结束。不管你经历了什么，经历着什么，你都得慢慢往下走。生活是残酷的，也是温情的，一些时候，你怎么对待它，它就怎么对待你。

这首歌没有刻意地表达命运的无奈、压抑和悲苦，但恰恰是这种轻描淡写的没有过多挣扎痕迹的姿态，没有一种强迫性的艰难，却让你的心里会生出一丝疼痛。一种不铺张的疼痛，在那里安静地存在着。但是，也会因为里面的一种挣脱，以及最后和生活的相互妥协，而坦然。

这就是生活。不必去拔高，也不必去用力放大一些感受，痛苦是不可比较的，或许每一个人，都有着他自己的痛苦。

有人说，好的作品是疼出来的。但表达并不是目的，而是在疼痛面前，只好去表达，惟有如此，才能释放痛苦。

胡兰成说及张爱玲的痛苦，"亦是好的"。但这痛苦，对张爱玲是多么大的伤害。她后来再看到胡兰成的文字时，说那是他在乡下时养成的一种怪腔，"憎笑得要跳起来"。

其实文字还是那样的文字，变化了的，是阅读的心。

还是周云蓬诠释得更直接明了，不渲染痛苦，不感谢痛苦，不会有意在痛苦上做文章。他说："那么多经历，那么多故事，最后变成一首歌，但它们的目的并不是变成一首歌，它们是没办法了"，"你要知道这些经历是为了一首歌，你非气死不可，你才不愿意去写。你会想，别写那首歌了，宁愿经历好一点。只不过人无路可走的时候，说不出来的时候，音乐降临"。

空水杯。

他述说着一种衰败，一切成尘埃。最后一节的报时，清脆响亮，就如那个钟声一样，在你恍惚的颓废状态中，成为一种提醒，在一种空旷的空里，在一种空虚的空里，时间在不可阻止地流逝着、流淌着：

> 孩子们出门玩还没回来，老人们睡觉都没醒来。
> 只有中年人坐在门前发呆。
> 天黑了，灯亮了，回家吧。
> 孩子们梦见自己的小孩，老人们想着自己的奶奶。
> 只有中年人忙着种粮食。长出来又衰败。
> 花开过，成尘埃。长出来，成尘埃。
> 十年流水成尘埃。十年浮云成尘埃。

不会说话的爱情。

在周云蓬的《绿皮火车》的序里有这样一小段：

> 绿妖乐得眼睛弯弯，我问过她为什么跟云蓬在一起，她说："王小波小说里写，一个母亲对女儿说，一辈子很长，要跟一个有趣的人在一起……"
>
> "就为了这个吗？"
>
> "有趣多难啊。"她说。

但不管多么有趣，一对有情人还是可能有劳燕分飞的一天。后来，他们分手了。

就如这首歌里唱的，"我们最后一次收割对方，从此仇深似海"。

好一个收割！

然后，"你去你的未来，我去我的未来，我们只能在彼此的梦境里虚幻地徘徊"。当然，这种徘徊并不是对彼此的期待，而是，"你徘徊在你的未来，我徘徊在我的未来"，并"期待更好的人到来……"。

有时一种关联是两颗行星，并列前行，永不交会。

但爱情不会因为有个不堪的结局就要否认最初的美好：

绣花绣得累了，牛羊也下山了。
我们烧自己的房子和身体生起火来。
解开你红肚带，撒一床雪花白。
普天下所有的水都在你心中荡开。

对于一些特立独行的人，会把自由看得无比重要，周云蓬也是。

"首先我能破坏这种约束，然后我能自愿遵守。要不就特别扭，不自由。"他曾迷恋《生命中不能承受之轻》里的萨宾娜，那种追求绝对自由的状态。

后来，他对自由有了新的理解："后来才明白，人一旦投入具体生活后就会成为生活的一部分，没法完全自由。生活一定要参与进去，然后才明白心灵的自由是怎么一回事，很多快乐是来源于不自由，你若是爱上一个人，它就是不自由的。一切专注都会损害自由。"

除了用一种白描的手法表达着诗意之外，周云蓬也会怀着一颗对社会的悲悯之心，在悲愤时放下诗意，他写了《中国孩子》：

不要做克拉玛依的孩子，火烧痛皮肤让亲娘心焦。
不要做沙兰镇的孩子，水底下漆黑他睡不着。
不要做成都人的孩子，吸毒的妈妈七天七夜不回家……

这首歌对一些现状有着最直接的强有力的批判。有人就问他，你有使命感吗。他说没有，那个人说，我觉得你有。希望他多写写这方面的歌。但是他不了，他把刀锋用柔软的棉布裹住，转过身，继续寻找他的诗意的东西去了。

他说，如果有目标可以自己去做标枪和匕首，但是不要苛求人们必须去做标枪和匕首。他写《中国孩子》也是从水与火的痛苦出发，从人的本能和感受出发去写的。他说，音乐一旦变成无产阶级大革命，就走向另一个反面了。

九月。九月这首歌直接谱写了海子的诗。

歌曲优美，忧伤，声音里也有着草原的豪情和辽阔高远，但中间的一小段气声喑哑的述说有一种阴森诡异的感觉，似乎死神在慢慢地降临，让人窒息。好在它只是一个短暂的存在，不一会儿歌声再次响起，穿越草原的天空。

不管多么困苦，都还活着，就该感觉幸福。

但是，海子死了。

目击众神死亡的草原上野花一片，
远在远方的风比远方更远，
我的琴声呜咽泪水全无。

沉默如迷的呼吸。这个名字让我着迷。
周云蓬不仅是一个民谣歌手，还是一个诗人。
我听他的歌，也认真看他的歌词，那些诗的语言。

银幕上长满了潮湿的耳朵。
太阳出来，为了生活出去；太阳落了，为了爱情回去。
道路死在我身后，离开河床水更自由。

　　他的诗集《春天责备》还没有看过，他说："这个诗刚写的时候，我是感觉到春天很多繁茂的花，它对于人是一种责备。比方你的生活很抑郁，生活很暗淡，它对你就是一种责备。"

　　此时，听沉默如谜的呼吸。

　　千钧一发的呼吸／水滴石穿的呼吸／蒸汽机粗重的呼吸／玻璃切割玻璃的呼吸；

　　沉默如鱼的呼吸／沉默如石的呼吸／沉默如睡的呼吸／沉默如谜的呼吸。

　　歌曲的最后，是一串长长的名字。

　　你不明白那些名字被罗列在歌中的意义，有些人活着，有些人死了。但那已成为他的符号，就如盲人影院中那悠长的钟声，空水杯中清脆的报时声。

　　就这样，他用独特的方式诠释着自己的命运，他人的命运。一个人的命运，一些人的命运。

　　他用自己的方式传递着一些概念：时间。空间。消逝。存在。

　　有一种呼吸，沉默如谜。

　　生命是生动脆弱的，是孤寒悲凉的，也是狂放而又强韧有力的。于是他写道：

　　我们将恬不知耻的／生长／发芽／抽穗／拔节／从黄土中伸出马铃薯般囚禁的手／倒立着／以手为足／踩着天空奔跑……

光的诗人，莫奈

1840 年 11 月，莫奈于巴黎出生。

在他四五岁的时候，随父母迁往诺曼底的海边小镇勒阿弗尔。这里风光秀丽，一年四季风景宜人，树木，草地，森林，大海，都是他喜欢的事物。在那里，他度过了无拘无束的童年。那时，他经常去海边漫无目的地游荡，看天空，看海浪，看太阳升起又落下。

他的父亲是一个做杂货生意的商人，希望莫奈以后也能够如他一样从商，但莫奈天生厌倦读书，喜欢画画，尤其擅长画一些讽刺漫画。十五岁时已经因为画漫画而在当地小有名气了。

有一天他把自己的一幅漫画放在一家美术用品店展售，当时一起展示的，还有"天空之王"欧仁·布丹的作品。布丹看了他的漫画后大加赞赏，他们由此相识，布丹成为他的启蒙老师。

布丹不希望他仅仅局限于漫画，说，学习用油画和素描来画风景，将海洋、天空、动物、人物和树木表现得像大自然所创造的那样美丽、纯真。他便经常随布丹到海边写生，观察天空云影和自然光的变化，这对他以后的绘画带来深远的影响，也让他更加热爱大自然了。

次年他前往巴黎学习绘画，参观了一个现代画展，里面包括德拉克洛瓦、库尔贝、柯罗和米勒等人的作品。这些画的用笔、色调以及洋溢着的那种生命的力量都让他大为震动和感动。

站在这些作品面前，莫奈说自己获得了一种"新的战栗"。

在格莱尔画室学习绘画时，他认识了其他印象派大咖（当时都还是无名小卒）雷诺阿、西斯莱和巴齐耶，并成为一生好友，接着又结识了马奈和库尔贝等人。莫奈和巴齐耶经常前往枫丹白露森林旁的小村庄夏伊，一起进行户外作画。他对巴齐耶说，"每天我都发现愈来愈多的美丽的东西，这够让一个人发疯了，我有去画每一样东西的渴望"。

莫奈完成了两幅"翁费勒的塞纳河口"，并在次年的官方沙龙上展出。当时他的作品和马奈的挂在同一个展览室里，而莫奈（Monet）和马奈（Manet）仅一个字母之差，所以他的画最初差点被当作马奈的作品而受到观众的关注和赞赏。

此时的马奈已誉满画坛，如此被混淆，马奈当时知道还有点不悦，但看过莫奈的画后，便很服气地承认说，"他的画比我的要好"。

二十五岁那年的某一天，莫奈在画廊遇到了美丽的卡米耶。他们一见钟情，并于两年后走入了婚姻的殿堂。卡米耶给了他很多创作灵感，他以卡米耶和孩子莫奈·让为模特画了很多画，如《绿衣女人》《花园中的女人》等。

而此后的生活，随着他们居住地的变化主要分为三个阶段：阿让特伊、韦特伊和吉维尼。

1871—1877 年，莫奈远离了城市，在塞纳河边的阿让特伊定居下来。这里的天空、河流、旷野以及海上的船只和桥梁无不让他深感兴趣。他进行着大量的描绘。

其中，他创作了以勒阿弗尔港口为背景的《日出·印象》，画里，他以轻快而跳跃的笔触，描绘着旭日初升、雾气迷蒙的短暂瞬间，小船，工厂，吊车，那些朦胧的模糊的轮廓。在画中，光和大气成了主题，在晨光的照耀下，海水变为橙黄或淡紫色，天空和海水融为一体，烟波浩渺中蓝色或绿色交织。

由于他们的画很难被选入官方沙龙展中，莫奈便向朋友们建议，由他们自己集资举办画展，与官方的沙龙抗衡。参加者有莫奈、德加、基约曼、贝尔特·莫里索、毕沙罗、雷诺阿、西斯莱、布丹等。

莫奈的参展作品包括他的《日出·印象》（当时还不是这个名字）。这次画展受到评论家们的大肆嘲讽，并以"印象"进行讽刺，"印象派"就此定名。

"一个新的枝条在古旧的艺术的树干上生长了。"

在阿让特伊的最后一年，莫奈开始对火车站产生浓厚的兴趣，这一年他几乎把时间都花在了火车站系列上，并完成了十二幅绘画《圣拉扎尔火车站》。

好友左拉在看过这一系列作品后，说道："今年，莫奈展示了一些绝妙的火车站内景，你可以听到蒸汽机火车在被火车站吞没时发出的轰隆声；你也可以看到在巨大屋顶下翻滚的浓烟。这就是今日的绘画……"

阿让特伊之后，是属于韦特伊的时光。

那是在他们的第二个儿子出生以后。产后卡米耶的身体一直没有得到很好的恢复，为了减轻经济压力并让妻子得到较好的休息，他们搬到了韦特伊村居住。

此时他的富商朋友奥雪德为逃债去往国外，奥雪德的妻子爱丽丝便带着六个孩子同莫奈他们一起居住，以彼此照应。

在这里，莫奈作了许多关于这个小村子及其周围景色的绘画。

不幸的是，在他们搬到韦特伊的第二年，卡米耶便因病去世了。

这年冬天特别寒冷，妻子的去世加上经济的困难，让莫奈陷入一种无望的状态之中。他画了一些塞纳河上的浮冰景致，空气的寒冷，周边的萧条和荒芜寂静，与他的痛苦相互映衬。那是一段难挨的时光。好在有爱丽丝一直照顾着他和两个孩子。之后他们也一直生活在一起。

后来，他们搬到了吉维尼。

此时的莫奈已经有了一定的经济实力，在那里，他打造了自己的花园。他经常去埃特勒塔，那里奇形怪状的断崖和往来的渔船让他迷恋。他写信给爱丽丝说："你知道我非常热爱大海，大海是那么美……我相信，如果我在这里多住几个月，就能创作出很好的作品。我每过一天，对海的理解就更深一点"，并说，"要真正画好大海，必须在每天的同一个时刻、在同一个地方观察它，认识它的规律"。

他在那里，与作家莫泊桑多次相遇。莫泊桑时常会站在一旁看着他作画，并对此写道："画家密切注意光线的变化，几笔勾画出一缕光线或偶尔飘过的云彩。……我亲眼看到他捕捉落日余晖，用色调把照在白色悬崖上的光线固定住，原本难以捕捉的耀眼光芒产生了出人意料的效果。"

梵高对米勒和莫奈都非常推崇。他曾经写信给提奥："啊，像莫奈画风景那样画人物吧！这是我们所能做的一切。在印象派画家中，我们只看莫奈一人的作品。"

1889 年，莫奈画了九幅一组的克勒兹河谷风景。他给爱丽丝的信上说："可恶的天气，太阴沉了，……看我的画如此阴暗，我大感吃惊。有好几幅没有一点蓝天。这是一系列凄凉的画。"

这是他的系列画的开端。之后从《罂粟花田》开始，莫奈就只创作系列画了。他的好友克里孟梭说："看到莫奈面向罂粟田作画，我觉得这个人研究的是光。光既然是画的主题，本应是不动的，但对莫奈来说，光是流动易变的。这是一大创举，一种新的观察方式、新的感觉和表达方式，是一场革命。"

莫奈的《干草堆》系列、《白杨树》系列、《鲁昂大教堂》系列、《伦敦国会大厦》系列、《查令十字桥》系列、《滑铁卢大桥》系列等，每一系列有着几乎一致的构图，但又完全不同，它们体现着不同时间的不同的色彩、不同的光影变幻，早晨、中午、黄昏，阴天、晴天、雨天，以及春夏秋冬，风中、雨中、雪中。

确实，以这样一种方式绘画，对同一题材，他可以无限地画下去，如克里孟梭所说："这位画家让我们产生一种感觉：他还可以画 50 幅、100 幅、1000 幅同样的画，只要他的生命与这石头建筑物的寿命同长。莫奈先知般的眼睛，引领一场视觉的革命，让我们对世界的感知更加敏锐、细腻。"

莫奈的《睡莲》举世闻名，在差不多三十年的时间里，他一直画着他的睡莲，直到离世。

他说："我花了很多时间去了解睡莲……我种植她们并不是想要画她们……然而，突然间，我在池塘中发现了一个如梦似幻的美景，我拿起我的调色盘，自此之后，我再也没办法去画别的东西了。"

最后一幅《大睡莲》尚未完成，或者已经完成。毕竟，生命是一个过程，任何事物也是。我们戛然而止于某个瞬间，那么之前所有的时刻，就是全部。

爱的回归

我们一起去了假日书市。

同往常，依然是各自买书，各自付钱。有时分别买了什么也不甚过问。但无疑，我的以文学类居多，他的则大多为财经、历史和人物传记等。

回到家，各自收拾自己的书，把它们放在应该待的位置。他一边从袋子里往外掏书一边说，"我也给你买了一本"。声音里颇有一些拍马屁的意味。我一看，遂笑了，不说话，回转身也拿出了同样的一本。

《一个人的朝圣》。

英国剧作家蕾秋·乔伊斯的小说处女作。

《一个人的朝圣》，语言非常优美。大段大段的心理描写打动人心。在不断前行中，因为一些事情的发生，我们都有可能会迷失自己，或者怀疑自己。

重新寻找自己和认识自己，或者重新建立自己，是一个艰难的过程。

六十岁的哈罗德，在酿酒厂工作的四十年中一直默默无闻，他的在与不在他人似乎全都不以为意，退休在家更是过着日复一日的平凡生活。他和妻子莫琳在儿子戴维出生后慢慢有了越来越深的隔阂。戴维离开后，他们开始分居，而相对无言。

对他友好、能听他说话的似乎只有同事奎妮。奎妮在酒厂某次事件发生后主动替哈罗德承担了责任，并自此辞职而不知去向……二十年后，他收到奎妮的信。她得了癌症。她向他道别。

哈罗德给奎妮写了一封回信。他步履缓慢，经过一个又一个邮筒，却一直没有把信投入。简单的几句安慰就足够了吗？奎妮因为他而下落不明。他不能再让奎妮失望了。他决定去看她。他决定一路走过去。或许，这是他唯一能为奎妮做的。他忽然坚信，只要他这么做了，奎妮就能够活下去。

一个人走在路上。他看着周围的世界，遇见着各种各样的人。他回想着自己的一生，所有过去他以为早已遗忘的那些细节忽然全部回到了他的记忆之中。

他像一个旁观者一样审视着过去的一些发生，重新认识自己和自己的生活，想着和戴维有关的点滴，想着他和莫琳如何从相爱变成现在的陌生。

他如此谨小慎微。他不知道如何做一个父亲。他永远都无法原谅自己，在戴维向大海中走去试图自杀时，他的反应竟然是蹲下去解鞋带，他用这样的一个举动做着暂时的逃避。莫琳那一刻看他的目光扎在了他的心上。

戴维小的时候去台上领奖，在其他孩子都走下台去时，他却不肯离开舞台，而是扭动身躯在那里跳舞，当别人发出笑声时，哈罗德不知道作为一个父亲他应该怎么做，他竟然也跟着笑了，他的笑让莫琳惊讶地捂住了嘴巴。

他无法改变一切。无法面对戴维挑衅的目光。他无法给戴维一些亲昵的举动和言语。他多次想向戴维表达作为一个父亲的爱，但是他惧怕戴维冷漠的目光。他总是躲避。"戴维拿自己身体冒过所有的险，仿佛都是为了反抗父亲的平凡。"

　　他知道自己是一个差劲的父亲。因为他也没有得到过父爱。他不知道怎样去做好一个父亲。他的母亲就那样扔下他们离家出走，她忍受不了他的父亲，她要去寻找自己的幸福。在他六岁时，母亲就那样离开了他。父亲和一个又一个女人同居，他成了一个多余的人。终于有一天，父亲让他离开了那个家。

　　他和莫琳一开始是深深相爱着的。只是，戴维的抑郁让他们之间的隔阂越来越深，莫琳习惯性地排斥他所有的言行，总是说，我不这么认为。戴维离开以后，"只要看一眼他，她就会被拉回到痛苦的过去，还是三言两语的交流最为安全。他们都自觉和对方停留在最表面的交流，因为言语之下是深不可测、永不可能逾越的鸿沟"。

　　他们之间已经没有什么好说的了。"两人之间培育了二十年的沉默与距离已经太深太远，连老生常谈都感觉空洞，直刺人心。"

　　他们依然生活在一起。"她忍过这些年，是因为无论和哈罗德在一起的日子有多孤独，没有他的世界只会更加孤独。"

　　他走在路上。他坐在小酒馆里。擦肩而过一个又一个陌生人。他不想让别人注意到他，他躲避着他们的目光。但是总会有人上来和他攀谈。他们诉说自己的故事，他们似乎总是能够毫无顾忌地表达自己。"在弥补自己错误的这段旅途中，他接受着陌生人的各种不可思议。站在一个过客的位置，不但脚下的土地，连其他一切也都是对他开放的。人们会畅所欲言，他可以尽情倾听。一路走过去，他从每个人身上都吸收了一些东西。他曾经忽略了那么多的东西，他欠奎妮和过去的那一点点慷慨。"

　　人人都很普通，人人都很离奇，每个人的身上都有一些难以想象的痛。你们变得熟悉，你们依然陌生，虽然彼此开放，可是在人群中，每个人又都是如此孤单。

　　"他了然于心的事实和这些人自以为了解的情况大相径庭，这个发现让哈罗德一惊，也让他在回望身后这群人时感觉即使站在人群当中，也没有一个人真正认识他，他依然是孤身一人。"

　　在路上，他遇到的一个女人对他说："你还以为走路是世上最简单的事情呢？只不过是把一只脚放到另一只脚前面。但我一直很惊讶这些原本是本能的事情实际上做起来有多困难。而吃，吃也是一样的，有些人吃起东西来可困难了。说话也是，还有爱。这些东西都可以很难。"

　　"还有睡觉。""还有孩子。"

　　我们每天所面对的日常，都是一些简单的事儿。但就是这些简单的事儿，组成了我们的生活。我们有时会让它变得更好，有时会搞得一团糟。在不断的摧毁和建设中，我们一直在寻找或者试图保持一个自己希望的完整的自己。

　　但，这些都可能很难。

　　走在路上，他觉得自己一点一点地回到了他的生活中。虽然远离，却是回归。他慢慢找到了自己，那个真实的自己。"当一个人与熟悉的生活疏离，成为一个过客，陌生的事物都会被赋予新的意义。明白了这一点，保持真我，诚实地做一个哈罗德而不是扮演成其他任何人，就变得更加重要。"

　　他在一些陌生人的肯定中渐渐坚定了走下去的信心。他想着那些和他有关的人：莫琳、戴维、父亲、母亲，以及奎妮。这些人就是他的全部生活。在路遇了很多人之后，这些陌生的事物给了他不一样的力量。他知道自己不一样了。

　　"遇到一个陌生人，对他表现出不是自己的那一面，或者很久之前已经失去了的那一面，甚至是成为一个自己'可能会成为的人'——如果那些年前做的选择不一样的话。"

在路上。他和莫琳通着电话。莫琳也慢慢开始重新认识他。他曾经惹她大笑，在舞会上以一种不羁的姿态向她走来，他的身上有着深深吸引她的气息，他有着和别人都不一样的光芒。她爱他。可是，为什么她会不自觉地变本加厉地讽刺他，伤害他，而让他们逐渐相对无言了呢？

戴维离去了二十年。她每天都和他说话。她感觉他还在。由此她搬到了另一个房间。她担心如果有一天她不和他说话了，戴维就真的不在了。

之后，她一直生活在埋怨之中，她埋怨他的懦弱，他的逃避，他在儿子需要他们的时候总是不知所措。他没有做到过一个父亲应有的陪伴和鼓励。

但是她呢？她开始审视自己。哈罗德解鞋带的时候她也并没有冲上前去。她故意用言语刺伤他，想让他一辈子内疚。她一直对他隐瞒奎妮来找他告别的事情，而让他愧疚一辈子。她翻看过去的相册，看到很多他和儿子在一起的爱的时光。他是爱戴维的，他一直在试图做好一个父亲的角色，一直想好好去给予自己的爱……

他到达了终点。奎妮安详地离去。莫琳也赶到了那里。他和莫琳终于卸下自己和彼此施加的精神负担，回到最初……

一个人的朝圣。路人把它称为信仰。这种信仰是因为爱。

任何的给予，友善，理解，宽容，爱，最终都会回归到自己……

没有人是一座孤岛

这不是一本讨论孤独的小说。但一个人对生活的热爱，总是与另外的生命有关。可能是一个人，也可能是一条狗。一个人对于自己的存在判断，往往都是通过他人的折射，或许，当你所发出的一些信号得到回应，你才会感觉你是切实存在着的。

你并不孤单。

这本书的大部分情节都是围绕着书或者书店展开，一如岛上书店的门廊的招牌上所写的那样：没有谁是一座孤岛，每本书都是一个世界。但不可否认，仅仅靠阅读一本书并不会真的让人摆脱孤单，虽然阅读也是某种形式的对话。但很多时候，我们都在期待现实世界中的某种反馈，期待一种回声。

在费克里处于绝望的时期——怀孕的妻子去世，小岛书店面临危机，自己珍爱的珍贵藏本《帧木儿》也忽然遭窃——玛雅来到了他的身边。一个被母亲遗弃在他的书店里的两岁女孩。他手忙脚乱地面对着这个小生命，照顾她，呵护她。小玛雅喜欢周围的书，也总是对他有着特有的好感，一遍遍地说，爱你。

她显然从大人们的谈话中知道了是怎么回事，总结道：被收养了！

看到这里，你会随着玛雅无知的乐观而忽略了她的命运，而哑然失笑。

　　小玛雅的到来让费克里的心一点点融化。岛上的人都感觉到了他的变化——那个自私、冷漠的家伙，脸上开始有了温暖的笑容。

　　"让人恼火的是，一旦一个人在乎一件事，就发现自己不得不开始在乎一切事。"口气中似乎有一点无奈，但显然，他非常乐得如此。

　　想起廖一梅曾经写道："我曾经努力在世界和我之间建构一道屏障，现在我清楚地知道，这道屏障的致命缺口出现了，这个小小的缺口会引来滔天洪水颠覆我的人生，把我从一个自由自在的任性女人，变成一个牵肠挂肚的母亲。平生第一次，我对死亡产生了恐惧。我竟然产生了想要永远活着的愚蠢念头，不是因为贪恋，而是因为挂念。我曾经以为爱情是最不理智的感情，原来还有别的。"

　　费克里的心开始变得柔软。在一天晚上，他无意中翻开那本《迟暮花开》时，被深深地感动了。他情不自禁地去给出版社女业务员阿米莉娅打电话留言，感谢她推荐这本书。而四年前当阿米莉娅向他的书店推荐这本书时，他对她极不友好，用刻薄的语言弄哭了她。

　　是的。那个时候他的妻子刚刚去世。他对一个八十多岁的老年人回忆妻子这样的煽情小说是极度反感的。他避免不了言语尖刻。

　　岛上的警长兰比亚斯说："我告诉你，生活中每一桩糟糕事，几乎都是时机不当的结果；每件好事，都是时机恰到好处的结果。"

　　四年前他与阿米莉娅相遇，但并不是在合适的时候。四年后，因为那本书，他们开始了越来越深入的交谈。他们相爱了。

　　"因为从心底害怕自己不值得被爱，我们独来独往，然后就是因为独来独往，才让我们以为自己不值得被爱，有一天，你不知道是什么时候，你会驱车上路。有一天，你不知道是什么时候，你会遇到他（她）。你会被爱，因为你今生第一次真正不再孤单，你会选择不再孤单下去。"

这本书叙述温和平淡，轻松幽默，即使人人都有很多不幸和悲伤，但整本书并没有用大量的笔墨去描述悲伤。

悲伤不是一种稀缺的事件，它存在于每个人的生命之中。费克里的妻姐伊思梅的痛苦人人皆知。她的丈夫丹尼尔是一个作家，一直在外面拈花惹草，有着一个又一个女人。伊思梅多次怀孕，又多次意外流产。当玛雅的妈妈带着两岁的玛雅来找丹尼尔时，她再一次陷入了痛苦和失望之中。

如果不是她总是流产，或许一个孩子会让丹尼尔回心转意吧。她想。

但总是事与愿违。她逐渐对生活也失去了希望。

小说缓缓地叙述，一如时间在缓慢地流淌，如每个人的生命在缓慢地向前。里面有很多极度欢喜和极度不幸，但你的内心似乎并不会为此产生多大的波澜，只是沉默地唏嘘。在作者的叙述中，这些都成了极其普通的事件，一如我们的真实生活。丹尼尔的车祸，玛雅妈妈的自杀，伊思梅在丹尼尔去世后重新开始生活，警长与伊思梅相爱……

在对各种不幸的轻描淡写之中，新的希望出现了。

"我们得去相信。我们时常接受失望，这样我们才能不断地重整旗鼓。"

所有这些，都和小岛书店有关。曾经不景气的小岛书店已经因为《帖木儿》的被盗和玛雅的出现而逐渐变得热闹起来。人们开始习惯性地前来，并拿走一本本书。越来越多的温情。费克里与他人之间相处的冰川完全融化了，岛上的人也在热衷于帮助他照顾玛雅这件事上爱上了书店，爱上阅读。

这本书里还提及了很多小说的名字或书里的人或者作者甚至偷书贼，当我们谈论爱情时我们谈论什么？《绿山墙的安妮》《简爱》《麦田里的守望者》《傲慢与偏见》《时间旅行者的妻子》《德伯家的苔丝》《追忆似水年华》……看到时，会犹如看到老朋友一样，会心一笑。

书中还有另外两个情节让我印象深刻，——伊思梅就是那个拿走《帧木儿》的人，《迟暮花开》并非真的出自一位八十多岁的老人之手，而是一位女作家为了这本书的销路而把它伪装成了一本真实的回忆录。而且，分别发现了两件事真相的警长和阿米莉娅都选择了守口如瓶。

有时候，道德或者法律并不是评价一些事件的应有的方式。很多事情，当你了解了它，了解一个行为背后的原因，你或许就会理解它，而当你理解了它，你就会接受它或者选择宽容。

"没有人会漫无目的地旅行，那些迷路者是希望迷路。"

生活总是充满希望的。上帝为你关上一扇门，一定会为你打开一扇窗。每个人的生命中，都有最艰难的那一年，将人生变得美好而辽阔。

无所顾忌的表达，无所顾忌的存在

那日看拉斐尔《草地上的圣母》草图，哑然而笑。那两个小孩被这位大画家（当时他才二十三岁）摆弄来摆弄去，变换着不同的位置，头部也歪向不同的方向，实在不知道怎样的构图才是更好。我想象着画家当时的纠结。最后成稿，自然是最和谐的一种存在。

贡布里希说过的话，大意是，画家作画的那个感觉、过程，其实没那么复杂，我们在日常生活中也会有一些体验，比如搭配衣服，什么颜色和什么颜色在一起，或者插花，这边多一点，那边少一点，追求的无非就是一种"合适"。他们并不去依据规则，大多情况下，他们只是靠自己的较之一般人更敏锐的感觉，觉得只有这样画才是最合适的。

所以才一代一代，推陈出新。

十几年前看一位画家朋友的文章，说有些人总是喜欢故意去拔高，总是千方百计想从简单中挖出深刻来。他用朴实而又倔强犀利的语言说："哪有那么多意思意义？猪头肉没有中心思想，吃在嘴里香而解馋，觉得不中看就回家。"

类似的说法还有很多。雷诺阿认为，艺术是关于情感的，如果需要解释，则称不上是艺术。

常玉说："关于我的作品，我认为毋须赋予任何解释，当观赏我的作品时，应清楚了解我所要表达的，只是一个简单的概念。"

乔治·莫兰迪给自己做着总结："我本质上是那种画静物的画家，只不过传达一点宁静和隐秘的氛围。越是简单、平凡无奇的事物，就越能从多余的诠释中获得解放。"

陈丹青觉得，艺术顶顶要紧的，不是知识，不是熟练，而是直觉，是本能，是骚动，是崭新的感受力，直白地说，其实，是可贵的无知。

贡布里希也给了我们另一层的宽慰：当你看一幅画时，你若对绘画知识一知半解，倒不如什么都不知道更好，因为那些你所谓的"专业"知识会影响你的体会。

说及绘画，时常会听到身边的朋友说，"我不懂画"。我一直不清楚怎样才是"懂"画。一幅画在那里，你能够获得什么，全凭你自己的感受。

要么喜欢，要么不喜欢。

或许是因为它触动了你的一些回忆，让你想起与之相同的一些场景；或许是你喜欢它的色调、肌理，以及它所传递的那种宁静的氛围和美感；或许，你惊叹它的技术的娴熟、细腻，画面的展示如此真实；或许，它用一种特别的语言讲述了一个传说，同时也触发了你更多的想象；也可能，它传递出来的情绪忽然让人产生共鸣，喜悦或者悲伤；甚至仅仅是，它的存在穿越了千年，当你看到它，了解了它背后的故事，似乎也看到了那些久远的历史，而内心也似乎与它一起经历了岁月的沉淀；更或者，仅仅因为它的知名，你感觉你也在一瞬间成为一个奇迹的见证者，哦，原来它是这样的……

我们大多喜欢音乐。各种年代，各种曲调。然而我们大多不懂五线谱，对那些乐器不识一二，也不知道这些歌曲是属于什么类型，但依然不排斥去听。

绘画较之音乐或许出现得更早，从公元几万年前原始人绘制洞穴画开始，艺术就已经伴随着人们的日常生活。这么说好像也不对，如果从一个妈妈哼唱不成调的曲子给小宝宝听开始，音乐也即产生。

无论是西方还是东方，绘画在远古时代的地位并不是很高。艺术家们那时还不叫艺术家，只是一个匠人或者手工艺者，从分工的阶层来说，他们还不如一个普通百姓，还总会被一般人看不起。而中国即使到了元朝末年，"人有十等，一官，二吏，三僧，四道，五医，六商，七匠，八娼，九儒，十丐"，文人墨客仅仅排在乞丐前面。

在这样的发展过程中，绘画一直贴近着人们的生活。最初的作品都是定制，贡布里希说，多年后等它们忽然上了墙，似乎就与大众生活的距离越来越远了，就显得莫测高深起来。

诗歌，哲学，戏剧，电影……对其欣赏可以说是一种脑力劳动，给你启发，让你思考。而音乐，绘画，我想同时加上"大自然"，都是和本能相关，更多靠你的感觉，你若愿意思考也没有错，但你完全可以不用思考，你只要享受就够了。它们带给你的感受是一瞬间的事儿，喜欢就是喜欢了，不喜欢，也不用强求。

　　当然一幅画的创作过程需要技巧、技艺，就如我们每行每业都有自己的专业技能一样，这些技艺让我们尊重，但我也不需要必须去懂你到底用的是什么方法，以及你有着一种潜意识中的属于你自己的怎样的绘画体系。

　　所以，作为隔行者，我们不必羞愧于说我喜欢一幅画，也不必羞愧于一幅价值连城的画我们竟然看不懂，竟然不喜欢。

　　写过一些与艺术相关的文章，艺术家朋友说，"你写涉及绘画的文字，是对绘画有些认识的旁观者的角度，这很超脱也很自然，没有对错，只有喜欢，这反而让你可以无所顾忌地表达，而绘画最高的存在形式恰恰是无所顾忌"。

　　这话让我呆了半天，说，无所顾忌的表达，无所顾忌的存在，说得真好啊！

为艺术而艺术

1875 年，一场颇为引人注目的官司在知名艺术评论家约翰·罗斯金和画家詹姆斯·惠斯勒之间展开。

起因是罗斯金去参观一个画展时，看到了惠斯勒的作品《泰晤士河上散落的烟火：黑和金的小夜曲》，他表示极度不满：这是什么玩意，只不过是把颜料在画布上打翻就想骗取观众的钱。"我此前已经看到、听到了很多伦敦东区式的厚颜无耻的行为，但我从来没有料想到一个花花公子靠把一罐颜料泼在公众的脸上而索要两百几尼。"

惠斯勒为此大为恼火，他以侮辱名誉的罪名把罗斯金告上了法庭。

庭审中，罗斯金的辩护律师向惠斯勒发问："你觉得你能够让我看到画中的美吗？"惠斯勒说："不能……恐怕这就像一个音乐家要把他的音符灌到一个聋子的耳朵里一样不可能。"

最后惠斯勒胜诉，但也仅仅支付了十便士的罚款，一场近似于闹剧的官司宣告结束，而惠斯勒则因需要支付高额诉讼费而差点破产。

惠斯勒于 1834 年出生于美国，后跟随父母定居俄罗斯，并在十一岁进入圣彼得堡皇家艺术学院学习。在他十五岁那年，因为父亲的突然去世，他便和母亲一起回到了美国，并就读于西点学校。

由于他总是喜欢胡乱涂鸦，老师对他大为不满。有一次老师留了一个桥梁的课程设计，他完成后又在桥头画了两个小孩。老师很生气，说："你赶紧把那两个孩子给我赶走，这是一座军事桥梁。"如此种种，他总是把大量的时间花在画漫画上，最终还是被学校开除了。

之后他做了一段时间的绘图员工作，但与在西点学校相同，他总是在地图上做一些不合时宜的涂鸦，画着他喜欢的漫画，最后也因此失去了这份工作。

失业后的惠斯勒决定将艺术作为一生追求。在他二十一岁那年，他前往巴黎，开始了专注的绘画学习，并在之后的那些年里逐渐形成了自己的艺术主张。

惠斯勒认为绘画和音乐在表达力上是相似的。他说："在大自然的色彩和形体中，蓄涵有绘画的所有因素，艺术家就是筛选这些因素并进行科学分类的人，就像音乐家选择音符组成和弦，直到从紊乱中产生优美的和声。"

故而他借鉴音乐的表现方式，通过色阶的层层递进和变化，将画中元素表现为不同的画面节奏，形成一曲和谐的绘画交响乐，其中一些作品也特意用夜曲、协奏曲等命名。

但他的艺术表现形式在很长一段时间里备受争议。从 1862 年开始，他陆续创作了他的《白色交响曲》系列，分别称为第 1、2、3 号，画面里都是穿白色裙子的年轻女孩，这在当时不免引起一阵轰动。有的评论家对于他把自己的画称为"交响曲"很是不以为意，评论道："画中人衣服是淡黄色的，皮肤是肉色的，头发是棕色的，怎么称白色交响乐呢？"

对此脾气暴躁的惠斯勒又是一阵恼火，回答道："难道一首 F 调交响曲就只有 FFF 的不断重复，没有别的音吗？笨蛋！"

1871 年，惠斯勒创作完成了他的代表作之一《灰与黑的协奏曲》，现在也被称为《艺术家的母亲》。这幅画现如今获得了较高的评价，但在当时也遭受了被美国大都会美术馆退货的厄运。

画中人物是惠斯勒的母亲。当时因为他请的模特没有来，他便请母亲作为他的模特。

整个画面由黑白灰三种色调构成，灰与黑成为主要色调，同时它们的呈现层次又有着不同的变化，灰黑之间，窗帘中的灰白小碎花作为一种过度灵动而朴素，而母亲的白手绢、母亲的白纱巾和墙上的画及脚踏一起，成为另一种跳动或者一种承接，而使整个画面不致沉闷……

这幅画在构图上也达到了极致的和谐完美，母亲的坐姿曲线，将画面分为两个稳定的三角形。即便是几乎溢出画面的另一个白色画框，也有着不可或缺的作用，它使画面达到了一种整体的平衡。

而在情感层面，母亲端坐椅中，神态安详，在经历了岁月的沧桑之后，母亲依然如此优雅，扎着蕾丝围巾，有着蕾丝花边的袖口，优雅中有着一种笃定和沉静，整幅画的色调，母亲的神情，它们所要传达的东西是如此一致，这是一种庄重的、高贵的，甚至有点神圣的宁静之美。

此后，惠斯勒作为唯美主义的画家代表逐渐受到广泛关注。他提出"为艺术而艺术"，认为艺术的价值在于其自身之美："音乐的目的是悦耳，绘画的目的是悦目，绘画不是传播神示，也不是说教，而是为表现美。"

他的艺术逐渐为人们所接受，声望也与日俱增，各种荣誉纷至沓来，那一年总统罗斯福特意让邮政部门以"艺术家母亲的肖像"为主题，印制了母亲节邮票。

《灰与黑的协奏曲》

大地的女儿

女主人吴太太在她四十岁生日宴上宣布，她要为丈夫纳一名小妾，因为她年纪大了，已经伺候不动他了。

她这么说的时候，一脸的诚恳，显然，她的真心实意并不是装出来的。

被吴太太买进吴府的乡下丫头秋月成了小妾。她还那么小，她对夫妻之间的情事陌生而恐惧。这让吴先生极不满意，甚至大发雷霆。不免对吴太太感慨："还是你懂得怎么伺候我啊！"

而纳妾这件事，对吴太太而言，她有着自己的目的。

那是一个不可说的秘密：她与那个孤儿院的洋人医生（后来成为吴家少爷的家庭教师）的安德鲁相爱了。

而少爷则对纯真而可怜的秋月充满着同情，他极力保护着她……

已是多年前看过的这部电影——《庭院里的女人》。一个典型的中国故事。

该影片由美籍华人罗燕制片并主演。影片上写着，原著：赛珍珠。

那是我第一次知道赛珍珠的名字。

那天，在去庐山会议旧址的路上，远远看见一个小树林里有两个塑像。

走向前，辨认，一个是海明威，一个是赛珍珠。

返回原路，对同行的人说着。

他似乎有些小心翼翼地问："赛珍珠是谁？我记得有个人叫赛金花。"

赛珍珠，美国作家，原名Pearl Buck，赛珍珠是她为自己取的中文名字。

1892 年出生，出生三个月后即随父母来到中国。

她一生中有四十多年的时间是在中国度过的。

在庐山，除美庐之外，还有一座老别墅让我有着浓厚的兴趣，那就是赛珍珠纪念馆。

那是赛珍珠曾经居住过的地方。

她的父亲当时在江苏镇江传教，后在庐山买地修建了一幢别墅以供家人夏日前来度假。因此，赛珍珠在庐山度过了她童年的很多美好时光。

"每年六月，当秧苗从旱地移栽到水田的时候，也就是去牯岭的时候了。"

她尤其喜欢庐山的紫萁和百合。

"也许正是从那时候起，我脑海中对于中国的记忆始终带着一种浓厚的芳香，甚至后来我每到一个风景秀美的地方，总是不由自主地把它和庐山相比较。"

由于自小在中国长大，对中国百姓的生活非常熟悉，故她的作品大多是中国题材的小说。

1931 年春天，她所创作的小说《大地》获得了普利策奖。

同一年的夏天，她的父亲在庐山逝世，并葬于牯岭。次年，赛珍珠离开了这个她一生中待过时间最长、最让她眷恋的地方，回到了美国，并于不久后卖掉了这栋别墅。

1938 年，赛珍珠的《大地》获得了诺贝尔文学奖。她是唯一同时获得普利策奖和诺贝尔奖的女作家。

在诺贝尔奖授奖仪式的演说中，她说："虽然我生来是美国人，我的祖先在美国，我现在住在自己的国家并仍将住在那里，我属于美国，但恰恰是中国小说而不是美国小说决定了我在写作上的成就。"

她说："中国人民的生活多年来也就是我的生活，确实，他们的生活始终是我的生活的一部分。"

赛珍珠一生共写了 116 本书。

徐迟在《纪念赛珍珠》中写道："她写得不比我们最好的作家差，但比我们最好的作家写得多得多。"

无疑，赛珍珠在创作上是成功的，但在生活上，她又是不幸的。这种不幸一直不能让她好好地享受创作的成功带来的喜悦。

《大地》的畅销，使赛珍珠一举成名，但她依然表现平淡。她说，唯一让她暗自欣慰的是，卡洛尔的抚养费有了着落。

赛珍珠的女儿卡洛尔生下来就和其他孩子不一样，她是星星的孩子，有着先天性痴呆症。这一点让赛珍珠一直痛心。后来，她不得不把女儿送进了康复学校。

和卡洛尔的别离是她一生中最痛苦的事，"和死亡一样无可挽回"。"最后她绝望地抓住我死死不松手，我只得把她那嫩小的胳膊从我的脖子上推开……这是在割我肉哇。"

她承认从创作的成功中得到了满足，但一想到卡洛尔，内心就会马上充满伤心和痛苦。"卡洛尔要是一个正常的孩子，我一个字没写心里也舒坦。"

因为这个缘故，她非常同情残孤儿童，并先后领养了 9 个孩子。

后来，她建立了"欢迎之家"，领养美国军人在战争时期与亚洲妇女的非婚生弃儿，为 7000 多名孤儿找到了愿意长期领养的家庭，并建立了以自己名字命名的基金会。

生前，赛珍珠一直梦想再次回到中国，但由于当时国内对她尚存偏见，她的访华申请被拒绝了。这让她非常失望和困惑，于是在郁郁中度过了晚年。

"1973 年，81 岁的赛珍珠溘然长逝。按照她的遗愿，墓碑上没有一个英文字母，只镌刻着'赛珍珠'三个汉字。"

她的小说《大地》被拍成了电影。

在此之前，西方人对中国人的认识大部分来自那些归国传教士和政客商人，而他们很多时候对中国并不十分友善，因此他们所描绘的中国，大部分都是一些不可思议的、恶劣的、丑陋的东西。

到了 20 世纪 30 年代，因为这部电影，西方对中国的印象有了重大的转变。

赛珍珠在《自传随笔》中说："我厌恶所有把中国人描写成为古怪和粗野的人的作品，而我最大的愿望是尽我所能地把中国如实地写在我的书里。"

"这部电影是好莱坞在三十年代开始注意东方题材的代表性作品。影片虽是描写中国农村夫妇的悲剧故事，但主角均由美国人扮演，导演悉尼·弗兰克林也采取西方古典电影的风格来处理。"

《大地》拍摄于 1937 年。影片开头这样写道："从一个谦逊的人民的生活表达出一个伟大的民族的灵魂。在一个农夫的简单故事里，你可找到某些中国的精神——谦恭、勇气、继往开来。"

危险的深情

在一次与朋友的闲聊中，他向我推荐小说《未完成的肖像》，事实上他说的是马拉的作品，而我却由此走近了阿加莎。

阿加莎·克里斯蒂，擅长侦探推理小说。在她已经去世四十多年之后，她的书仍畅销不衰。

《未完成的肖像》是阿加莎的半自传小说。"作品阐述的是某些破坏力最强、最激烈的爱的形式。"小说从西莉亚的童年开始，到她的婚变、自杀以及完成自我救赎。从故事本身而言已经完整，而书名却为"未完成的肖像"。的确，一幅肖像永远都不会完成，因为包括我们自己，也总是不能对自己有完全的了解，或者，总是会慢慢对自己产生新的了解，抑或，随着时光的流逝，在经历一些事件之后，我们也会逐渐地发生一些变化……

西莉亚对德莫特的认识亦是如此。

西莉亚是一个柔软善良、细腻敏感的女孩，总是对身边的事物有着深深的感情。她天生羞怯，时常不知该如何表达自己。她很多地方像她的父亲：柔顺、平和以及体贴，但她也从母亲那里遗传了某样性格：很危险的深情。有一次，她母亲跟父亲说，"这孩子感情很执着，真要命"。

一次出游，导游好心地捉到一只蝴蝶，把它用大头针固定在西莉亚的草帽上。西莉亚痛苦万分，哭了起来。当大人们问怎么了时，她无法说出真正的缘由。她不想伤害蝴蝶，也不想伤害导游的好意，她能做的，只是哭。

慢慢长大。在经历了几次短暂的爱情之后，德莫特出现在她的生活之中。西莉亚完全被他打动了！这次感情不同于任何以往，她没有任何余地地爱上了他！她觉得和他在一起是最快乐的时刻。他们结婚了。

慢慢地，在彼此更加深入的了解中，她知道，他们是多么不同的两种人。

如果她表现出无助，他就很没好气。她喜欢分享自己的想法，他从来不。她向他表达高兴时他会觉得她很傻，她表现失落时他说"我喜欢你快乐的时候"。她希望他们能够一起共度假日休闲时光，他说，"我们两个应该是完全自由的"。

所有这些碰撞都让西莉亚闷闷不乐，而他们的女儿朱迪也总是更喜欢父亲一些。她与父亲有着更好的契合和相似的性格。只有在她生病时，她才要妈妈而不要爸爸。而德莫特相当乐得这样，因为任何生病或不开心的人都让他感到不自在。

朱迪和小伙伴一起玩的时候，小朋友因为迷了眼而大声地哭。朱迪起身走了，说，"我不喜欢生病的小孩"。

朱迪的无情让西莉亚有些生气："朱迪，你这样对人太不好了，要是你眼睛进了东西，你也会想要有人坐下来陪你说说话，而不是丢下你跑开。"

朱迪说，"我不会在意的"。

西莉亚感到有些孤单。很多时候，她都非常怀念她成长的那个家，她想和她的母亲在一起。母亲比所有人都善解人意，对于儿时的蝴蝶事件，最后还是母亲猜到了缘由：她是不喜欢把这只蝴蝶夹在她的头上吧。

母亲的去世，让西莉亚感到非常悲伤。这个世界上最懂她最疼爱她的人离开了，她变得如此的孤独。此时她很希望德莫特能够陪在她的身边，而德莫特却是那种不愿意面对各种麻烦的人。又过了一段时间，德莫特回来了，他说他喜欢上了另外的女人。他提出离婚。

经历了自杀事件以后，西莉亚慢慢明白，在德莫特的心里，他并不认为这是一件残酷的事儿。他甚至需要她很乐意地去接受离婚这件事，希望她能很乐意地接受他不能和这样时刻的她在一起这件事……

这部小说前面都是大段的温和的描述。童年时期的阳光，虽然有很多她无法表达的痛苦，但更多是充满了爱与温情。阿加莎缓慢地叙述着，细到家里的每一个女佣，母亲唤着她"我的亲亲小羊儿""小鸽南瓜"，奶奶对她讲的那些故事……而后半部分，则更多的是单句成行，更多使用省略号，使内心的那种痛苦和挣扎再现……

一个人和另一个人总是不同的。

在这个世界上，总是有这样一种人，他们的内心产生不了更多柔软和温暖的东西，也便很少懂得去关心别人，很少有深情的体会。由此，他们也不会因为别人的关心和深情而感受到更大快乐。

这个世界与他们的内心之间，有向内和向外的两个通道，这两个通道里所输送的东西是一致的。外界的深情，外界的爱，这些在很多人眼中无比珍贵的东西，在通过他们的通道时，就已经被过滤得干净，被他们自己留下的，是如他们自己一样的薄情。

或许，他们只需要那么多，他们也只能给予那么多。那么，这是错的吗？

黑白之间，总是有着各种灰度的灰色地带。因为每一个人都有着不同的频率，我们所能接收到的或者能被更好感受到的信号，只是其中那么一个频段。深情与薄情，或许本无对错，但毫无疑问，深情的人更容易受到伤害。

　　这世间的情感碰撞总是出乎每个人的预料，那么，希望，对深情的每个人而言，最重要的，还是遇到那个最适合自己的人吧……

百年孤独——奥雷里亚诺

　　十月的很多闲暇时光都交给了《百年孤独》。

　　看了两遍。音频听了大半。写了几篇和它有关的文字。

　　而奥雷里亚诺·布恩迪亚其实是我最想说的。

　　于是，在十一月的这一天里，我再次回到那个宏大的叙事之中，回到那种孤独抑郁的气息之中，写下和他有关的片段。

　　作为家族的第二代，奥雷里亚诺·布恩迪亚是《百年孤独》这本书中着墨最多的人物，也是这个家族的灵魂式人物，马孔多的一条街道以他命名。

　　他沉默寡言，生性孤僻，有着和父亲一样的勇气、冒险精神和强大的号召力。他喜欢探索，专注而独具天赋，靠自我钻研成为技艺高超的金银器匠人。他崇尚自由并极具同情心，保守派的士兵打死一个被疯狗咬过的女人激起他的愤怒，他加入了自由派的战争，并成为赫赫有名的革命军首领奥雷里亚诺·布恩迪亚上校。

　　这是一个让人心疼的人物。事实上，百年孤独中对家族所有男性的刻画都让人心疼。他们或有自小就有的恐惧、不知所措的孤单，以及封闭自己的孤独。仿若他们都还是孩子，让人想上前，拥抱他，为他哭泣……

　　小说对奥雷里亚诺·布恩迪亚的刻画是动态变化的，却又一脉相承，让你感觉他不再是他，但他又仍然是他。不管他有着怎样的行为，似乎都可以理解，都可以原谅。

无论他怎样变化，有一点却一直未变：他的沉默和他的孤独。

全书以他为开篇：多年以后，面对行刑队，奥雷里亚诺·布恩迪亚上校将会回想起父亲带他去见识冰块的那个遥远的下午。

之后的章节中，他会多次回想起那个下午。那是父亲暂时从追寻各种科学发明的幻想世界中解脱出来，开始注意到他和哥哥的存在，并开始花时间陪伴他们的一段时光。

那天下午，他上前一步触摸着冰块，把手放上去又立刻缩回，吓得叫了起来："它在烧！"

同时，他也会想起那个温暖的下午，父亲在教他和哥哥的物理课上倏然停住，一脸着迷的神情，手停在半空中，眼神凝固，倾听着远处传来的吉卜赛人的声音。

他所回想的那段时光，是他六岁的时候。

早年的奥雷里亚诺·布恩迪亚是这个家族中最有温情的人。

当哥哥何塞·阿尔卡蒂奥向他讲述那些欢爱细节时，他分享他的痛苦和喜悦，与他一起担惊受怕，一起体验幸福；

当十一岁的丽贝卡被送到他们家，他耐心地在她面前从头到尾念了一遍圣徒节期表，希望知道一言不发的她的名字；

虽然在卖身的混血姑娘那里感受到一种挫败，他仍然打算娶她，除了欲望更多是怜悯，他想为她偿还所有的债务；

在何塞·阿尔卡蒂奥和丽贝卡结为夫妇以后，母亲将他俩赶出了家门，奥雷里亚诺是唯一关心他们的人，给他们买了一些家具，并送钱过去，直到哥哥恢复常态。

在他和蕾梅黛丝结婚以后，"他和妻子在双方家里都成功唤醒了深厚的亲情"。

参加战争后第一次回到马孔多，他骑在马上，微笑着问手上缠着黑纱的妹妹阿玛兰妲："你的手怎么了？"

他把发小赫里内勒多·马尔克斯从保守派的手中拯救出来，他回到马孔多，接受着赫里内勒多热情的拥抱……

这些温暖的片段，加上他的勇敢、果断、智慧和从容不迫，让奥雷里亚诺·布恩迪亚充满着迷人的魅力。

但以上这些并没有让他特别快乐。在家的大部分时间里，他总是处于自己的孤独之中。孤独这个字眼在小说中出现的次数是如此之多，在每一个人身上。

当父亲忙于整治市镇，母亲忙于扩展家业，他便从早到晚待在被遗弃的实验室里，"青春期的他失去了甜美的童音，变得沉默寡言孤独入骨，但却恢复了呱呱坠地时流露出的执着眼神"。

在与那个混血姑娘交欢时，他的无能为力让他对自己感到沮丧，并下定决心终身保持单身。直到女孩蕾梅黛丝出现，她的身影填满了他的心，他痛苦地思念着她，写着和她有关的没头没尾的诗行。

他和妹妹一起坐在客厅里，一下午都在默默听着音乐。他们彼此理解，心中各自充满思念，家里充满了爱的气息。

在无限孤独和躁动中，他不得不去找庇拉尔·特尔内拉，这个哥哥曾经的情人，她引领他进入了情爱世界。"渡过难关之后，他哭了起来。一开始是几声不由自主、断断续续的哭泣，随后泪如泉涌，他感觉心中苦痛的块垒迸裂了……直到他的身体倾空那令他无法活下去的黑暗。"

他也有过短暂温暖的家庭生活。在和蕾梅黛丝结婚后，家里开始有了欢愉的气息。"就奥雷里亚诺而言,他在她这里找到了生存的意义。"如果就这样生活下去就好了,奥雷里亚诺的脸上也会浮现出笑容,两个家族的人们受他们的影响而逐渐感受到了更多的暖意。

但蕾梅黛丝这个爱的化身在这样孤独的家族中注定会有宿命的安排,她误食了鸦片酊而死去,她的双胞胎儿子也胎死腹中。

小说对这件事发生后的奥雷里亚诺仅仅一句带过,蕾梅黛丝的死并没有让他表现出悲伤,而是"让一种沉郁的愤怒渐渐转化为寂寞消极的挫败感,如当初他认命选择独身的感受相仿"。

在岳父那里,他约略知道了自由派和保守派。他并不清楚它们之间有着怎样的区别。出于人道方面的情感,他对自由派关于私生子和婚生子享有同等权利的主张颇有好感。但当那个自由派的人对他说要对岳父一家赶尽杀绝时,他说,"您什么派也不是,您就是一个屠夫"。

直到他看到四个保守派士兵把一个被疯狗咬过的女人从家中强行拖出来打死,便带领小伙子们在午夜枪杀了他们,然后投奔了革命军。

自此,他一转身,成为另外一个人:奥雷里亚诺·布恩迪亚上校。

不仅是身份,还有内心。

他变得越发冷峻沉默。他的存在,似乎只是为了一次又一次的战争。

在他被捕后,母亲去狱中看他,她感受到儿子的强大气场:"从进入房间的那一刻起,乌尔苏拉就被儿子老成持重的神情、生杀予夺的气概和通身放射出的威严光彩所震慑。"

战争让他越来越无法感知,或者说已不想再去感知各种情感和温暖的事物。

他那颗曾经充满正义和温情的心，结了一层由战争的鲜血而组成的痂。

当他再次回到马孔多时，看到妹妹也无动于衷，妹妹大声说："你不认识我了？我是阿玛兰妲呀。"

甚至，他在家里不许任何人近身，和母亲也要保持着三米的距离。

甚至，他决定枪毙马孔多有史以来最好的长官蒙卡达将军。不为别的，只为他们是不同的派别。即便他们曾经如朋友那样惺惺相惜，曾经相约暂停战争，并多次深入讨论如何建立一个更人性化的政府。

甚至，当他遵守诺言，把蒙卡达将军的遗物去交还给他的妻子，女人没有让他进屋，而是说"在您的战争里，您说了算，但在我的家里，我说了算"时，他怒不可遏，毫不留情地将她的房舍夷为平地。

甚至，当一直信任和跟随他的好友赫里内勒多表示了对他的不满，"留心你的心，奥雷里亚诺，你正在活活腐烂"，并在后来说他是背叛时，他下令对赫里内勒多执行死刑……

看到这些让人心痛。在那一段时间里，奥雷里亚诺的冷漠和无情达到了顶峰。

他迷失了。

如蒙卡达将军临刑前对他所言："我担心的是，你那么憎恨军人，跟他们斗了那么久，琢磨了他们那么久，最终却变得和他们一样。人世间没有任何理想值得以这样的沉沦作为代价。"

理想。沉沦。

他的理想是什么？他似乎从来没有思考过是为何而战，两个派别又有着怎样的区别。

他意志消沉，签了停战协议，并对着自己的胸口开了一枪。

——然而他并没有死去。

此后，"他深隐孤独，不再感知到预兆，他为了逃避必将陪伴他终生的寒意，回到了马孔多，在最久远的回忆中寻求最后的慰藉"。

他在马孔多潜心制作小金鱼，凑够二十五条就放到坩埚里熔化重做。日复一日，而对家中的一切都视若无睹，他"约略懂得幸福晚年的秘诀不过是与孤独签下不失尊严的协定罢了"。

只有当他看到香蕉公司雇佣兵的暴行时，内心又充满了年轻时的愤怒。"等着瞧"，他喊道，"我要领着我的人拿起武器，干死这些美国佬！"

然后，他的儿子们在一夜之间被悉数杀死。对他而言，那是一段黑暗的日子。就像妻子去世或战争中好友接连战死时一样，他心里没有悲痛，只有无处发泄的愤怒。

他迷失在一个陌生的家中，这里没有人也没有任何事物再能引发他丝毫的感怀……

那一天是星期二，空气经过三天细雨的洗涤，漫天都是飞蚁。他听到远处铜管奏乐孩童欢呼的声音，第一次落入怀旧的陷阱，仿佛回到当年父亲带他去看冰块的那个下午。

最后当队伍全部走过，街上只剩下空荡荡一片，几个好奇的人还在茫然观望时，他又一次看见了自己那可悲的孤独的脸，于是他向栗树走去。

他去小便，"像只小鸡一样把头缩在双肩里，额头抵上树干便一动不动了"。

他就这样结束了自己的一生。他死了。

他死了。似乎也带走了整本书的光芒，带走了整个家族的光芒。后面还有几代人在继续，他的母亲乌尔苏拉也一直在坚韧地陪着他们向前走，但这个家族在他陨落后终是日渐消沉，慢慢地，不为城镇人所知，终于在最后，在一场飓风中，随风而逝……

古希腊艺术的光芒

看贡布里希《艺术的故事》，发给朋友一张浮雕驭马者的图片。

"是希腊还是罗马？"

"希腊。"这几天迷上了古希腊艺术。

比如这个浮雕碎片，我看到时，怦然心动，便想知道更多。

一、蛮族的入侵

古希腊并不是对一个国家的称呼，而是指一片区域，这个区域包括巴尔干半岛南部（希腊半岛）、爱琴海诸岛以及小亚细亚西岸的这些地方，一共有大大小小一百多个城邦。

在这片区域里，公元前 2000 年左右，克里特岛和迈锡尼这两个地方共同形成了它最初的文明，称爱琴文明。克里特岛的国王比较富有，会经常派使团出使埃及，以致他们的艺术受古埃及艺术的影响，有时也会出现僵硬、刻板的尊严气派。但这个天才的民族更多是保持着自己的艺术风格，他们喜欢表现快速的运动和女性的优美姿态，艺术品往往体现出一种自在优雅和细腻。迈锡尼地区则除自己的战斗场面之外，也会仿制克里特岛的艺术品。

爱琴文明持续约八百年，也就是到公元前 1200 年的时候，这片土地遭到了北方一个部落的毁灭性入侵，入侵者就是多利亚人。多利亚人被称为"蛮族"，他们不喜欢舞文弄墨、叽叽歪歪，而更愿意驰骋沙场、全民作战，由此也便对古希腊这个地方原有的艺术传承不以为意，爱琴文明就此中断了。

但艺术的力量是如此强大，有人的地方就会伴随有艺术的诞生。慢慢地，在这片文明的废墟上又逐渐滋生出了新的文明——希腊文明。

二、用来陪葬的几何纹陶瓶

在以后的四百多年时间里，多利亚人在这片土地的滋养之下开始有了自己的艺术需求。不过他们的需求也是一种实用，受古埃及文化的影响，其艺术创作主要还是为了敬神和陪葬，所以他们的艺术品大多是用于祭祀、陪葬的陶瓶。

有人把这段时期称为"黑暗时期"，觉得他们的艺术品与之前的相比，实在是过于简单、粗糙和原始了，其生硬程度比古埃及人有过之而无不及。但这些陶瓶有着另一种美。可能因为它自身的古意，便自带了光芒，让观者不自觉心生好感。陶瓶上的装饰主要是一些几何风格的花纹，比如用直线、三角形或椭圆形表现的人体，以及在瓶身上另外画的一些鸟兽纹、线形纹等，这些图案一般都是对称图案，排列规则，看上去简单质朴而又庄重。

这段时间也是著名的《荷马史诗》形成的时期。《荷马史诗》近乎是这一时期唯一存在的文字史料，它将千百年来广泛流传的民间传说、神话等汇集成册，成为古希腊艺术的主要素材和创作源泉。

"希腊神话不仅是古希腊艺术的宝库，而且是希腊艺术的土壤。"

三、呆板的站立，迷人的微笑

古希腊艺术在世界中最显赫的自然是它的雕刻和建筑。

荷马时代以后，艺术家们开始在人体雕塑上进行探索，也开始建造一些石质神庙。他们最初雕刻的人像也是仿效了古埃及的样板，人都是正面像，往那一站，严肃呆板。其实为了体现肃穆，古埃及的这种艺术法则非常强大，持续几千年不变。

　　但逐渐地，古希腊的匠人们有了自己的想法，他们开始琢磨如何使这些雕刻更真实一些，更显活力一些：膝盖到底怎样雕刻才更是它本来的样子？如果让一个人带着微笑是不是显得更加生动？所以，这一时期的人像雕刻虽然也同样是呆板的站立，但他们的脸上都带上了一抹迷人的微笑。

　　就此，古希腊开启了他们真正的雕刻历史。

四、红黑绘瓶画，下棋的英雄

　　但是，这个时期的绘画依然比雕刻更胜一筹。

　　最典型的依然是瓶画。

　　这些陶瓶是当时希腊人主要的生活用品，大多是用来盛放东西，并请专门的工匠在瓶子上做一些彩绘。和荷马时期不同的是，瓶子上的图案不再是简单的几何纹，而是变成了丰富的人物故事，故事大多来自神话或者史诗。

　　此时瓶上的人物展示依然如古埃及绘画一样，人物是侧面的，而眼睛是正面的。但有变化的是，被挡住的部分不再非得画出来。古埃及绘画的法则是：只要存在，就要被看见。

　　瓶画中最有名的是《荷马史诗》中提到的两位英雄阿喀琉斯和埃阿斯下棋的画。这个双耳陶瓶底色是黑色，两个人物存在的背景色是红色，人物本身再次采用黑色颜料描绘，这种风格称"黑绘"。与之相反的则为"红绘"，即背景色是黑色，人物采用红色颜料。

　　红色和黑色的这种搭配使整个画面变得既沉静又鲜亮，同时也有着一些高贵稳重和大气。不知道这种色调的使用是否与当时的原材料有关。拉斯科洞穴中的动物绘画也是这样的呈现，红色、黑色、橙色，是一种原始的气息，非常好看。

又过了一些年，画中人物的脚才不再全部采用侧面展示了，正面站立的时候，脚也开始呈现正面看它的样子。这是古希腊艺术的一大突破，贡布里希说："这真是艺术史上震撼人心的时刻。"

由此，古希腊艺术开始进入古典时期。

五、人体雕刻，理想主义之美

一旦开始有意识地去进行对自然呈现的观察，以及对短缩法的使用，古希腊艺术便忽然爆发，变得势不可挡，迎来了它的黄金时代，持续了超过五百年的辉煌。

即便有些艺术品出现残缺，人们仍能感受到古希腊人像雕刻的典雅、优美，感受到古希腊建筑的恢弘、壮丽和高贵，以及细部装饰的生动和细腻。

所有的人物雕刻，依然是以神话中的人物为主。古希腊相信"人神共形共性"，认为神也是人的样子，有着人的性格，有着人一样的七情六欲。所以在古希腊神话中，众神之间总是有着各种纷乱的战争、各种纷乱的情感纠缠，而且不分辈分、不分亲疏。

但既然是神，无疑他们应该更加强壮（古希腊人本身也特别重视体育，崇尚强壮之美），更加充满力量和美。于是，古希腊雕刻家们遵循了一种"理想主义"，尽可能把人体展示得完美。为此还研究出了一比七的头身比例关系，觉得这样最美。

他们的人体雕塑不仅都很匀称、健美，而且男子都是裸体。女神们有的是裸体，有的则穿着飘逸的半身裙裾。古希腊的人体艺术可以说任何时代都无法超越，因为对人体的一种自然敬畏，它们展示的是那么唯美、纯净、自信，男性阳刚健康，女性端庄宁静，都达到了一种高级的整体和谐。

六、帕特农神庙和掷铁饼的人

这个时期建筑的发展首推帕特农神庙。

而非狄亚斯是当时负责雕刻和装饰帕特农神庙里的神像的人。他用木头、黄金和象牙塑造了雅典娜神像，可惜后来不复存在。目前神庙中的雅典娜神像是罗马时代的大理石复制品，但也已经尽显尊贵，通过她，我们可以尽情想象原作的那种高贵和优美，以及自身存在的那种震慑力。

好在，帕特农神庙的一些装饰还在，其中包括开篇说的驾驶马车的浮雕局部，让人着迷。"我们还是不要去想念那已经失散的部分，这样就可以完全陶醉于已有的发现而不心怀遗憾……马的头和腿保存得相当完好，足以使我们领略艺术家的娴熟技巧。"

和非狄亚斯同时代的另一位雕刻家米隆也堪称伟大，他的《掷铁饼者》把人体雕刻变得自由、自如，他让掷铁饼者处于一种一触即发之态，是一种瞬间的平衡和完美，沉重的塑像在运动效果之中就产生了轻盈感，而且整个动作的协调、肌肉块用力后的走向都表达得那么令人信服。"就像那时的画家征服了空间一样，米隆征服了运动。"

七、断臂维纳斯和胜利女神

古希腊的雕刻自此抵达顶峰。一些艺术作品越发优雅和轻松，纤美和精致，由此，除了原本的宗教作用或政治作用之外，其自身的美也开始得到关注。

"虽然艺术家仍然被看作工匠，大概还受势利小人的鄙视，但是已经有越来越多的人开始赏识他们作品本身的诱人之处。"人们在一起时，不再仅仅谈论诗歌和话剧，也开始谈论艺术了。

在此期间所产生的一些巅峰之作，或者说比较知名的雕刻作品，有如观景楼的阿波罗、断臂维纳斯、胜利女神、拉奥孔等。

在卢浮宫，能亲眼见到维纳斯和胜利女神，内心激动。这诞生于两千多年前的塑像，还能以如此"完美"的形式屹立在那里供人仰慕观瞻，实在是让人惊叹不已。

她们的形体姿态是如此地自由，衣服的皱褶是如此地自然飘逸，即便有一些残缺，依然掩饰不住那自身的美、那自身的宁静和活力。而这残缺带了浓重的历史的痕迹，让你感觉，当你注视她们的时候，岁月的车轮正在滚滚向前，发出声响，跨过两千多年的时间，然后带着她们来到这里，以如此的面貌呈现，用自己的语气声调，倾诉曾经的故事，或者只是静静地存在，传递一种柔美娴静的力量，而让人或心生敬畏，或恍然如梦。

如贡布里希所说："在熟练的雕刻家手下，古老的人物形式已经开始活动、开始呼吸，他们像真人一样站在我们面前，然后却像是从另一个更为美好的世界降临的人。"

古希腊浮雕局部

断臂维纳斯　摄于 2019 年

无法传递的爱

　　早晨起得早。打发走家里的学生，见离上班还有一段时间，就打开一本书。

　　以色列作家亚伯拉罕·耶霍舒亚的《诗人继续沉默》。

　　在这样一个清晨，一个应该非常理性而清醒的时刻，被一本书打动，让我感觉我的打开着实有些错了时间。因为才看了没几页，就流出了眼泪。

　　已经很久没有因为一本书而流泪了。随着时光的流逝，自己似乎也变得冷静，不再如以前那样容易动情。也或者，这两年选择的读物较少涉及具体的情感，而与他人的喜乐或伤悲保持了距离。

　　"诗人继续沉默"是这本书的其中一个篇章。

　　到上班之时，我恰好读完。眼睛酸涩。

　　小说以一种忧伤、沉郁的语调和极具诗性的语言描述着一个诗人和他的"低能儿"儿子的故事。

　　他们守着各自的孤独，在各自的世界之中。

　　在诗人的眼里，这是两个完全无法理解和沟通的世界。

　　一个人的出生并没有让家人感到快乐，这是什么感受？或许，在男孩以后的生命中，在他有限的认知中，在他单纯的心灵里，他觉得这样并非有什么不对，他无法想象还会有别的样子。他如野外的一棵小草，不言不语，接纳着自己的存在状态。

小男孩的到来对诗人而言是"一次意外，一个错误，某种该诅咒的奇迹"。诗人年事已高，女儿们也到了出嫁的年龄，他和妻子为这次怀孕感觉尴尬，他们好像犯了很大错误一样，为这个意外羞愧难当。

男孩发育迟缓，反应迟钝，被大家认定是个"低能儿"。只有诗人认为男孩"处于临界点，游弋在正常与非常的边缘地带"。这是诗人从儿子的眼睛里看出来的，他觉得他的眼睛"有光芒闪烁，一种来自黑暗的能量，有着极强的穿透力"。

若说男孩与父亲有哪些相似之处，或许就是这双眼睛了。诗人有一次看着镜子里的自己，"依旧是我，一块槽沟交错的石头。只有眼睛十分夺目，目光闪亮，令人吃惊地充满了生命力"。

诗人把颓废后的自己形容为石头。一块长满青苔的大石头。石头还会有温度吗？还能够传递温情吗？是否依然有爱，对这个男孩，以及这个世界？

在诗人变成石头以前，也是有着无数的梦想和激情的，他曾经写的五卷诗集一直陈列在他的书架上，以一种无声的语言叙述着他的充满才情的过去。

只是，他再也找不到感觉了。他陷入了绝望之中。他感觉自己的周围是一片荒漠，他不得不承认到了自己保持沉默的时候了。

小男孩就是在这样的时候来到这个家庭的。诗人把自己对世界的疏离、对诗歌的疏离、对家人的疏离也同时带到了男孩身上。而男孩也总是喜欢独自一人在自己的角落里。或许，他喜欢如此，或许，他只是为了给家人减少烦恼。

在学校里，男孩也同样不言不语，独自坐在角落里，在一片欢声笑语中与世界保持着距离。同学们戏弄他、嘲笑他，选他当"班长"，让他每天为班级搞卫生，给同学们擦鞋，他"似乎心满意足，两眼发着光，脸上的表情也更专注"。

在他善良而无比纯洁的心灵里，没有"羞辱"二字。他觉得大家需要他。帮助别人让他快乐，他的书包里总是会有一两块破抹布。

这是一个从未得到过任何温情关怀的孩子。父亲颓废不堪，母亲一直生病，姐姐们以他为耻。家里的一切都是冷漠的，沉默的。男孩就这样无声地成长，如窗前的那棵小树，在风中独自摇曳，枝丫敲打在玻璃窗上，发出迟疑的战战兢兢的声音。

谁能理解他呢？或者说，在这个家庭里，有谁试图去理解过他？

小男孩无法用确切的语言表达自己。在他六岁那年，妈妈去世后的一个月，为了表达对妈妈的思念，他把妈妈所有的照片都埋在了"花园僻静的一角，白杨树下，在一个弃之不用、几乎辨不出的老石灰坑里，用一张旧毯子包着，照片给刀划得乱七八糟"。被家人发现后，他结结巴巴地解释，但没有人明白他在说什么，怒不可遏的父亲打了他耳光，姐姐们也一起上前打他……

男孩惊慌失措。我心痛不已。

女儿们出嫁以后，家里只剩下他和他。

"我，一个陷入沉默的诗人；他，一个孤独的低能儿。"

而那块长满青苔的大石头一直在自己的颓废世界里沉默着。他有些畏手畏脚，不知如何亲近他的孩子，同时也觉得每次和儿子说的话，都如浮在水上的油，而无法进入他的意识之中。有时，他也会上前摸摸儿子的头，男孩再次惊慌失措。

想起《一个人的朝圣》里那位父亲与他的儿子之间。不是每个人都天生就会做父亲的，因为自己内心的局限，总是有人恐惧着自己身边的另一个生灵，而不知所措。

男孩用他的孤独陪伴着同样孤独的沉默的诗人。

在诗人生病卧床时，男孩无微不至地照顾着他。那时，他应该是十三岁。

为了打破沉默，父亲试图和儿子做了第一次交流。也是在那天，男孩知道了自己的父亲是一个诗人。父亲从书架上抽出自己的诗集给他看。

几天后，诗人发现那五卷书被码得整整齐齐的，"我意识到某种东西穿透到他的心里了，虽然只有那么一丁点"。

诗歌成了他和儿子之间的感情联结，或者说是情感表达的触发点。

那天，老师在课堂上读了一首诗给大家听，并说作者就是男孩的父亲。

那个晚上，"我打开前门，看到他在没有开灯的门厅里等我。他无法抑制自己的激动，扑到我的怀里，爆发出一种野蛮人的长嚎，几乎窒息了我。我还来不及脱掉夹克，解开领带，他就抓着我的手把我拖进其中一个房间。他打开灯，翻开他的课本，开始用粗野的嗓音朗诵我的诗，读错了的元音、含糊不清的吐词、重音乱成了一团"。

这段很长，但我想原封不动摘录下来。它让我又一次潸然泪下。这一段的表达有着极强的爆发力、感染力。就如这个忽然爆发的男孩一样。在之前所有带着疏离的陈述中，他们之间的情感从来没有如此刻这样，一个人深深地穿透着另一个人。

这是一个儿子对父亲的爱。

男孩问了更多。当他知道父亲已经不再写诗时，有些垂头丧气。之后的每一天，他便总是把父亲以前写的一些草稿放在桌子上，书页间，公文包里，床头灯下——房间里任何父亲的目光所及之处。

"他用这种方式，用他弱智的锲而不舍，试图引诱我重新开始写诗。"

他还会给父亲的书桌上摆好一摞一摞的纸，以及削尖的铅笔。甚至，他会找出家里的一些花瓶，插上各种鲜花，以营造一个他所认为的适合写诗的环境。

而诗人对那些草稿有了短暂的兴趣之后，再次回到了沉默之中。他把那些草稿全部撕成碎片，并从花瓶里拔出所有的鲜花，堆到门前的台阶上。

如此无情和粗鲁的行为，是否给男孩带去了心灵创伤？继而会停止所有稚拙而执着的努力？

没有。

男孩的心中除了爱，没有其他的事物。他在几天之内都消失于父亲的视线之中，一个人睡到野外的场地上。在他的认知里，写诗的人是需要独处的。父亲无法写诗，或许是因为他的存在。

诗人再一次和他进行了交流。男孩"用手掌捂住眼睛，结结巴巴地吐出一些激动的字眼。他的话混乱不安，很难懂，最后我终于明白，他相信我不幸福"。

男孩希望父亲写诗，因为他希望父亲幸福。

父亲微笑了："你瞧，我疲倦了。也许你可以帮我写。"

男孩的心灵就如天上的云彩。纯洁，无瑕，而又无处落地。他把父亲的话当真了。他果真开始写诗了。他疯狂的，只要有空就扎进写诗的专注中。他会查字典吗？他认识了几个字？他把一些随时想到的字记在随手带的笔记本上，就如父亲当年那样。他还结识了一个艺术群体，并甘愿给一个诗人跑腿，往返于这位诗人与编辑之间。

诗人准备离开这里了，通过远游开启自己新的生活。他如一个真正的"低能儿"一样，对目前的一切感到绝望。"我必须跟他分割开来。纽带，心结，年复一年的羞辱。可以让人痛哭。他们把他留给我一人。又一声不协调的哀诉。"

男孩不在他的计划之中。他变卖了房子，把男孩托付给了一对订书匠夫妇。

在父亲准备送走男孩的当天，在熟睡的儿子房间里发现了一份不入流的报纸，报纸副刊上刊登着一首诗。男孩写的诗。一些散乱的句子。此时醒来的男孩看着站在窗边的父亲，"柔和、充满感染力的微笑，带着一丝感伤，他的脸亮堂起来"。

"直到此时我才注意到，诗歌上方用廉价印刷体书写的，是我的名字。"

小说结束了。我好长时间不想说话，喉咙发紧……

在诗人沉默的时间里，在我最初的设想里，或许男孩的到来会给这个家庭带来一些生机，让绝望的诗人因为照顾男孩而感受着生命的另一番意义。没有。诗人继续沉默着，倒是这个被认定是"低能儿"的男孩随着自己的长大，用他全部的爱和智力试图救赎这个绝望的父亲。

　　男孩让我感到无比怜惜和心碎，那种对父亲无私的爱给我震动，那一丝带着感伤的微笑和印刷体的名字让我泪流不止……我天真地幻想，如果能够进入书中的世界，我就一定会找到这个孩子，给他最温柔的拥抱，给予他世界上最温暖的爱……

平淡中的诗意

　　周末看了电影《帕特森》。一部两小时的文艺片。在所有看过的影片中，这部电影应该说是最安静的了。整个过程都如缓缓的流水，没有任何的波澜，也如一部随意诉说的散文，充满着琐碎的诗意。影片只是淡淡地讲述，讲述名字叫帕特森的男主人公和女友劳拉的日常生活。

　　而他们生活的城市也叫帕特森。或许，自编自导的吉姆·贾木许是想借由这样的一种设置表明，帕特森的生活代表了这个城市的所有人，或者绝大多数人，也或许代表了另外城市的所有人，或者绝大多数人，平淡，而每天重复。

　　影片从星期一开始，缓慢地讲述着帕特森和劳拉一周的生活。从他们醒来，一直到睡去。

　　帕特森是一名公交车司机。每天的生活几乎没有变化，早晨按时上班，在开车的过程中，静静地聆听顾客们的交谈，听着在他们身上发生的故事。下班后和劳拉一起吃晚餐，然后带着小狗马文散步，其间会进入同一个小酒馆里，喝一小杯啤酒稍作歇息。

　　他很少主动说话，也很少笑。他静静地坐在那里，听着其他客人的交流，看着一些发生。然后回去。

　　生活每天都这样重复着。从周一到周日，同样的公交路线，同样的散步，同样的小酒馆，同样的沉默不语的他，同样的每天都会倾斜的门口的邮筒。没有什么特别。

而每天一成不变的生活之下是有另外的呼吸的。

帕特森喜欢写诗。他有个秘密笔记本，空闲下来的时候，他就写上几句不知道算是好还是不好的诗句。

他写道："我的双腿跑下楼，跑出门，而我的上半身，正在写诗。"

除了劳拉，没有人知道他在写诗。他不会把这些给另外的人看，他还没有这样的信心，他感觉写得不够好。劳拉总是鼓励他，在她的身边有一个优秀的诗人。

在每天重复的生活中，除了写诗，也会有一些不同的发生。

如在公交车里，他的身后总是坐着不同的交谈的人，他聆听着他们的不同的见解和人生。

如公交车半路也会出现故障，他疏导着乘客，并借了电话联系另外的公交车过来把他们接走。他甚至没有手机，在他看来，他平静的生活里是不需要手机的。一位老太太问，它会爆炸成一个大火球吗？而这句话，在他回到家时，妻子也是同样地问着，当他去小酒馆里时，酒店老板也是这么问着。观看的我笑了，这是平淡生活的幽默之处。

如在小酒馆里看着一对男女吵架，男的拿出一把手枪，他迅速上前把他扑倒在地，而后发现这只不过是一把玩具手枪。

如他遇到了那个写诗的小女孩，小女孩为他朗诵自己的诗，诵读的声音和诗歌本身都是那么优美，之后，女孩知道他也喜欢诗时，觉得很酷，说，"一个喜欢诗的公交车司机"。然后女孩问他："你喜欢艾米莉·狄金森吗？"……

这些变化，这些生活的细节，如果你忽略了它，它就被淹没在每天的重复之中，开公交，吃饭，散步，喝一杯啤酒，日复一日。而我们以一个旁观者的角度随着帕特森的脚步感受着这些，它又是如此不同。生活是平淡的，但依然有很多有趣的发生，有很多充满诗意的部分……

与帕特森的内敛和安静不同，劳拉是一个充满创意的人，她有着极好的艺术天分，每天都充满着激情做着不同的事情：画窗帘，刷墙壁，弹吉他，做杯子蛋糕……

帕特森回家以后，劳拉就向他讲述一天所做的事情，语调充满着轻松和喜悦，以及美好的向往。同时，她也会询问帕特森一天的情况。

他们是不同的两个人。他们的交谈是那样的和谐，充满着相互理解、相互体谅，以及相互赞美和鼓励。劳拉说帕特森是一个好的诗人，她很想看到她的诗打印出来。他同时也欣赏着劳拉的创意，觉得都很棒，他都喜欢。

在他们的生活中，还有一只斗牛犬马文。它总是卧在那个宽大的单人沙发上，一声不响地注视着他们，并在他们亲吻时发出一声低低的吠叫，不知是在嘲笑，还是吃醋了。它也会经常跑到门口，一边飞奔一边调皮地用力踹一下邮筒，于是邮筒变得倾斜。

那每天一成不变的邮筒的倾斜，来自马文每天的调皮的动作。

每天，帕特森回来后，都会发现邮筒倾斜了。他似乎也并没有追究这是为什么，或许他原来就知道，他一声不响地把它轻轻扶正。

每天如此。

他们的生活充满着温馨，也有着很多小的欣喜，以及一些令人沮丧之处。快乐的劳拉终于攒了足够的钱买了一把吉他；她做的杯子蛋糕获得了大卖；帕特森拿着自己的笔记本为劳拉读他的诗；那天他们去看电影回来后，发现他很大意地放在沙发上的笔记本已经被马文撕成了碎片。

他站在那里看着这些碎片发愣，一言不发。劳拉安慰他，他说，没关系，这些诗本来就是写在水上的。

他平静地表现着难过。他睡不着，决定出去走走，路上碰到了小酒馆那个失意的男人。他们打着招呼，问"你还好吗"。

对方说，太阳每天早上升起，晚上落下，每天都是新的一天，对吧。

他也遇到了一个来帕特森旅游的人，这个人和他说了很多关于诗歌，并在最后，送了一本空白笔记本给他，说，有时空白的纸页代表更多的可能性。

一周就这样结束了。这样的结尾意味深长。

到了下一个周一，生活又开始着同样的重复。美丽的劳拉会继续以她的艺术天分打造她的生活，同时，也会继续做杯子蛋糕或者别的什么来维系他们的生活。

帕特森每天依然开着公交车，听着顾客的交谈，依然喜欢马文，并每天带着它在饭后散步，然后进入那个小酒馆，听着顾客们大声或者小声地说着自己的故事，同时，最重要的是，他会依然写诗，在平淡的生活中，进入自己的精神世界，或许，他会有一些变化，比如把他的诗打印出来……

我们大多数人的生活与帕特森没有什么不同。从家到单位两点一线地重复着。但若能够静下心来用心去感受，生活中的很多细节都充满着诗意。诗意不是指诗人本身，帕特森的写诗，只是精神追求的一种，我们或许不去写诗，但我们总是会做另外别的什么让自己的内心充实富足，去感受，去沉浸，去欣赏，去爱。

穆罕默德对他的弟子说："如果你有两块面包，你一定要用其中一块去换取一朵水仙花。"

草地上的女神——波提切利的《春》

所谓诗情画意。当我们说到一幅画时，首先想到的大多是美。当然画的作用不仅仅是为了传递美和愉悦，特别是在中世纪长达一千多年的时间里，表达教义成了绘画的主要功用，致使这个时期所有绘画都变得刻板僵硬，直至 15 世纪文艺复兴时期，画家们才再次把目光转向古希腊的艺术传统，将美和自然融入画中。

桑德罗·波提切利是文艺复兴佛罗伦萨画派的一名画家，韦罗基奥的学生，出生在 1445 年，与达·芬奇和佩鲁吉诺是同门师兄弟，佩鲁吉诺则是拉斐尔的老师。波提切利的著名画作《维纳斯的诞生》和《春》在大部分艺术类书籍中都会提及，可以说是和谐唯美的最高典范之一。"这种表现技巧之于绘画，犹如音乐之于话语。"

现在春天即将过去，我的脑海中多次出现《春》这幅画。

这幅画是一件订制品。当时统治佛罗伦萨的是美第奇家族，洛伦佐·美第奇为了巩固家族地位，促成了一场政治联姻，让他的侄子和敌对家族的女儿结婚，并委托画家波提切利作一幅画，准备把这幅画放在这对新婚夫妇的婚房里。

那是在 1481 年，波提切利开始了这幅画的创作。作品取材于美第奇宫廷诗人波利齐亚诺的诗："一个早春的清晨，在优美雅静的果林里，端庄妩媚的爱与美之神维纳斯位居中央，正以闲散优雅的表情静静等待着为春之降临所举行的盛大的典礼……"

肯尼斯·克拉克在《文明》中对这幅画有着一带而过的提及，他说，中世纪的记忆赋予了这种古典的灵感一种全新的复杂性。异教的女神们在一片仿佛哥特式壁毯的树叶背景前翩翩起舞。这种将想象力调和一致的技巧是多么不可思议。

维纳斯位居中央，站在开满鲜花的草地上，身后便是幽静的橘林，虽然是春天，但橘树上的橘子还没有落，这实在是一种浪漫的表达。橘林的颜色和草地的颜色浑然一体，确如肯尼斯·克拉克所说的犹如一幅美丽的哥特式壁毯一样。维纳斯头顶身后的空间，呈光亮的拱形，这让美丽优雅的她有着一些神圣。

画面最右侧是风神，他有着青灰色的头发，着蓝灰色的衣衫，与身后的背景有着和谐的过渡。此时的他眉头微皱，正鼓着腮帮子狂热地追求着森林女神克洛里斯，他看着她，眼神里有一丝不解和祈求，他希望她也能够爱他。

显然克洛里斯并不那么喜欢他，她口里衔着花枝，做着逃跑的姿势，但这阵小风吹得太猛，她还是被风神俘获了，并在下一时刻成为花神芙罗拉。

这追逐的画面很像贝尼尼的雕塑阿波罗和达芙妮，只是风神成功了，阿波罗的追逐使达芙妮在父亲的帮助下变成了桂树。

而这一切的罪魁祸首都是小爱神丘比特。最上方的小丘比特正鼓着圆圆的小肚子，蒙着眼睛把手中的箭乱射一气。正是因为他的这种随意，神间，人间，不知有多少爱是伴随着痛苦而来，追逐着，逃跑着，相思（相厮）相杀。

爱是盲目的，谁能把它怎么样呢？

成为花神的芙罗拉则没有了恐慌。她站在花丛中，头上戴着花环，飘逸的裙裾上缀满了花朵。她微微地笑着，娴静典雅，一手捧着自己的衣衫，一手把衣服兜住的花瓣撒向人间。

维纳斯的右侧是美惠三女神。她们披着透明的衣衫，身姿曼妙，体态丰腴，她们扭动着身躯，手指两两相触，轻盈而舒展地翩翩起舞。

美惠三女神在古希腊神话中代表的含义有多种，有说是代表光辉、欢乐和幸福，或者妩媚、优雅和美丽，纯洁、自由和洒脱，总之象征着世间一切美好的东西。

不管她是谁，她们那么美。

在西方绘画中，美丽的女性都有着微起的小腹，那似乎代表着一种更自然的生命，那种圆润感体现着女性的温存……

画面最左侧的年轻男子是赫尔墨斯，宙斯的儿子。他身佩利剑，正手执神杖，眼睛顺着手指看着斜上方，他的表情纯真单纯，有着一些专注和虔诚，他似乎正在驱散着冬天的阴霾，以给大地带来春的和谐明媚。

整幅画无论是整体还是局部，都有着一种无可挑剔的唯美。色调和构图上都有着一种整体和谐。即便女神的面部表情有着一丝淡淡的忧伤，而忧伤也是美的一部分。宁静美丽的春天转瞬而逝，火热的夏天就要到来……

波提切利《春》

艺术的进步与变化

贡布里希说，画家作画，追求的无非是一种"合适"，你若让画家自己说说遵循着怎样的规则，他们也并不清楚。他们不去依据规则，而且也只有极少数人会根据自己的经验去总结一些所谓的规则。

这句话是站在画家们的个人角度而言。但以时代来说，若说没有规则也不尽然。

古埃及人作画，是有着严格的规则的，人物遵循"正面律"，头部是侧面的，眼睛是正面的，上半身为正面，下半身是侧面。如果是场景绘画，就如画地图一样尽可能地展示。因为他们的画是放在墓室中的壁画，这些画的作用是陪葬，呈现的是他们想要的来生世界，身边的事物要应有尽有，所以所画不一定要好看，但一定要完整。由此出现池塘是正面的，池塘里的鱼是侧面的，周边的树木是侧面的，犹如小孩画画。

这种作画规则差不多影响了上千年。

古希腊艺术是西方艺术的源泉，特别是在人体的展示上，古希腊艺术的理想主义使他们创作的人物集人类形体的所有优点于一身。其实最初的古希腊艺术受古埃及艺术的影响，人物形象也颇具规则化，但逐渐地，他们开始走出这种桎梏，开始有了自己的表达，开始追求一种自然真实，人物开始变得生动和唯美。

古希腊是崇尚体育的国家，人体健美是他们的追求。雕塑家们尽显裸体之美，他们相信人神共形，在古希腊以前和古希腊以后，或许没有任何一个时期的艺术能把裸体表现得这么自然、唯美。

当然不仅仅是人体，其他事物的描绘也在古希腊艺术里达到一个顶峰，帕特农神庙中的那些装饰的碎片，马的眼睛、圆滚滚的屁股，黑绘或红绘的瓶画，米龙的掷投铁饼者身体扭转时肌肉的自然呈现，端庄美丽的断臂维纳斯的娴静典雅……

罗马时代虽然在很长时间里也在效仿着成熟的古希腊艺术风格，甚至是有些膜拜地直接对古希腊作品进行大量的仿制，但慢慢地，还是逐渐摈弃了这种对美的追求，崇尚实用，比如通过描绘一些战争场景为帝王歌功颂德。很多绘画风格甚至又回到了古埃及时代。

而到了公元 500 年，罗马时代以后的中世纪之端，艺术的规则和表达受宗教的影响而产生了巨大的变化。他们首先开始纠结是否应该在教堂放置雕像和绘画，上帝是不可见的，你能把他画成什么样呢？

但庆幸的是，一些喜欢绘画的教皇还是根据自己的诠释保持了绘画，理由是，对于一些不识字的人来说，没有比通过绘画来描述圣经故事更能深入人心。

但这些绘画旨在表达教义，其他的就要尽量简化，所以画里的人物都开始变得特别的呆板僵硬。单从人物的表现形式而言，中世纪绘画好似完全倒退了，古希腊雕刻和绘画中人物的圆润、饱满、生动，衣服皱褶的自然，面庞的柔和，这些通通都没有了，剩下的，只有呆板、僵硬、木然。

是中世纪的艺术家们没有能力做到这些吗？显然不是，只是当时的绘画更多体现的是功用。你只要表达出圣经故事就可以了，至于其他，如果太过唯美、生动，谁能说不会分散教徒的注意力呢？

　　这种规则也持续了近千年（一种规则能千年不破也是一件很不可思议的事情），人们在一种规则里待得久了，就会把它看成是最正常的存在，很少有人会去试图打破它。

　　直到 13 世纪以后，才开始有了一些变化。哥特式教堂里的塑像，又开始有了一些生动、一些表现圣像的人物绘画，从乔托绘画开始，也逐渐有了光润的肌肤、发亮的眼睛，以及充满人性的情绪。

　　然后，又过了近三百年，开始了文艺复兴，再过三百年，出现了印象派。米开朗琪罗雕塑的雄健有力的臂膀，拉斐尔圣像画的唯美和柔和，达·芬奇画里神秘的微笑和纵深空间，卡拉瓦乔的明暗和近乎暴力的美学，柯罗写实的自然风景，米勒对农民生活的描绘，印象派在一片嘲笑声中杀出重围，好像被城市里的人嘲笑的乡村野夫，莫奈光与影的变化，梵高漩涡般的笔触，塞尚一脚踹开现代绘画的大门，毕加索带来了立体主义，波洛克把迷幻抽象的线条层层叠加犹如婴幼儿在墙上的涂鸦，罗斯科则通过不同颜色的色块表达情感⋯⋯

　　这些规则的变化，很难说是基于怎样的推动。很多时候都是因为偶然，因为一个人的灵光乍现，而开始推出不同于那个年代的其他作品，并在一片质疑声中，更远地走向后面的时代。

　　那天和朋友讨论，关于艺术与文明的进步。我赞同艺术没有进步只有变化的说法，只是在不同的时代，风格不同而已。

　　看两万年前的洞穴绘画，那些奔腾的马、麋鹿，是如何地让人激动不已。古埃及的绘画简单质朴如孩童的绘画，几千年以后，一些现代绘画大师也会去效仿，如毕加索有些故作高深的奇怪的线条，米罗的充满童稚如远古时代刻在石头上的那些简单的原始符号，而古希腊艺术更是直接达到了艺术的巅峰。

　　因此，每个年代的人都是受自身语境的限制，很难更客观地评价这一切。有多少伟大的画家在他们活着的时候不被认可，只有死去以后，才被后人们铭记。在他活着时有那个时代的评价体系、规则，在他死了之后，又出现了不同的评价，那么，符合哪个时代的作品才是优秀的作品呢？

　　不同的是，我们活着，我们正掌握着话语权，我们从自己的角度看待这一切，其实本身，也必然只代表自己的看法，从某种意义上来说，也注定是狭隘的。

　　设想一下，时间继续向前推移，千年以后，或许又出现了另外的颠覆，或许一些主流评价又全部被推倒重来，这，也未可知……

第三辑

浅淡的日子

四月春光

已是谷雨，春天的最后一个节气。

工作间隙，扭转头看窗外，发一小会儿呆。

窗外满目苍翠，树木的叶子越来越密，在四月春光里散发着清新的气息。

这楼前屋后，都有着非常美好的景致。即使窗前不过是简简单单几排树，一些刚刚栽植不久、尚未长成的树，但已足以满足我的观望。有一次我问，不知道还有谁像我一样喜欢树？走在路上，我看着它们，高高矮矮，形状各异。遒劲的，温和的，犀利的，活泼的。最主要的，树与树在一起时，总是会以最合适的好看的方式排列、成长，相互容让，互不阻挡。

法国植物学家雅克·达森在《植物在想什么》里提道：也许在未来，如果我们问计算机，哪种生命形式可以将各种力作用的混乱状态最好地与自身融为一体？它会回答我们：树。

与窗前相比，后面的那片树林就丰富了很多。中午饭后，在林中小路漫步，看阳光从树木间穿过，听鸟儿发出各种婉转的声音，看酢浆草开着成片的小花，红叶李的果子慢慢长大……

偶尔，没有同伴，一个人走。碰到同事迎面走过来，笑问，这么孤独地一个人走啊？

我也笑着回应，不孤独，很自在。

很自在。确实如此。

一个人的时候，总是更能专注于身边的世界。各种花草，跳跃的松鼠，高高的鸟窝，卧在树叶上的小蜗牛，弯曲或笔直的树及矮的灌木。有些能够叫出它们的名字：香樟，桂花，无患子，月季，杜鹃，含笑……而有些不能。不能也不要紧，无需更进一步认识它们，只是看着，就够了。

写到这里，想起贾平凹的那本《自在独行》，里面有一个淋花雨的片段似乎出自其中：在一棵树下，让一片光照着，有细雨就下起来，雨并未湿衣，却身上脚下一层褐色的颗粒，捡起来，竟是米粒大的花蕾。买菜人说，那是漆树落花。我就站住不动，让花雨淋着。

让花雨淋着。这样的场景，多么美妙。

大自然把自己馈赠给了我们每一个人，如何去欣赏它、感受它，感受风、阳光、露珠、香味、天空……每个人都有不同的获得。但只要你没有忽略它们，你感受到的肯定是不可言说的美和愉悦……

手边是著名导演是枝裕和的随笔集《有如走路的速度》。他如聊家常一样慢悠悠地说着一些生活点滴。"这些随笔如同我的日常生活，以缓慢的步调与我相伴而行。犹如停下脚步，挖掘脚下微不足道却更柔软的事物。如果电影作品是静静沉淀在水底的东西，这些文字就是沉淀之前缓慢漂荡在水中的沙粒……那些现在还很细小，并未成形的沙粒，一定会在几年后，成为下部、下下部电影的芽和根。"

这些安静的温暖的细部，都是我喜欢的。

阳台上的月季花开了，黄色的。这黄色的明艳，安安静静的，总是能够给你增添一份好的心情。特别是到了夜晚，在灯光下，它会显得更加好看。

吊兰也一直在蓬蓬勃勃地生长。它的生命力极其旺盛，从同学家里拿回小小的两棵，到现在已经繁衍了好多盆。前些天偶然发现，其中一盆的一个侧枝上竟开了几朵小小的白花。我喊轩轩和爸爸一起过来看，灰小酷也跑过来。我有点警觉地看了它一眼，不知道它会不会趁我们不在时，又偷着揪巴我的花。

我喜欢小小的花。

时常到野外，蹲下去看各种各样的小野花。这些小野花星星点点，在草丛中，灌木旁，树林里，河岸边，各种各样的环境，都有着它们的默默生长。

我喜欢这些静默的毫不张扬的事物，它们在自己的状态里，自由自在，安然地存在着。有风吹来，它们随风轻轻摇摆，很是惬意。

想到斐波那契数列。自然界中很多植物的花瓣、萼片、果实的数目都以一种神奇的方式排列，比如向日葵，雏菊，松果……

那天认识了碎米荠，通泉草，卷耳菜，紫色地丁，也分辨出了蓬和蓬藁。

我仔细地观察它们，或许，它们也同时在观察我。

我喜欢它们，不知道它们是否也喜欢我。

就此，辛波斯卡在《植物的静默》中有着这样的表达：我们之间的熟悉是单向的，进展得相当顺利。我知道叶片、花瓣、穗子、丘果、茎干为何物，四月和十二月将对你们做些什么……我们试着理解事物，以我们自己的方式。

一种单向的熟悉，已足以带给你欢喜，带给你某种不同寻常的意义。一如缪塞的《雏菊》所表达的：我爱着，什么也不说，只看你在对面微笑……我爱着，不怀抱任何希望，但并不是没有幸福——只要能看到你，我就感到满足。

诗人们借用植物表达着自己的感情，表达一种温暖的深切的关注——即便对方如植物一样缄默……这种情感，是非常自然、美好纯粹的。

此时此刻，天已经暗了下来。

来杭州的同学已然回到北京。昨日因为他的到来，几个同学再一次小聚。之后，同学有些微醺，讲了一些笑话之后，开始认真地说着一些心里话。他说，有时看朋友圈，看到自己关心的人们过得幸福，心里也会有一种温暖的感觉，一种踏实的感觉。她发个种菜，你发个树枝，这些琐琐碎碎，我们看着，什么也不说，但心里的确会感到高兴，这些自然地形成了一种氛围，一种让人感到放心的踏实的氛围……

这些话，让我感动，也感同身受……

当我们的生命走到一定的阶段，似乎关注点也慢慢变得不同起来。我们会越来越喜欢简单、自然的事物，朋友也在时间的沉淀中剩下最值得在意的那些。

或许，这就是所谓的返璞归真？

　　远处的施工机械断断续续地打着桩。在这样的一个夜晚，我并没有觉得这是一种噪声。感觉到的，反而是如小草发芽一样的生命的活力。或许这缘于我的专业，不管怎样，我热爱着它。一些东西，看似有些偏离，但内心里从未走远……

　　这是四月的最后一天。我喜欢四月的时光，周围的一切都焕发着一种生机。空气里是青草的香味，花的香味，泥土的香味……这些，是我的根。我从那个乡村走来，它们已经成为我生命中最重要的养分滋养着我，一如我的故乡之于我，自然，简单，淳朴，包容，而无限美好……

浅淡的日子

睁开眼睛，发现已经快八点了。近些天来似乎第一次睡得这么沉。

如以往那样，给妈妈打电话。今天是母亲节，但这个节日对我对母亲都没有什么更特别的意义。和妈妈说着差不多和每天一样的话，做一样的事，用不经意的话语，传达着一样的惦念。

窗前的枇杷树结满了很多小枇杷。有时趴在窗台上，就那么定定地看着它们，看着它们一天天长大。

婆婆摘了几个已经有些发黄的回来，洗了放在碗里，要我吃。拿起一个放进嘴里，呵呵，真酸啊！

小的时候，在夏天或秋天里，每当奶奶串门回来，我就满怀期待地往她的衣兜上看。奶奶也每每总是会从衣兜里掏出几个杏子、海棠果或者别的什么给我吃。

那么多的小小的欣喜，那么多的小小的满足。

我想看到那些壁画。我想看到那幅素描。

我想看到一本书装帧后的样子。

已经坐在这里很久了。写了几行字后，就转过头继续看窗外。

外面下着小雨。那棵树的叶子上有满满的雨珠儿。轻风吹来，有的纹丝不动，有的趁势滚落到地上。

想到前两天去庐山，在植物园里看到一棵很大的紫薇树，又名痒痒树。你用手轻轻地抚摩一下它的任何地方，它就花枝乱颤。它笑的时候，我也总是忍不住笑。

我一直非常喜欢树。

总是说，每一棵树都有一个灵魂，它们有着自己的姿态。

人也是。每个人都有着特有的风骨，特有的姿态，特有的表达。

那天我对朋友说，其实人是无法控制的，所有的都应是自愿付出、自愿放弃。但你可以真实表达自己的情绪，来让对方有选择地付出和放弃。任何被强迫的东西，都毫无意义。

又笑着说，但是，如果一个人能强迫得了另一个人，这本身就是意义。

总是这样忽然把人夹杂在花草树木之间，的确有些煞了风景。

于是抛开一些杂念，看着五颜六色的雨伞在地上移动。却又想起那句歌词：

我是一颗蒲公英的种子，谁也不知道我的快乐和悲伤，爸爸妈妈给我一把小伞，让我在广阔的天地间飘荡……

写到此，很多情绪又纷纷而落。

浅淡的日子。浅淡的忧伤。浅淡的你的身影你的面庞……

时光中的时光

一

去开水房里倒水，出来时，不知从哪个角落里飘来咖啡的香味。一时间整个房间里一种温暖醇厚的气息弥漫开来。在这种味道之中，似乎一切都已经被妥帖地安置，从容静好。努力拼搏的小伙伴们正在午休。走廊安静。房间安静。

而窗外车水马龙，传来浑然的呼啸声。天阴着，偶尔下起小雨。不远处树叶正黄，在雨后变得干净，清晰，沉郁一片。我看着它们，长时间地。一棵树一年四季都岿然不动，但它们也有着自己的内在秩序。发芽，生长，叶落，有些还会开起美丽的花儿。

有风吹过，树叶轻轻颤动。这些黄色，让我的内心澄明，在深秋季节里这是属于它们的世界。而在春天，树叶发芽时的那种翠绿也同样让我有此感受。心总是跟着季节走。

二

对朋友说，去看我的小鸭，特别可爱。

过一会儿他说，看了，还是你的石榴可爱。

怎么，你不喜欢小鸭，不觉得它们可爱？

没有特别强烈的感觉，但是那个石榴确实不错。

石榴是去年秋天同事给的，柠檬一样的黄色，部分渐变为暗红，明亮鲜艳。没舍得吃，放在书架上摆着。慢慢地，它开始风干，颜色也发生了变化，由黄色转为褐色，褪去青涩而变得沉稳。形态虽然不再那么饱满，但那些微微的皱褶反而为它增加了更多美感，同时小嘴尖尖，也依然保留着一些俏皮可爱。

我说，一直摆着，摆成了艺术品。

说到石榴，就想起吴冠中先生的石榴画，满树的石榴各具姿态，他自己对此写道："石榴多斑，黑点跳跃，处处鬼眨眼，张嘴闭嘴石榴红，显示升平气象。老伴看了，说像儿童画，自由画，随意而不经心。其实这石榴有家有底，深根扎在河北李村，是我们'文革'时的劳改点，日日荷锄下河滩劳动。五月榴花红胜火，结石榴几多，未曾数。"

也专门看了一下其他几位大师的作品，吴昌硕的石榴是大写意，洒脱不羁，自在生长，张大千的石榴则多了一些安静和端庄，是一个羞答答的小家碧玉。

在不同地区的文明中，石榴都有着多子多福的寓意。

而古希腊神话中的石榴籽却直接引来了一年四季。

说有个美丽的女孩叫珀耳塞福涅，一天她在草地上游玩时，冥王哈迪斯把她拉入地狱而使她成为冥后。女孩的母亲是丰收女神德墨忒尔，女儿不见后，她陷入悲痛之中，完全忘记了自己的职责，于是大地万物开始枯萎。众神便纷纷指责哈迪斯，要他归还她的女儿。

冥王迫于压力，不得不同意放走女孩。但在让她走之前，给她吃了三粒冥界的石榴籽，而每吃下一粒石榴籽就需要回冥界待一个月。于是，在之后的每年，女孩和母亲丰收女神在一起时，大地就会变得生机勃勃，成为春夏秋季，而女孩回到冥府的三个月里，悲伤的母亲就让大地变为冬季……

三

下午五点，婆婆打来电话。

依然是热情的声音，嗓门很大。她说衣服收到了，正好合适。并再三嘱咐，说她有很多衣服，不要再给她买了。为了说服我，还给我说了具体数字，比如外套有六件，毛衣也有六件等。我笑了，说"好"。自从轩轩上了初中以后，她就回到了老家，只是偶尔来杭州小住。我再次要她来时，她说，走不开，外公要照顾。

外公九十四岁了。以前住在二楼，今年开始有些行动不便，就把小床搬到了一楼。外公心里想着我们，知道我们爱玩，那天特意让婆婆打电话告诉我说，如果我们再回老家，可以去海边某个地方玩。

中秋时我们回去，外公像初见我时那样，慈祥地看着我，不怎么说话。

没有院墙的小院古朴肃静，半熟的橘子挂在矮的枝头，古老的水井沉默着述说着古老的故事。阳光洒落，照进房间，刚好照在坐在床边的外公身上。

我说，阳光真好，很暖和。

四

周末。做完家务，在书房里随意翻看。

房间里静静的，阿布趴在我的脚下睡着了。

特别喜欢这种被书包围的感觉。对先生说，即使不看书，只是这么坐着，书所散发出来的气息也在浸润着人的身体，人与书之间便产生了联结，而有了一些书香之气。

所以，有时只是坐着，"看"书，以及书前的那些小摆设，内心满足。

猴子、青蛙和小鸟相处一处，让我感觉到一种和谐之美。它们造型简单，而又栩栩如生。它们风尘仆仆，分别来自不同的国度。不知各自出自哪位艺术家之手，被用心雕刻后，便与之分离，几经辗转，去往遥远的别处……

胡思乱想后，低头，看傅山作品集。

这是在五六年前，浙江美术馆举办傅山作品展时带回的书画册。发现，除了那幅《雨中花鸭图》印象还深，其他大多已经忘了，只记得那些书法作品中的恢弘之气。

梁羽生的小说《七剑下天山》中有一位傅青主，"不但医术精妙，天下无匹，而且长于武功，在无极剑法上有精深造诣。除此以外，他还是书画名家，是明末清初的一位奇士"。这位傅青主的原型便是傅山。

傅山的书法被誉为"清初第一写家"，而他的绘画同样有较高造诣，明末清初绘画界有"四僧一道"之说，"四僧"分别是石涛、朱耷、髡残、弘仁，而"一道"则为傅山。

傅山的作品意境古拙，豪迈奔放。除了艺术，他还如达·芬奇一样，是跨界顶尖高手，在医学上也有着巨大的成就，所著《傅青主女科》《傅青主男科》等，对后世均有一定的影响。

而他为后人所称道的不仅仅是他的才学，还包括他的思想、品格、气节。清军入关建都之初，他多次秘密进行反清复明的活动，后见无望，拒绝了大清的高官厚禄，出家成了一名道人。

他标举真率，反对奴俗，提出"四宁四毋"的书学主张，即"宁丑毋媚，宁拙毋巧，宁支离毋轻滑，宁直率毋安排"，这是一种美学思想，也是一种精神人格。

细品之，对于我们，应同样依从。

五

断断续续，又是一天。时光在窗外缓慢流逝。

这几天在买安德烈·塔可夫斯基的日记作品集《时光中的时光》。

当年看了影片《伊万的童年》之后，被他的那种特别诗意的电影语言深深打动，遂开始读他的《雕刻时光》。

这两本书，光是名字就特别喜欢。

但《时光中的时光》一直没有买到。

当然我并不急切。很多东西都需要在时光里慢慢打磨，它们总是会在最恰当的时刻来到你的身边。

只需耐心等待……

夏 天

出梅了。小树叶闪着光亮。

这里的夏天，总是会有连续一些天的阴雨天气，即所谓梅雨季节。
梅雨季节。我很喜欢这四个字，看上去感觉到美。

放暑假的第一天，轩轩说，"我本来还想再睡一会儿，雨这么大，把我吵醒了"。

"嗯。"那几天的每天早晨，我都是在雨声中醒来。并不马上起床，而是继续躺在那里听一会儿雨声。

"哗哗哗，哗哗哗"，细细地听，真的很好听呢。

自然，今天不。今天窗外是小鸟的叫声。
我如此喜欢我所生活的这个城市，似乎走到哪里都能听见鸟鸣。

西溪湿地里面有一处慢生活街区。
"慢生活"三个字，很是吸引我。
因为离得近，有时会于晚饭后去那里走走。
那条路灯光昏暗，来往行人轻声慢语，显得格外幽静。那里的很多声音，都让我喜欢。蝉声，蛙声，夜里出没的鸟的叫声。还有一些无法辨别，但我认为应该是有蟋蟀在其中吧。

站在小桥上，我仰头看了一下天空，对轩轩说："你看，今天怎么有这么多的星星？"他却喊起来："我看到萤火虫了！"真的。很多只萤火虫，在桥下，草丛里，从这里到那里地飞着……

再向前，即是慢生活街区了。坐在露天木质长凳上，喝咖啡，吃冰淇淋。酒吧歌手在那里抱着吉他深情地唱着邓丽君的歌《我只在乎你》。

那么老的歌，听罢一阵怅然……

"狐狸和小乌龟相遇了。小乌龟在前面慢慢地爬行，狐狸慢慢跟在它的身后。"

"后来呢？"我问。

"后来，小乌龟被狐狸跟得不耐烦了，'噗通'一下就跳进了海里。"

我们同时被轩轩的这个说法逗笑了。这是他语文考试的作文，画面是一只狐狸和一只小乌龟。

我本来想的很常规，狐狸跟着小乌龟慢慢走，发现了更多有趣的东西。轩轩不，轩轩是另外的这种更好玩的表达。

最近，又开始喜欢买书了。

会被那种素色的简单的封面吸引，甚至不管书的内容，就想把它带回家。

手中的几本，米色，棕色，卡其，浅黄，浅灰，还有那种老牛皮纸的颜色，都让我喜欢。而书的内容，也恰恰都是我非常愿看的。在路上。即兴判断。云雀叫了一整天。外国音乐在外国。我们仨。

有时会把它们摆出来，就如欣赏心爱的收藏品一样，轻轻地摩挲，静静地看着，心里感到一阵满足。

"一只眼的蜘蛛从窗口爬进来。"那时轩轩经常在口里哼这句歌。

我喜欢极了。我觉得这句话非常诗意。甚至想着那只蜘蛛还戴着一只彩色的眼罩,可爱的又有点牛气哄哄的样子。

后来才知道,却是"一只两只蜘蛛从窗口爬进来"。

然而到现在,我每次哼起那句歌,还是会唱成前面那句。

有时,我们都愿意把自己扔进想象里,感受着另一番更美好的天地。

那天下班回家。老公不在,他买好了菜,不知道去哪了。

我准备进厨房做饭,忽然看到地上有一只壁虎忽地向前爬了一步。

我惊叫一声跑回卧室。稍许镇静,又慢慢走到客厅向厨房看,它还在。我盯着它看。它就一直那么一动不动了。

房间里怎么会有壁虎呢?我远远地看着它,不敢向前,也不敢离开,担心它爬到哪里,我不知道它的去向。

不一会轩轩回来了。我有些害怕地对他说:"厨房里有一只壁虎。"他很好奇地问:"在哪儿?我去看看。"

我远远地指了一下。他走过去一看,哈哈大笑,"妈妈,这是一只虾啊"。

原来是老公买的虾从盆里跳出来一只。

一次去买菜,犹豫片刻也买了虾。那是我第一次买那么大的虾。河虾,海虾,我是分不清的。

我把它们倒进盆子里,但不敢洗,又怕它们跳出来,就先用锅盖盖了个严实。

所有的菜都做好了,唯有这道虾我不敢动。

我试着打开锅盖看看它们,感觉它们都有着一种凶恶的,生气的,横眉冷对的神情。一瞬间我竟有些害怕,忙不迭地又把锅盖盖上了。

直到他回来,我还那么盖着它们。

这个夏天没有去西湖看过荷花，不知它们现在是怎样的了。

上周五轩轩去参加羽毛球训练。我们俩待得无聊，就开车去了植物园，去看睡莲展。

路上说起一些事，说起轩轩，然后就非常地想念。

一直千方百计地想制造一些二人世界，当真的只有两个人时，那个小东西，一直如小尾巴一样，跟在我们的心里。

看杨绛的《我们仨》，中间几度落泪。感动。痛。

在这个世界上，我们总会永远地惦记着另外的几个人。在这个世界上，唯有他们是与自己密不可分的。不管他们在哪，在做什么，不管离别的路有多远，甚至也或者天各一方，因了他们，我们的心里，很多时候很大一部分都是满的……这就是活着的意义吧。

七 月

是该入睡的时候。

与白天相比，我似乎总是更喜欢夜晚。一切都安静了，只听见窗外有水滴落的声音。

是空调水，或者是雨声。有着一定的韵律，有时又忽然停住。

雨声总是让人感觉寂寞。而寂寞里的一些清凉又会让人感觉享受。由此，哪怕手里正在捧着一本书，也依然无法拒绝那个声音。停下，什么也不做，听雨。把自己完全抛入一种情绪里。

伴随一丝淡淡的惆怅，风从微开的窗间滑过来，一些遥远的牵念。

人是不应该总让自己沉浸在忧郁和悲伤里的。毕竟，生活包括很多方面，我们总是要去面对更多。有时是让你悲喜的两面，甚至在同一时间。

但是，有时，又是多么的无能为力啊。

好在，不管你愿不愿意，时间总会帮你解决着一切。它不动声色地带走一些记忆，一些快乐与痛苦，轻轻地抚平着一些创伤。那些忽然地跌倒在地。

"你不说，我也知道。"

在路上，听一个人对另一个人说。

一种温温暖暖的存在，一种心有灵犀，总是能够让人欣喜。两个身影忽远忽近，一起走至路的另一端，而后，又在另一条路上出现。

只是这样走着。

路灯发出昏黄的光，长长的影子落在地上。

我有些散漫。抛开一半的自己，慢慢地，一会停住，一会向前，没有任何目的地，看着前方或者道路两旁。而心情，有时会如那小水坑里的灯光，在一阵阵轻风吹来中，变得细细碎碎，又会在下一秒，回到原初。

我喜欢这样的走。

这个时候就会希望，那条干干净净的、弯曲而又幽静的小路，一直向远处延伸，没有尽头。

凌晨五点，我正醒着，收到生活在挪威的朋友的信息，这让我意外和高兴。

这两年太多变化。一年来，我们也少有联系，但心里一直惦记着。每个人都在经历着自己的经历，安顿着自己的苦痛。

她告诉我说她已经逐渐好起来了，充实而忙碌，也变得结实了。

真好。感觉踏实而放心起来。

早晨上班，让我惊奇的，是发现道路两旁树木的那种黄色的枝丫已然出现。我总是在秋天里看到它们，一如春天时的柳芽，是树木对季节的变化最先做出的反应。

那么今年，它们怎么如此地迫不及待呢。

今年的夏天一直还没有特别的炎热。更多的雨天，让空气有着清新和凉爽。

而知了一如以往那样欢快地叫。

你喜欢雨吗。

一只白猫趴在车子旁。我走过去，它伸了个懒腰跑开了。

九　月

终于，在九月快要结束的时候，大院里所有的桂花又一起开了。

扭头望出去，一棵桂花树正在窗口轻轻晃动它黄色的枝头。在风里。

小小的花。浓浓的香。

我总是一次又一次深深地吸气。

别工作了，只闻花香吧！

起身，站在窗口看了它一小会儿，并拍了一张它和远山的照片。

其实，它就在眼前，但一下子，在我想呈现它时，它就离我有些远了。

今年的秋天来得早。天气凉着。

偶尔出现的热天里，比如昨日，知了忽然又开始叫了。

那么，能不能告诉我，凉的时候你们在哪儿呢。

也说那对分开多年又再次会合的人。被问及，怎么想。

没想更多什么，只是瞬间感到一种心痛。

为谁心痛。

不为谁。为真爱本身。为每一个有爱的人。在爱着的为爱所伤或因爱幸福的人。

爱有时是伴随疼痛的。多年以后再次嵌入彼此，似乎有着一种说不出的悲壮。

就像斗鱼忽然停止呼吸。而后再次奋力游走。

有一种注视，温柔而坚定。

有人走在路上。有人回到家里。

温暖是家里的灯光，是平静的惦念，是一个人与另一个人的相知。

"念念不忘，必有回响。"

"世间所有的相遇，都是久别重逢。"

你认同吗。作为某种诠释，我说，"嗯"。

但实际上，也有很多东西，一旦消逝，就再也回不去了。

那天，我在朋友的诗后写道：

不要试图去打听一片叶子的下落，

它有时也想忘记自己，一如忘记一些悲伤。

蟋蟀在和你说话的时候，我默默地想，

我是多么喜欢，忍冬这个名字。

……

不知不觉，要到下午了。

窗外，有两只小鸟在红色的屋顶上追逐。

一只蜻蜓以一种停留的姿态飞着。

太阳出来了。我感觉此刻，时间和我，都一动不动的……

夏天已经走远

梦见一个久不联系的曾经的朋友。是傍晚，我和轩打车送她去机场。我要司机在隧道前停下，而后和她拥抱作别，看她呼啸而去。

生命中总有一些人，走着走着就渐渐远去了，甚至会从你的记忆里消失。而桂花不。桂花每年都会照常开放。那天，我这样写道：

桂花的味道更浓了。有位同学第三次和我说话，依然是坐在屋顶上。

我说，你是炊烟。

此时，小雨。细细密密的。

前两天发觉已有多天闻不到桂花香了。秋天的空气里一般会有三次桂花香出现，我时常会坐在这里想，是不同的桂花树在不同的时间开花呢，还是同一棵桂花树断续开花三次呢？

只是这样想着，即便是多次想，也从不去寻找答案。

有人问我，比如你是单身，当你爱一个人时，你是否愿意心甘情愿放下所有，去田园里与他做一对有爱的农民夫妻。

我想了想，说，不愿意。

爱是需要载体的。如果我放下所有，就是放下自己，一个人没有自己，如何去盛放爱，又如何爱得从容呢。爱，应该是两个独立的个体之间自然的碰撞，前提是需要有一个"自己"存在的。

在一次交流中，朋友说，每次我都会问自己，这是我要表达的吗？这是我要表达的吗？

那么，是吗？

有些是，有些不是。

而后他继续说，一个人的思维总是不能与他的行为完全吻合，它们之间总是存在一定的隔膜，而修养就是，最大限度地让你的行为吻合你的思想。

还有。

最近我想表现一批东西。这种感觉在我的脑子里日渐清晰，我觉得那是我喜欢的。比如吃菜，不管怎么换花样，总有一样菜是你无论何时都喜欢吃的。

那些日渐清晰的是什么呢？

应该是那种平淡的，淡定的，能够还原本真的东西。任何事物，任何色彩，都只是一种简单的存在，而没有情感起伏。

我看你的那些作品，很多都是平静的，有一种温暖的色调。

有些是学来的，不完全是自我的一些东西。现在我要表达的不太一样。比如你买衣服、买房子，你会根据你的模样、你的使用去挑选它们。但你发现没有？如果你到了野外，看到那些小树、小花、小草，会觉得它们都特别的好看。你说这是为什么？

因为它们是自然的，它们没有刻意地非要去长成什么样子，是长成三个杈还是两个杈。各种各样的色彩，没有任何的优劣之分，那种存在没有任何的主观臆造。

九月。空气已有些微凉。今天因雨，凉到冷。

想起七月八月的天气变幻，那些日子，空气潮湿，燥热，有着走在路上的欣喜和不知所措。

　　时间在向前游走，梧桐树的叶子在慢慢变黄。路边的矮灌木，有着越来越多的秋天的痕迹，不动声色地，红着。

　　夏天已经走远。

花乱开

一

醒来时，窗外的鸟儿已经叫得很欢了。

短促而清脆的，长长的婉转的，或者只是叽叽喳喳。

而更远处的两只，声音沙哑，且有点直愣愣的，可能是斑鸠，也或许是鹧鸪。

这清晨的奏鸣曲，自然美妙的声音，让我产生了无限怀想。

时光走向远处。那是隆冬时节的老家。

那时阳光晴好，天空蔚蓝，院子里，光秃秃的树木上有几只喜鹊在枝头跳跃。

它们轮流发出单调而又喜悦的叫声，有时也会忽然不管不顾地跳到地面上，准备捡食一些食物，正在戏耍的宝宝和花花看到了，一起向前追去，它们又"扑"地一下飞到树上去了……

树木，喜鹊，这些极其平常的场景，在我的脑海中有着深深的印记。

那日我说，我特别喜欢看光秃秃的树。朋友说，喜欢光秃秃的树的都是北方人。我愣了一下，这一点，实在是没有想到。

喜欢一些事物，不仅仅是喜欢事物本身，很多时候已然成为一种情结。

光秃秃的犀利，寒冷，静默，那是北方冬天的树林。

二

那天我们到西溪湿地看柿子树。

因为之前的持续高温，我以为柿子会和桂花一样推迟了行期，还没有熟，可是到了一看，它们大多已经掉落，只剩下零星几个高高悬挂在树上，在遥远的天空下，有着一种孤单而疏朗之美。

我呆呆地看了半天，说，来晚了……但没见有小鸟来吃柿子呢。

继续向前，就看到了各种花开。

这个秋天确实乱了套。很多花儿都搞不清这是什么季节了，忍了忍，还是欢天喜地地开了。虽然不是满树花开，但也足够让人惊异。桃花，梅花，海棠花以及樱花都说好了一样纷纷登场。

桂花睡眼惺忪，终于醒了。

它看看外面的世界，看到其他花开，满脸疑惑，以为是自己走错了地方。这之前的许多年中，它从未与它们相遇过。它们的衣服颜色，花瓣样式，微红的笑脸，真好看啊。

桂花微笑着向它们打招呼，你们好呀。

三

经常带阿布去那片草地。

喜欢那片草地，特别是夜色中的草地。

之中有高高低低的狗尾草，小小的一片，纤细，柔弱，星星点点，不免想到惠斯勒的那幅画——《泰晤士河上散落的烟火：黑和金的小夜曲》。

普鲁斯特的《追忆似水年华》中着重写了三位艺术家：作家贝戈特、画家埃尔斯蒂尔和作曲家凡德伊。其中埃尔斯蒂尔的原型即美国画家惠斯勒。

惠斯勒觉得音乐和绘画的阶次有很多相通之处，所以也有意把他的一些作品用音乐命名，以强调他的创作理念，探索如音调一样的色调之间的关系。

他在他的时代中，不是现代主义，不是印象派，他就是他自己。

给朋友发过去一张树枝交错的图片，问，这个图片好看吗。

他说，好看。杰克逊·波洛克的画你喜欢吗。

我不喜欢。然后他说着波洛克的绘画价值：

他对美术史的贡献在于，让绘画里的有些规矩在他这里似乎失效了。但是，他以这种滴流方式下意识地层层叠加，最后也获得了比较协调的色彩关系。这很像大自然中自然形成的山川河流，不论俯瞰平视都是无比协调的，这叫自然而然。也没人谴责自然风景哪里不对。那么，我用油漆滴流形成的肌理点线有什么不可以呢？能宽容自然，就应该也宽容我，因为我也是自然的分子……因此，他的做法、作品在全球当代绘画领域中具有里程碑意义。

四

终于看到了梯田。

在大美面前总是无言，只是呆呆地看着。

阳光从云层中穿过，给金色的稻田洒上一层金色的光辉。

这层层叠叠的美。

在一旁道路上的宣传板上，也介绍了国外一些著名的梯田。因地形相近，世界各个角落的人们总是有着相同的智慧。

想起两年前去欧洲玩，发了一组从奥地利到瑞士及德国的沿途风光，同学看到后问我，你回老家了？

的确，那一路的风景开阔优美，和我的老家极其相像。

在梯田里时，也想象着它们刚刚浇水尚未种植时候的样子。这缘于吴冠中先生的画。他画过不同地方的梯田，四川、江南、桂林，且多是刚浇上水的样子。

他说，梯田种水稻，田里灌满水，一片明亮，四川人谓之镜子田。偌大的镜子照谁，照天空。莫道水田仅是水，其间反映了微妙的天空。天光云影共徘徊，我半辈子在调色板上，追求那种银灰的水色天光……

在云和梯田附近有一个小村庄，曰坑根村，距今已有七八百年的历史。

此山谷为白银谷，明朝时开采白银的工匠在此集聚而居，并自给自足，建屋种粮，形成了坑根石寨。这里环境清幽，一条小溪自山上蜿蜒而下，忽而某处有小鸭悠游。而黄墙黛瓦，在风吹雨淋中近千年岿然不动，年复一年地述说着古老的故事……

坑根村曾经上过《国家地理杂志》的封面。如果阳光不是如此热烈，或雾气朦胧，或细雨绵绵，抑或早晨和傍晚霞光映射，这里必是另有一番美妙……

五

早晨和先生一起带阿布出去散步。走了一会儿，我说，我先回去给轩做饭去了，然后还要洗头发。他说好，那你回去吧。此时阿布正兴奋向前，在路边草丛里寻寻觅觅。我没有和它打招呼，就转身回家了。

他们回来时，我正倚在床头看书。卧室的门没有关。阿布直接跑了进来，上前，不管不顾地抱我。我迅速起身，摸它，抱它，说，好了好了，这么快就回来了。

先生告诉我，它后来看我不见了，就趴下不走，一直在那里等我。

我就特别感动。再次上前抱它，喊着，阿布，阿布。

生来彷徨

对许鞍华的期待，就如对李安。为此，前天去看了电影《黄金时代》。

或许是假期的缘故，看这场电影的人，一共只有五个——坐在靠前的穿白色上衣的男人，坐在中间的领着四五岁小孩的女人，以及，坐在最后排座位的我们俩。

差不多算包场了。他轻声笑着对我说。

许鞍华的电影语言，总是那么平淡平静而又意味深长。《黄金时代》娓娓叙述，有着极其缓慢的调子。画面唯美而又沉郁，或者荒凉。这种表达，一直是我喜欢的。只是三个小时的片长，的确似乎有些长了。看到最后，我有些疲惫，不知是因为坐得太久，还是因为电影中自始至终传达的无奈和悲凉的情绪让我无力。

汤唯演绎得尚好。用突然绽开的笑容，大大咧咧般的毅然，有些敏捷的动作，茫然无措的眼神，诠释着一个有才华的，叛逆的，单纯到幼稚的，率真的，不太懂得顾虑他人感受的，有点神经质的，跌跌撞撞的不幸的女人——萧红。

"我的前景摆在眼前，我将孤苦以终生。"

每个人都有着自己的性情，自己的命运。一切，也都无需多言，只是一声叹息。

看完回头，继续过自己的生活。柴米油盐，喜怒哀乐。

　　华语歌手中，我最喜欢的仍然是许巍和汪峰。喜欢许巍的忧伤、温暖、平静，也喜欢汪峰的撕裂、苦痛、挣扎，以及其中的爱和幸福。

　　这些日子，因为刚刚过去的演唱会，车里放的大多是汪峰的歌。

　　感受风，感受存在，感受窗外梦的气息。它不在这里，它无处可寻，可它在我们心底，挥之不去……一些旋律，一些词，总是一度吻合着我的心境。

　　近三个小时的演唱，声嘶力竭，竭尽全力。

　　静静地听。心潮澎湃地听。

　　喜欢他说的那句话，大意是，在这些故事里，或许总会有那么一些东西，一些情绪，是你们曾经经历过的。我希望我们每一个人，在经历之后，仍然会被爱、温暖和力量所包围……

　　长假最后一天。

　　睡得沉沉，八点钟才醒。窗帘上有柔软的太阳的光。梦到了我曾经的一个朋友。在梦里，我和她如以往那样，并肩走着，聊着，笑着。

　　几年前，她扔下孩子离家出走，据说是与另一个人奔走天涯了，再无音讯。

　　轩轩去买早餐，先生在画画。客厅里播放着许巍的《故事》。歌声传到卧室：每个故事里都永远有爱……

　　我听着歌，并不起来，躺在床上想我的梦。

　　我想着她，内心有着无限的感慨。我佩服她的勇气，也惊讶她的狠心，但如何才能做得周全，谁也不知。爱，自由，责任，是生命中最有质感的存在，也是最大的难题。

　　桂花已经谢了。不知道还会不会再开。往年是开的。

　　在路上，总会有一些美好无法抵挡。就如那片蓝色的大海。

　　两只小船在距离海岸线很远的地方，在距离彼此很近的地方，自由地漂浮。

影子叠着影子，风伴着风。一些瞬间，仿佛是从梦里穿过，蓝渗透蓝。

宁静之外。也有涟漪，甚至漩涡。

但慢慢地，一切又都会平静如初。只剩下温暖留存。

一些交流，逐渐地，会变得简单，变得清澈。

就如树的影子落在水中，水静静的，听一片叶子的声音，轻声问：

好久不见，你好吗？……

清　明

　　上山的时候，天空下起了细细的小雨。我们去祭奠他的爷爷、太公。

　　山上树木茂密，脚下的枯叶叠了厚厚的一层。八十岁的伯父跪在坟前，用我听不懂的方言，述说着很多，说着说着，语声哽咽，眼角里溢出了眼泪。

　　我悄然退到最外侧，抬头看天，看树，心里多遍默念，一只小松鼠从一棵树跳到另一棵树上，一只小松鼠从一棵树跳到另一棵树上……我用这种幼稚的方法转移情绪，只有这样，才能不让自己流出眼泪。否则，在别人都比较平静的时刻，我却流出泪来，是多么地不合时宜啊。

　　彼时彼刻，我想到了很多。想到第二天姐姐回家，将和哥哥弟弟一起，去拜祭我的爷爷奶奶、爸爸妈妈……

坟头上的万年青正绿着，伯父很满意，走时指着它说，万年青长得好，这样最好。

从山上下来，去公墓拜祭他的父亲。

他的父亲在他十五岁的时候就去世了。在我们当年谈恋爱期间，我注意到他时常和我说到母亲，却从来没有提到父亲。有一天我忍不住问，怎么没听你说过你的爸爸呢。他停顿了几秒钟，说，我爸爸已经不在了，我初中，十五岁那年，他生病去世了。

我瞬间心痛不已，抱住他哭了很久。

我从他之后的一些讲述和文字中知道了一些他父亲的点滴。

"与父亲走得最近的时候，是站在他坟头的时候。那时，我就感觉正在与他谈话，似乎空旷的山野里回荡的都是我们的对话。我告诉他这些年来发生的变化。他则对我说，他想念我们。"

"那时，父亲有一艘水泥船，这是我们一家糊口的经济来源。父亲常去一个叫零头的地方——大概并不是这两个字。那地方离我家其实并不远，两个小时的水运距离。零头我没有去过，只是以前去松门看望母亲的时候经过时稍作留意，但却是我记忆最深的地方之一。从零头回来，父亲就会拿出他舍不得吃的东西给我和姐姐，有时是梨，有时是牛肉干，有时是月饼。"

他的父亲去世后，伯父时常让他端正地坐在桌前，严肃地教导他一些为人处世的道理。

我去伯父家时，伯父总是双手握住我的手，满脸的喜悦，说，好，好。

下午去了海边。天一直阴着，有风在吹。

这是孩子们非常开心的时刻。他们捉了许多小螃蟹，又把它们放了。

　　看到有人在挖牡蛎，有些好奇，在旁边看了很久，而后慢慢加入其中。牡蛎们紧紧地附在岩石上，它们外表粗糙，有着岩石一样的颜色和外形，但还是被辨认出来……他们挖着牡蛎，大声叫喊，并准备把它们带回家里美餐一顿。牡蛎味道鲜美，营养价值较高，只是我从来不吃。

　　一群小鸭子在涨潮之前，在海滩上跑来跑去，一个声音说，它们在寻找跳跳鱼呢。恍惚间，感觉同样的情景好像在哪里发生过……

　　有两只小鸭子忽然转身一起向东边跑去，乐颠颠的样子，不知道它们要去做什么。另一只小鸭子过了半天才反应过来，马上扭动着小屁股跑过去追赶它们。

　　我们一起笑了。我对六岁的曦晨说，后面这只小鸭子像不像你？总是去追赶把你甩了的轩哥和浩哥。

　　他们的老家每一户都是两到四层小楼，门前有大片的田地。

　　我们在田间行走。田野里的各种小花总是非常让我着迷。

　　红色的豌豆花，白色的蚕豆花，蓝色的阿拉伯婆婆纳。还有很多我叫不上名字的，小小的黄色，小小的蓝色。

　　有一种植物开着粉红色的小花，在田间非常鲜艳美丽。九十岁的外公跟在我们后面，说，这是"花草"。

　　朋友说，花草可以吃的，你知道吗？并继续说，小时候家里田里水稻空档期的时候就种这个，不过那时不吃，现在饭店里当好菜。

　　空地上，有几处麦垛相隔不远矗立其间，它的样子，让我想起梵高的画《田野上的麦垛》。我小时候也割过麦子，但感觉好像麦垛不是这样的呢。

　　我问姐，姐，是这样吗？

　　姐似乎也印象不深了，她说，我记得不是这样。

　　朋友说，那是因为你那时候小，看不到站着的麦垛。

　　这个说法非常有意思，一下子就让我看到了在曾经的那片土地上，那个仰头望着麦垛的小小的人儿，那个小小的我。

蒲公英在春天里奔跑

一

请朋友为我设计封面，他欣然同意。我发给他那幅二十年前他的画，是桌子上的瓶花和一旁碗里游着的蝌蚪。那幅画的色调有着我喜欢的一种沉郁，是以墨绿、蓝色和青色为主，同时有着灰色和白。那个调子里透着宁静和高贵的气息，我希望他能够以它作为一个模糊的背景，因为我确实喜欢那幅画。

他觉得不太合适，说，你的文字如初秋的风。那时夏天刚刚过去，秋天说来还没有来，那时的风是一股清新的暖风，风缓缓地吹过山坡，吹在人的身上，那是一种非常温暖非常舒服的感觉，但那幅画的色彩过于浓重了，与那阵小风并不是特别协调。

我说我知道，其实脑子里最初显示的是他曾经为一个朋友的诗集以及为《收获》杂志所设计的封面样式，是那种简单的、淡淡的感觉。

但或许，有点冲突也是美的。主要还是因为喜欢那幅画。

二

感冒之后不仅觉得身体无力，心力也似乎被消磨殆尽了，只能进行短暂的阅读和碎片式的文字表达。或者只是躺在那里，发呆，冥想，或者沉入不久之前刚刚过去的一些场景，或者一些久远的瞬间，在细节中流连不返。

从前天开始终于慢慢恢复元气，在一碗面中感受温情。各种花儿都开了，樱花繁密莹白如雪，海棠淡粉低垂开放，玉兰花还剩仅有的几朵挂在树上，其他的都已零落成泥。

春天里万物生长，很多事物都变得情感丰沛。比如树上的鸟，草丛里的小野猫。风儿轻轻地吹，阳光柔和地照在窗帘上，这世间充满了温柔的暖意。

早晨听鸟鸣，寂静中的一种空灵。起初是一只，犹豫的、断续的呼唤，那是一种近乎想念的声音，继而是两只，多只，跳跃着彼此嬉戏纠缠，以春天的欢欣。

"一个人在田埂上，蒲公英怀抱着小小的火焰，在春天里奔跑，一直跑到村外"……

三

周日小轩去了学校，我们便坐在沙发上，看纪录片，拍家中器物和各种花儿，聊天，偶尔翻一下手机。不知不觉就是中午了，不想起来做饭。

先生说，你要是饿了，你就和我说啊。

我说，饿了。

他笑了，说，你要是饿了，你就过一会儿再和我说啊——你说的有点快。

但确实饿了。便吃了大餐，他做的蛋炒饭。想，等以后轩轩上了大学，我们将过一种怎样的生活呢？

头依然有点痛。他帮我揉揉，而后笑道，就你这脑袋，特别像你们老家的山，高低起伏，起伏还不大，坑坑洼洼。

我便自己摸摸看，自己的触感完全不同，感觉很平整啊。

四

那日一个朋友问我，学生们首考结束，你焦虑吗？并说她有一点焦虑，因为她女儿有一科没有发挥好。我说我不焦虑，虽然儿子没有考好，但还有几个月的时间，还有无限可能。即便六月的高考也不理想，我想我们都已有了精神准备，人生很长，一件事不能决定你的一生，也不是每一次努力都会有你想达到的结果。

有一天我和轩说，你要明白"胜不骄败不馁"这句话的真意，特别是失败这件事，你要有充分的心理准备，你要让你的心变得结实，比如测验，时而好时而不好，考得不好了沮丧一下是正常的，但马上就让它过去，要打起精神，心平气和地继续向前走……

人生不如意十之八九，年轻的时候不理解这句话，总觉得是说反了。但当你经历得越多，特别是了解到周边的亲人和朋友的处境越多，这种感慨便越来越强烈。我们活着，我们努力生活，有些事情是可以通过自己努力去控制的，但有些不，一些生老病死，一些事情的走向，一些偶然，一些天注定，很多时候都是无能为力的。

而我们要学会的，不仅仅是努力向前，还包括该如何去消解那些烦恼和痛苦。知道"无常"才是不变的规律，就会对所有的获得有珍惜之情，有感恩之情，就会心存敬畏，就会居安思危，就会以接纳的态度去对待无常的发生。有一句话说得好，人生在世，"除了生死，都是擦伤"。

五

人生不仅仅有苦，更多的是有爱。爱是化解那些苦的唯一方式。想起希阿荣博堪布的《次第花开》，说到比较亲密的人之间的一些相处，发现我们对亲近的人反而更难以无条件地去爱，主要是因为亲密的人之间往往有太多执着，会对对方有太多的期望和要求。

"越是关系亲近的人越容易闹别扭，比如父母与子女之间、爱人之间，都是真心实意地为对方好，可也常常因为这种满带着欲求的好而彼此伤害。对亲近的人，我们并不缺少爱，而是缺少宽容和放松……"

我们并不缺少爱，而是缺少宽容和放松。想想确实如此。在一些关系中的鸡零狗碎，相爱相杀，无非都是希望对方能够按照自己的意愿或者意志去生活。很多年前看过一本书，对书名印象很深：《爱的恒久是忍耐》，当时感觉这句话说得完全不对，爱是一种化学反应，是一种最自然的精神的契合，如果上升到理性的忍耐才能继续爱，那还算爱吗？而随着年纪越来越大，发现这句话原来是真理，彼此宽容，放松，忍耐，让对方成为他自己，确实是爱的更高的层次。

而赫尔曼·黑塞在《纳尔奇思与歌尔得蒙》中也描述了另外一种爱，那是一种超越友情和爱情的灵魂之爱。纳尔奇思对歌尔得蒙说：

"你是所有人中唯一我想去爱的人，你无法衡量这意味着什么。这意味着沙漠中的甘泉，荒原里的花树。我的心没有枯萎，我的灵魂中留存着一个等待神谕的地方，为此我感谢你。"

夏日的蝉

一个人在前面走着，一只小哈巴狗跟在身后。

小狗一直张着大嘴伸着舌头。

不知道有没有人告诉它，你这样实在有点不好看……

那时，太阳一出来，就透过树枝，穿过玻璃窗，把阳光洒在老家东屋的那面墙上。

猛然回忆，那光线似乎是一种温暖的黄色。待眯了眼睛细细去想，却仅感受到某种斑驳——有窗棂和树的影子，而怎么也想不起半睡半醒之间所看到的光线的颜色，到底是淡黄还是橘红？

那只白猫蜷缩在那里，用爪子一下又一下地洗着自己的脸，等着我醒来……

他这样描述："太阳好像王八那样一下子爬了上来。"

我愣了一下，努力想了想那个景象，不明白那应该是迅速，还是缓慢。

离开家乡似乎就看不到太阳升起了。我告诉妈妈，我们这里太阳出得晚，大概七点吧。

弟弟嘲笑我道，估计是你懒，你还在睡觉你就以为太阳没出来。

果然认真地去查了查太阳升起的时间，五点半……不可能吧。

有人喜欢在夜色中行走。走着走着，就迷了路。走着走着，就回不了家。

"你展开怀抱拥抱了我／你轻捻指尖揉碎了我／你鼓动风云卷走了我／你掀起波浪抛弃了我……"

这是有人走在路上传来的声音，《离不开你》，刘欢的歌。

在夜里。听来感觉很近，却又那么遥远。

从来没到过明日，路途实在那么漫长。

天气很热。从原来的设计室搬到另一个地方。面对着那扇窗。

一束刺眼的光在两片窗帘中间穿过，正对着我，让我不敢抬起头正视它。

知了还在叫着，似乎从早到晚从不停歇。不知道它睡着时是什么样子。它是否躺在树叶上，是否有安全感。天亮的时候，是否一睁开眼睛，便铆足了劲开始新一天的歌唱——等待十年，只为了一个夏天……

琐碎生活

冬天已经过半，这几日天气转暖，白天也一天比一天长了。

早晨起来，看时间尚早，便准备去西溪湿地转一圈。一出门，深深吸一口冷的空气，对身边的先生也好像是在对自己说，早起真好啊，神清气爽！

经过我身边的一个人可能被我夸张的语气感染了，看着我笑了。

我也笑了。

感觉空气中有了一种温暖的味道，那是陌生人之间的一种友好的气息。

走进湿地，一片清寂。

那种清清冷冷的感觉让我欢喜。

鸟儿早起歌唱，小松鼠在树杈间跳来跳去，喜鹊窝高高搭起。

树木在天空下静默，细细的芦苇静默，河流静默。

想起法国思想家帕斯卡尔说，人不过是一根芦苇，自然界最脆弱的东西，但却是能够思考的芦苇。

我走在小路上。我不思考。我只管去感受大自然的美好的一切。

此时，也想起有一天上班路上，我拍着道路两边的树。他忽然笑着说，你说这些树，动也动不了，每天就这么呆着，看着，有时看看行人，有时看看车祸。

我笑了。忽然感觉这些树都非常的调皮可爱，可爱得像我家的灰小酷。

发了一张小松鼠在树上奔跑的照片，写道：能不能换一下，我上去跑，你下来开会。后面一片笑闹。

向来不喜欢开会，一开会就会头痛，就如与五个以上的人一起吃饭就头痛一样。无所适从。

喜欢三两朋友在一起慢慢地闲聊，声音不必很大，缓缓地说着生活琐事，各自状况或者各种看法，真诚地，发自内心。

人多的时候，就成了一场喧闹，话题也往往会从个人的部分转到最世俗的部分：房子，股票，升官发财……一会儿就坐不住了。

大轩这几日心血来潮又想弹琴了。把那个大的电子琴给他装好，他没事就坐在那里玩上一段时间。

那天上午他出去了，我窝在床上看书，忽然听到客厅里传来弹琴的声音，"叮叮咚咚"，煞是好听。我愣了一瞬后，马上想到是我家的小猫灰小酷。起来偷偷去看，看到它正充满好奇而小心翼翼地，在琴键上来回地走……

我想，它那么无意地走着，电子琴发出的节奏却是那么地好听，如山间流水，干净自然。孩子们的画也是，怎么看都好看，因为那也是不假思索的，也是充满了童真，充满了自然。

想起一朋友曾经对我说，你看野外的那些树，怎么看都是美的，因为它们没有刻意地一定要长成什么样儿，没想过长成三个权还是两个权，它们是自然的。

自然的都是美的。

父子俩都特别喜欢我做的面食。馅饼，饺子，花卷，面条，或者单饼，葱花饼。虽有些粗糙，味道和样子都远远不能和母亲做的相比，但对于他们来说，已经是最好吃的了。

轩轩小时候最喜欢我做的甜甜圈。他说面包店买来的甜甜圈奶油味太重了，妈妈做的，是他最喜欢的。

会做这些，得益于读书时寒暑假里帮母亲干活。

那个时候比现在勤劳很多，寒暑假除了做饭，每天都会打扫一遍院子，洗衣服，或者帮母亲洗一遍床单被罩。

后来再回家，母亲就会笑着说我，你说你那时那么勤快，现在怎么变得这么懒啊。

洗菜做饭时，就忽然想到这些。想到以前在家的时候，父亲或者是我们几个中的谁忽然说想吃这个那个了，母亲就会做给我们吃。

想着这些，就特别地想念他们。只是天地相隔，已经无法再如以前那样可以打个电话和父母唠唠家常了，或者问问母亲某道菜的做法。

这么想着，心里忽然产生一种难以抑制的悲伤，眼泪便"啪嗒啪嗒"地掉进洗碗池里。

好久没流泪了。就任由悲伤蔓延，哭了个痛快……

姐姐发来信息，说那条短裙收到了，特别合适，她们都说好看。

我笑了，拍张照片给我看看。

现在忙呢，等回到家再给你拍。

给姐姐买了两条裙子，一条短裙，一条连衣裙。

姐姐说，那条连衣裙不如选那个橘色的了。

嗯，你穿鲜艳一点的颜色也很好看。

姐姐比我阳光、开朗。她撑得住鲜艳的颜色，我就不能。

姐姐时常发给我一些她站在镜子前的照片，各种穿着搭配，我点评着，或者给她提点建议。有时她也发来她和同学朋友在一起小聚的照片，或者她录的一首歌。

我有时笑，这首跑调了。

喜欢姐姐这样的状态，对生活充满着热情。

这些琐琐碎碎成了我生活中的很大一部分。木心在《即兴判断》里对生活的琐碎做出了很好的诠释，他说：是琐碎方显得是生、是活——小慷慨、小吝啬、小小盟誓，小小负约，太大了非人性所能挡得起，小街两旁的屋里偶有悬梁或吞金服毒者，但小街上没有悲观主义，人们兴奋忙碌营利繁殖，小街才是上帝心目中的人间。

窗前的桂花树

　　我家的窗前有一棵树。一棵桂花树。

　　它四季常青，枝繁叶茂，刚好有二层楼那么高。它默默地生长在那里，和我们一起度过一个又一个春夏秋冬，似乎已经成了我们家的一份子。

　　它默默地生长在那里，以一种安静的姿态守护着我们，很像小时候老家院子里窗前的那棵老榆树。

　　每每想到它，有如想到祖母宽厚温暖的手掌，或母亲一针一线缝制的棉衣，总会让我有一种踏实安稳的感觉。

　　每天清晨，打开窗户，我都会在窗口停留一小会儿，感受一下窗外的空气冷暖，看看那些自由自在生长的花草，看看这棵不言不语的桂花树。

　　柔和的晨光轻轻地洒落在树叶上，树叶享受着太阳的爱抚，散发着光亮。

　　有时我会伸出手轻轻触碰它的枝干，轻轻地说着，早安，早安。它微笑着，默默不语。我时常觉得它能够听懂我们说话，能够感受到我们对它的喜欢，就像轻轻一碰所有花枝都会颤动的紫薇树一样，就像我们家的小猫灰小酷一样。

　　灰小酷也跳上窗台，小心翼翼地凑上前，嗅一下花香，嗅一下叶子的味道，并缓慢地从窗台的一边走到另一边。树上传来鸟鸣，它停下来仰起头长时间地呆呆地看着……有时，它会把身子低低地匐在花盆后面，探头探脑地看着树上跳跃的小鸟，它是怕自己的出现会把小鸟吓到吧。

小鸟有着长长的尾巴，漂亮的羽毛，它们在树上跳来跳去，用缠绕的声音表达着彼此。它们用小脚丫踢着桂花树的叶子，桂花树发出断续的"哗啦"声。小鸟的歌声婉转，是那么地好听。小猫喜欢听，桂花树也喜欢听。

春天时，桂花树会有一些新叶生出，但是老的叶子似乎也从未落下。新叶生在枝头，是一种翠绿的颜色，轻灵活泼，老的叶子则成了墨绿，稳重沉郁，默默地托着新叶生长……它们就这样年复一年地更迭着，一些老叶必是以一种不引人注意的方式，悄悄地随风去了……

随风而去。随风而去。一切都自然而然，没有什么必要的感伤。

风吹来的时候，树叶发出轻微的"哗哗"声。和下雨时发出的声音不一样。

下雨的时候，小雨滴"噼里啪啦"打在树叶上，打在窗棂上，那声音或疾或徐，有着不同的韵律和节奏。我们听着雨声，不用过于担心树上的那几只小鸟，桂花树浓密的叶子会给它很好的庇护。

那年春天，鸟爸爸和鸟妈妈经过多天的观察，最后决定在这棵桂花树上搭建自己的家。

一些天之后，一个漂亮的小小的鸟巢出现了。

一些天之后，鸟窝里有了三个鸟蛋。

又是一些天之后，鸟窝里出现了四只小鸟。没错，三个鸟蛋，四只小鸟。

我们经常偷偷地满心欢喜地趴上前看看它们，听它们在桂花树的叶子中"唧唧唧"地叫，看它们张着鹅黄色的小嘴等着喂食……

九月的秋天。整个杭城一阵飘香。金桂、银桂、丹桂，很多桂花都开放了。我们窗前的这棵桂花树却总是无动于衷的，像睡着了一样，忘记了这是什么时节，迟迟不开。

一个月以后，大部分桂花都落时。

打开窗户，一阵桂花香袭来。哎呀，你终于开花了啊！

窗外的桂花树欣欣然绽放了，黄色的小花朵，细细碎碎的。它伸着懒腰，带着一丝调皮的微笑，告诉我们，不要急，慢慢来，要开花总会开的……

这棵树就这样陪伴着我们，慢悠悠地，有着足够的耐心和暖意。

想到它，有如想到祖母宽厚温热的手掌，或母亲一针一线缝制的棉衣，内心里一阵踏实温暖。

它伫立在我们的窗前，是一种默默的坚定的守望。

就像在窗前望着我的父母。

那年父亲母亲来杭小住。我每天上班下班，有时加班，真正陪伴他们的时候也是极少。有一天母亲说，你开车开得挺好的呢。我一愣，你怎么知道？母亲说，你每天回来，一进大门我就看见了。才知道原来每天母亲都站在窗口，等着我回来。有桂花树遮挡着，我看不见她，但她看得见我。

那一瞬间我的眼睛湿润了。父母之盼望我，犹如小时候看家的我在家里盼望着他们……一天又一天。

由此，看到这棵树，也总是会想到站在窗口它的旁边看着我回家的父亲母亲。他们守护着我，让我自由而无忧地长大，让我远走高飞。而后，他们在老家，一天一天算着盼着我回去。或者，他们站在我的小家桂花树旁，盼望我下班回家……现在，他们在天堂，以另外一种方式依然给着我默默的守护。

我看不见他们，但是我一直感受得到。

天凉了。桂花树上还有着未落的雨滴。

它笑眯眯地看着我们。

彼此陪伴这么多年，它清楚我们每个人的成长。

它知道我们都在慢慢变得内心更加的坚定。清楚自己想要的生活。知道外面的世界无论如何地喧嚣都不会对我造成一些干扰。知道我的世界，我的爱。

知道我也早已如父亲母亲那样成为一个坚定的守护者，守护着我的亲爱的轩轩……

现在，看着它。看着窗前的这棵桂花树。

看到它们的枝头上有着一些隐隐约约的细碎的黄色，

我知道，它要开花了……

豆豆、阿布和小酷

那年冬天的某一天，十岁的轩轩从外面回来了，满脸笑容，怀里抱着一只一个月大的小狗。我问怎么回事，小狗是从哪里来的？

他说小区里有户人家的小狗生了几只小小狗，正在找收养的人家，如果他不把它抱回来，它就要被扔掉流浪街头了。

我被轩轩感动了，也被小狗萌萌的圆滚滚的样子打动，于是决定收养它。

这是一只小土狗，学名就是高大上的中华田园犬。我们给它取名豆豆。可爱的豆豆一天天长大，它完全成了家庭的一员，我们都很喜欢它。

它喜欢和轩轩一起在地板上滚动嬉戏，也喜欢坐在我的腿上。我往沙发上一坐，它就往我的腿上跳。我从卧室里走出来到客厅，蹲下去，它就会一下子跳到我的腿上来。即使它已经长得很大，依然会有这样的习惯。有时冲力太猛，会让我站立不稳。

只是几个月后，豆豆半岁的时候，有一天和奶奶一起出去散步。奶奶回来的时候，身边却没有了它。奶奶一脸歉意，说光顾着与人聊天，它什么时候跑远的也不知道。

轩轩大哭。我也流泪。

我安慰他说，豆豆会照顾好自己，说不定过几天它就回来了，如果没有回来，也肯定是被好心人收留了。

过了一个星期，轩轩说，妈妈，我一看到你就想起伤心事。什么伤心事呢？是豆豆，因为你每次回来它都和你玩。

又过了两个月，我问轩轩，你想不想再养一只小狗呢？他斩钉截铁，不要，我只要豆豆。过了一会儿又补充说，如果豆豆 2017 年还不回来，就再养一只吧！

过了两年，我们有了一只小蓝猫。轩轩给它取名叫小酷。我叫它灰小酷。

轩轩时常大声喊着，臭小酷！臭小酷！小家伙就像一只球一样跑到他身边。

每天我们下班回来，灰小酷都守在门口接应我们。

轩轩说，我做了一个试验，我放学回来，如果是轻手轻脚地走到门口开门，它就没有守在这里。如果我们正常走动，它能辨别出我们的脚步声，我们上楼的时候，它就跑过来接应了。

有一次先生给我看了一个视频。是我下班回来的时候小酷的反应。我一上楼梯，它的耳朵就竖了起来，听。我继续走，快到门口时，它已经确定是我，"嗖"地一下跳下卧室的床向门口跑去……

我感动得不行。抱着它，挨挨它，并给它买了很多小鱼饼干。

不知道小猫独自在家，那么长长的一整天待着，是否会感觉孤单，它需要一个伴儿吗。

我想再养一只猫，我想给它找个伴儿。

后来我们商量了一下，要不，还是再养一只小狗吧。

于是，两个月大的拉布拉多小阿布正式加入了我们的家庭。

它完全不像豆豆和灰小酷那样温柔懂事，阿布太淘气了。两个月的它来到家里横冲直撞，四处撕咬。把它关进笼子里，它就一直大叫不止。

对养狗而言，我们似乎还是新手，在豆豆身上获得的经验，完全无法用在阿布身上。

因为它夜里醒来就会叫。我们非常担心阿布的叫声会影响邻居，所以每天夜里，只要阿布一哼唧，我们就赶紧起来过去陪它。

我轻声地和它说话，抚摸着它，有时还会哼歌给它听。它听着听着便睡着了。

那种感觉，就像照顾小时候的轩轩。

阿布特别喜欢去追灰小酷。小酷会飞快地跳上桌子或者窗台。有时被它追得忍无可忍，就回手给阿布两个耳光。阿布愣了一下，疑惑地看着小酷，这怎么不好好玩还打人呢。

我和阿布玩的时候，小酷就站在不远处冷眼旁观。

有次我摸摸阿布的小肚皮，它就开心地四脚朝天在地上打滚。

不一会儿，阿布去干别的了。小酷跑过来抱住我的腿，我看着它，问，怎么了？

它就倒下去，四脚朝天地躺在那儿，意思是我也要玩刚才的游戏。

现在，阿布已经六个多月了。精力出奇地充沛。

每天下班回家，它总是过度热情地扑过来抱我们。我就握住它的前爪，说，阿布，坐下，别扑啊，都把我衣服弄坏啦。

上个月带它一起去游泳，它开心极了。这时先生下水了，也想游一下，它看到后，就飞快地游过去救他，可能以为他落水了。它奋力游到他的前面，挡住他的去路，然后把他往岸上推。

他一共下水向前游了四次，它扑过去救他四次。后来它不高兴了，朝他吼叫，你这人怎么回事？我都这么一而再再而三地救你了，你怎么还这么不小心呢。

先生上岸后笑着感叹，这是生死之交啊！

初秋散记

连续几日都是雨天，天气转凉，秋意渐浓了。

昨日和同事又开始了中午饭后的林中散步。走着，看着，聊着。细雨短暂停歇，湿漉漉的树干，湿漉漉的草地，无患子绿色的果实落在小路上。知了不叫了，松鼠依然跳跃在树枝之间。运河里的水缓慢流动，芦苇轻摇。

这些自然的事物，总是让我无比喜欢和热爱。有一天我很认真地对轩轩说，人是自然之物，你有空就要多出去走走，让阳光照一照，让风吹一吹。就像那些花草树木一样，人也是其中之一，需要大自然的滋养。他说，噢，我知道了。

早晨依然翻看了一会儿梵高的书信集，他向弟弟提奥述说着，说着他所在的乡村，麦田，榉树，鸢尾，他是如何把它们呈现在他的画里。他用各种色彩描述着他们，准确，生动，美好。

三年前夏夏来杭，带给我一部梵高的厚厚的画册，装帧精美。她在扉页上写道：许多人知道的是碎片式的梵高，希望你在此本书里，看见一个相对完整的"他"。

她知道我的喜欢。我的手里，目前有五本和梵高有关的书或画册。我一遍一遍地看着那些书信，那些画，感受着他对生活、对自然、对绘画的热爱，感受着他的善良，他的悲悯之心……它们让我喜悦和宁静，也对他的窘迫的经济条件和忽然而来的病症充满着深深的同情。

我热爱着他。

此时，窗外的雨渐渐大了起来。我产生了一种想念的情绪。也不知道是在想念什么。近处或者远处，那些让我深深眷恋的事物，那些人。想起木心的那首《杰克逊高地》，蓝紫鸢尾花一味梦幻，都相约暗下，暗下，清晰和蔼委婉，不知原谅什么，诚觉世事尽可原谅……

周末带着阿布在茶园中闲走。已经初秋了，仍有一些茶树长出了新叶，嫩绿，翠绿，墨绿，它们在不同的光线下有着不同的绿色，让我恍惚是在春天。向前，看到一两茶农还在做着最后一次采摘，问，这是准备做红茶的吗。被告诉说不是，就是绿茶，并说，到了十一月份，就真的不能再摘了。

旁边的菜地里，有人正在把几棵青菜一一罩上竹筐，并用长长的竹竿固定。看了半天，感到好奇，问这么做是为什么。她一边忙碌一边头也不抬地说，这山上有野兔，总是半夜跑来偷菜吃，这样就不会被它吃到了。

一时间，我感觉一切都变得可爱起来。农家可爱，青菜可爱，竹筐可爱，特别是那个半夜偷菜的野兔，尤其可爱……

经过一片玉米地时，叔叔打来电话。没什么事，只是唠唠家常，关心一下轩轩上高中的情况。父母离开以后，叔叔替代了父母的角色，仍然觉得我们是孩子，不时地关心着我们每一个人。说话间叔叔会发出爽朗的笑声。在我们的心中，叔叔和父亲都是了不起的人，在各自的环境里，城市或者乡村，拼搏过，获得过，辉煌过后，又回归平淡生活，精心照顾着家人。带着小狗走在路上……

好友一家在外面闲逛，他们一起坐在木椅上。

　　她发过来两张照片，一脸的幸福。我笑了。每次看到她我都会笑，她总是假装严肃又自带喜感。

　　我也拍了一张给她，头发乱蓬蓬的，但她依然夸我好看，说我怎么照都好看，穿什么都好看，腹有诗书气自华。

　　每个人的生命中总是有这样几个朋友，会觉得对方怎么都好。有时相互挤对，有时相互夸奖，各自成为一束光，彼此照亮。

　　呆坐时，也会想起一些瞬间。一些短的，或者长长的瞬间。这样的表达似乎矛盾，瞬间，长长的。但是感受的确如此，有些瞬间定格了，成为永恒……我们回想，或者怀想，那些记忆深刻的，都是一个个瞬间。表情，话语，周围的花香，温暖的微笑，或者一个名字，让天空一下子变得很高……

　　想起在麦卡勒斯的《心是孤独的猎手》里，比夫看着小女孩米克，他的妻子说，她和你很像，你们灵魂的形状和颜色是一样的……

　　此时此刻，有风吹来，带着隐隐的桂花的味道。
　　秋天，真的来了……

雨中漫步

连续几天都是雨天。大多时候是细细密密的小雨。

有时雨也会忽然停了，云却一直不散，它们以各种浓度的灰色连成一片，让你知道，不定何时那雨就说下就下了。

但依然会存侥幸心理，和阿布出去的时候，没有带伞。

道路两边矮矮的灌木叶子上都是雨珠，晶莹剔透。微风一吹，就四处滚落。但有些竟也不落，稳稳地在叶片上坐着，看着路上的行人走来走去，看着我，看着阿布。

阿布充满了好奇，似乎草丛、灌木、花朵永远都是它未知的领域，不管探索过多少次，深深地嗅过多少次，每次经过都依然觉得它们是新的。

它细细地嗅着灌木丛中的杜鹃花，小心地，并不会去破坏它。它一朵一朵地闻着，似乎想辨别不同的花的花香的深浅，以及，是否一场雨之后，它们的味道便和之前不同了。

我看着它，也对它充满着各种未知和好奇，看着它在用它的方式与花儿们进行着交流。

同时，也看着草地上那些我已经熟悉的植物，早熟禾，鹳草，通泉草，野豌豆，以及，举着小伞出来散步的蘑菇，独自的，或者手牵手的两个。

枇杷大多已经落了，或者是被摘走了，只有枝头处还有仅剩的几颗，小小的黄色，这是给鸟儿们留的。

鸟儿站在枝头，旁若无人地享受着它的人间美味，而后会忽然"哗啦"一下蹬开树枝向另一棵树上飞去。

桃子已经在慢慢长大了，隐藏在碧绿的叶子之间。

我一直喜欢树，发芽的样子，光秃秃的样子，硕果累累的样子。而树木的果实似乎尤其让我着迷，无论是它们刚刚生长，还是已经成熟。在我的眼里，那是一种别样的存在，那种在枝叶之间的悬挂姿态让我感觉到一种特别的美。

此时的桃子是青青的，身上有着很多白色的绒毛。想起有次我忍不住摘下一颗，一直握在手里。坐在办公桌前时，竟情不自禁地拿起桃子在脸上滚来滚去。于是整个下午，我的脸都一直在发痒，变红……这小绒毛真厉害啊。

不远处有几棵高大的广玉兰，已经在一朵一朵开花了。

大大的叶子，大大的白花。

当时单位还在玉皇山路的时候，我的窗外不远处就有一棵广玉兰。我时常在工作之余，看着它发会呆。它是夏天的使者，当它开第一朵花的时候，夏天就到了。

所以，当再次看到广玉兰的时候，我便想起了曾经的十年的时光。

时光在我的注视中停顿了，或者缓慢流淌。

我向窗外看出去，看着有着红色屋顶的小房子，房子上走动的松鼠和猫，或者是一只长尾巴鸟，看着窗前的桂花树，更远一些的青山。

广玉兰就在小房子的一旁，又似乎是在青山的前面，近近远远，分不清了。

正这么胡思乱想着，小雨滴就开始慢慢地落了。

阿布，下雨了。我轻声说。

它看了看我，继续低头进入它自己的世界。

一只蜗牛蜷曲了它的身子，进入了它自己的家。

它不怕雨，它似乎随时随地都可以入睡。

雨滴落在地面上，滴落在灌木的叶子上，发出各种声音。

那声音是清新的声音，浸润着人的心田。

阿布，雨有点大了，我们回家吧。

它停顿了一下，果然扭身往家的方向走去。

走着走着，我有点沉不住气了，阿布，我们跑吧。

我开始慢跑起来，它便跟着我的节奏一起跑。有时它会扭头，试图咬住牵引绳，我一直不明白它的这个举动是什么意思。它咬住了又放开，跑在了我的前面。

阿布，你要慢一点，我跟不上你了。

它便放慢速度等着我赶上它。

我们还是淋湿了。

好久没淋雨了，在雨中，我有了一种酣畅淋漓的感觉。

索性放慢脚步，和阿布一起，在雨中，接受着大自然的洗礼……

麻雀叩响清晨的窗棂

五月的最后一天。

有点晚了，但还是想写些什么。

觉得，这是一个悄无声息的五月。这种悄无声息的感觉或许来自与一些事物的极少关联。似乎五月自身离五月更远，似乎它已经离开五月很长时间了，可回头一看，它还在原地，还在五月。

而五月不是应该属于紫藤花吗，今年一直没有看见。只是在那个小山的道路两侧看到了野蔷薇，也依然去了麦田，并带阿布去游了一次泳，它游泳的时候夕阳正在西下，对岸有笛声传来……

然后呢。每天依然看几页书，写了三篇字，听先生读沙老的日记帖。

沙老喜欢用毛笔写日记，日常小事，妙趣横生：

"午后，懒做事，亦懒看书……"

"午就横河桥看房子，平房三小间，赁值十五元，未免太贵……"

"小确幸。从二等车到头等，不必补价，并得到了专椅横卧熟睡连晓殆忘行役之苦……"

而我，则看李公麟的马，每匹马的特别的名字，看拉斐尔的《捕鱼神迹》，那种暗红色的消失，褪成了白色，形成一种由白色、蓝色和浅绿色组成的更加和谐的色调。也看维米尔《画室里的画家》，房间里的那些陈列之物，窗帘的皱褶，墙上的荷兰地图，穿蓝色衣服的女子抱着一本黄色的书，神情中有着一种平静安宁，还有修拉的安涅尔浴场中，那片在薄雾中颤动的安静的时光，在虚幻和现实之间，那一动不动的停止了的时光，时光里的那个戴红帽的小男孩……

那天回去得早，带阿布去找花店的大顺玩。

大顺是我们搬到这边时阿布认识的第一个朋友，一只金毛。阿布非常喜欢它。有时走着走着，我说，要不我们先去看看大顺吧。它听后马上扭头往花店的方向走去……

路上有月季花的香味，更确切地说，是月季花花骨朵的味道。

印象中月季打着骨朵和开放后的味道很不一样，但也描述不出是怎样的不同。四处看，没发现它们长在哪儿……

进入夏季，树花草花差不多都开完了。走在路上，便更多看看树叶。

有些树叶排列得特别好看，在天空下片片清晰……

桌子上放着一本书，《刚性中塔悬索桥》。已经看不太懂了，但空时依然会认真地翻阅。当年进入桥梁专业是一种随机，并不清楚自己是否喜欢它。当有一天不再与它直接相关时，却感到了那种无比留恋，并发现，它已经成为一种终生热爱了。

走在路上，看四周的建筑，觉得最美的依然是桥梁。我也特别关注着在很多大师们画里它们的影子，梵高，莫奈，列维坦，库尔贝，塞尚，高更……那是另一种艺术呈现。

朋友发给我几个设计图片，是他给朋友公司做的LOGO，印在一些手提袋上，色彩和图案都比较好看，文案对LOGO的诠释也好看。

但我看到其中一个小袋子的图案一直撑到袋子的边缘，便说，这个袋子的LOGO好像有点大，太满了，感觉比例略显不协调。

我想知道他这么做的深意。

他便说起安迪·沃霍尔和杜尚等波普艺术家，是如何打破传统的艺术范式。

"但这个LOGO是用在一些普通的日常物品上，应该符合普通大众的审美。一个设计难道不需要考虑受众吗。"

"大众的审美是要引导的，而不是去迎合。"

基于他的才华，这句话让我信服。

一个设计，不仅仅是视觉本身的美与合适，还包括了设计者背后隐含的其他的理念，或许他并不会把这些说出来，但他会直接通过产品来对你进行冲击。有人接受了，有人质疑了。一些新的东西就在这样的质疑中升起。

肯尼斯·克拉克在介绍德拉克洛瓦的《十字军占领君士坦丁堡》时开篇就说："首先我们要克服敌意……对一件事物的接受确实需要一些心理、视觉审美等各方面的变化。"听他那么一说，再回头看那个袋子，竟然没有不舒服的感觉了……

这真是很奇怪的认知过程。这首先来自我对他的信服。那个大LOGO扑面而来，有点挑衅意味，仿佛是他故意讲的一个剧情。

他们一起走出屋门，阿布也跟了出去。我喊它，阿布，你不要去，是轩轩去上学。它便马上转身回屋了。

房间里恢复宁静。窗外的鸟叫声此起彼伏，长长短短。

想起一友诗集中那个清新的短句：麻雀叩响清晨的窗棂/满屋子的/贝多芬……

我把这个情景发了朋友圈。先生笑我道，就这么点小事也被你写出来。他曾经说我的文字和怀特的风格很像。

我问，什么风格？

细细碎碎。

茅塘古村的纯静

　　几次往径山方向行走时，会看到"遇见鸬鸟"几个大字，这是对鸬鸟镇风景区的一种宣介。最初脑海中的想象，鸬鸟镇应该会有成群的鸬鸟起落飞翔，后来才知，是因为那里有座山形似鸬鸟而得名。

　　茅塘古村是鸬鸟镇山沟沟村下的一个自然村落，一群白色房屋建于山体之间竹林深处，有些建筑已有近四百年的历史，这里也是当年的新四军被服厂所在地。

　　有四棵参天古树引人注目，黄檀，三角槭，麻栎，朴树，分别为一百到四百多年不等。第一次来到这里的时候是冬天，这几棵树枝干虬劲，在冬季里因树叶落尽而显得更加古朴而具有力量……

　　那时的景致自是更多寥落萧索，竹林半绿半黄，屋顶上的积雪还没有完全消融。但农家的气息还是有一番暖意，溪水从山上淙淙而下，小鸡在栅栏里追逐，小狗们从一边跑到另一边，刚出锅的爆米花还热着……

一边走一边想，等到春暖花开后，应该更好吧……

于是，春暖花开后，便又来了。

小村庄偏远而又古朴，除了一些小野花和一棵白色绣球，似乎未见其他什么花开，但整个村庄都被一种浓浓的绿意包围，确有遁世之感。

这里山清水秀，空气清新。不时看到一只或者几只小狗在随处跑动，它们自由而友好，有时专注于自己的事儿，或者就那么一直看着你，充满好奇。

还有一只小狗趴在高高的台阶上，以一种忧伤的眼神看着远方。我们从一旁经过，它看都不看我们一眼，微昂着头。

它在想什么？我轻轻走到它的身边，轻轻打了声招呼，它依然不睬，一脸骄傲。

不理拉倒。但是夜里我会梦到你的……

樱桃快成熟了。印象中还是第一次见到樱桃树，绿叶中密集生长着红色或黄色的小果实，相互映衬，真是非常好看。

这几年，大学室友生活在大连的五子每到五月都会给大家寄樱桃吃，大个，鲜红，或者深红，特别地甜。

而这棵树上的樱桃很小，和当年老三带给我们的差不多。每次暑假后开学，她总会抠抠索索地拿出一袋又一袋的东西，其中就有小小的樱桃。

村庄里静静的。因为新冠疫情，仅有三三两两极少的游人。在一种静谧的氛围中，溪水的声音就显得特别响亮，它们"哗哗哗"地从高处流下，所谓山高水长。也有村民用竹筒引水，作为自家之用，溪水流入缸中，"哗啦哗啦"，发出不同的声响，纯净清凉。

既然是古村，另具特点的，就是建筑了。那几幢四百多年的老屋属于徽派建筑，粉墙黛瓦，马头墙在天空下有着清晰的轮廓。

女孩问她的爸爸，你知道马头墙是用来做什么的吗?

防火。

除了功用，它自身的造型高低错落，从高高低低的墙顶看天空，感觉这留有的余地可以让人舒畅地呼吸，其自身也具有一定的律动感……

这样的老屋，无论是百年千年，大都基本相似：木质的斑驳的房门，石质的粗粝的台阶，门上生锈的锁……想起木心的《从前慢》，从前的锁也好看，钥匙精美有样子，你锁了，人家就懂了。

除此，我也更多喜欢着其他一些细微之处。石头上长满青苔，房门上方高高开着的小窗口，长成十字星的小野花，层层叠叠的瓦片，一只彩色长尾巴鸟在不远处飞起又落下……

我们在一面石头古墙下拍照。脚下一旁就是潺潺的流水，以及两簇蓬蓬勃勃的黄色小野花。这些小花在潮湿粗糙的石墙面前，显得尤为灵动和鲜活。这面墙年代久远，斑斑驳驳，呈现出一种厚重的颜色，让这个地方别具意味。

返回的路上，经过一片片的麦田，树林和田野。

我们便不时停下，或者看树上的桃子，青梅，蜜梨，或者到林中草丛里摘覆盆子，它们往往和蛇莓生长在一起，不容易分辨清楚。

或者，长时间地看着两群羊吃草。

刚下车时，女孩对刚刚从车里走出来的妈妈说，那边有羊。霜夏同学有着本能的反应，惊问，那边有阳性了?惹得我一阵大笑。

两群羊都是山羊。其中一只母羊带的四只小羊最为可爱。它们刚刚出生半个月，已经可以屁颠屁颠地跟着妈妈上山吃草了。

想起小时候我会经常把小羊羔抱在怀里，坐在炕上，喂它豆粉吃，听它"咩咩"叫。

　　就那样呆看着，舍不得离开。小羊一直蹦蹦跳跳地跟随着妈妈。牧羊人说，只有等到母羊再次怀孕时，小羊才会离开妈妈，否则就会一直跟着，有时还会去吃奶……

清晨的茶香

周末，按时起床。

已经习惯早起了。可能是因为年纪渐长，最主要的，是想带阿布出去玩。

清早所到处大多无人，阿布可以恣意奔跑。

于是，我们去了外桐坞茶园。

外桐坞是艺术家集聚之地，又称画外桐坞及枫丹白露。

枫丹白露，自然让我想起法国枫丹白露森林，以及不远处名为巴比松的小村庄，因为其迷人的风景和朴实的民风，让画家们乐于至此进行写生，柯罗，卢梭，米勒，并由此有了印象派之前的巴比松画派。

外桐坞别名枫丹白露，必然也是基于这些久远的浪漫情怀和秀丽的风光，及其因为艺术家们的存在而使这里弥漫的一种艺术气息。

到了。

阿布跳下车，向茶园里撒欢而去。

这里空气清新，远处的青山连绵起伏，在晨光中，在淡淡的雾气里若隐若现，朦朦胧胧。山前的树木是一片片绿色的盎然生机，丰富极了。我感叹着这种美，无法形容的美。绿还能有多少种呢？嫩绿，翠绿，墨绿，黄绿……不，还有很多，以我有限的词句，实在无法描述，它们高低错落，层层叠叠。

在入口处的路旁，有一棵高大的香樟，枝繁叶茂，是这里的标志性树木。它静默屹立，饱经风霜，是一种安详宁静的模样。香樟树给人的感觉就是沉稳，这棵树尤甚。不知道它已经存在于这里多少年了，是三百年，还是五百年？

茶园里的茶树，与清明之前相比，颜色不再是之前的那种鲜亮，而是更多沉郁。茶叶已经大多被采摘完毕，还有少部分残留着绿色小芽儿。

不远处是切割机的声音，很多茶树正在被修剪，只留下约三分之一的根部，以让它在秋天或者是第二年重新长出新芽。被割断的茶树散发出一阵清香，深吸一口气，好像小草发芽的味道。

茶园里小路蜿蜒，向不同的方向延伸。阿布异常兴奋，一溜小跑向前。跑得远了，就站在那里不动，回头看着我们。见我们还不过去，再一溜小跑地跑回来。如此往返。

偶尔，也会在某棵树下见到坟冢，不久前有人上前扫墓，把五颜六色的纸片绑在插于其上的木头上，任其在风中飘舞。看到这些，不再像以前那样瞬间紧张，而是依然宁静，没有任何不适之感。相反，心中会生出一丝悲悯，想着天上人间，人们借此表达着自己的思念……

我们一边慢走，一边饶有兴致地采摘着茶叶。

先生与修剪茶树的人攀谈几句，与偶尔见到的一两个采茶人攀谈几句。这似乎是他的职业习惯，不管到哪，都特别喜欢与当地人做一些有一搭没一搭的交流，了解一些风土人情。而我不善言谈，如果不是他开口说话，我便从来不说。如果他聊起来了，我也会慢慢加入。

我挑了一些刚刚被修剪下来的茶枝，准备带回家插在瓶里。问修剪工人，把它们放在水里养着，能养几天啊。他说，也就一天。

　　回到家里，先生拿出一个平底锅，学着茶农们的样子，在锅中慢慢炒茶。我则把茶枝放入陶罐，加上水，希望它们还能有几天绿意。

　　他一边炒一边捡出几片大的树叶，说，你看，这都是你干的。

　　茶叶和茶树的叶子其实就是一回事嘛。

　　茶叶炒好了，捏起一点放入杯中，香气浓郁。

　　他一边品着自己炒的茶叶一边说，炒茶确实是一门手艺，你看那些茶农炒的茶叶，那么饱满，炒完了，每片茶叶上的小绒毛都还能看到。

　　同时也给小轩送去一杯，敲开门，说，自己采自己炒的茶。轩轩脸上露出笑容，接过去了。

　　先生和我嘟囔说，现在轩轩吃什么都要吃个概念，否则他还不要。

　　房间里安静下来，茶香弥漫。我们就这么坐着，看茶，品茶。

　　阿布在一旁趴下，准备呼呼大睡。灰小酷跳上桌子，凑上来闻着刚出锅的茶叶的味道。我低头看着透明玻璃杯里绿色的茶叶翻舞，想，所谓粗茶淡饭，就是指这样的粗茶吧……

带着阿布去兜风

那时窗外细雨绵绵。

我说，我很想出去透透气，昨天一天都没有出去。

先生说好。并和我商量要不要带上阿布。

阿布听见了，"呼"地一下就站起来，拼命摇着尾巴准备出去玩。

我犹豫着：但是外面在下雨，它的伤口不能沾湿。

要么再等会，雨停了再说。

阿布却等不及了，它上前使劲拉扯着，一会拉他，一会拉我。

那好吧，先开出去再说，带它兜个风。

一路向西，随意前行，满眼的浓郁的绿。

阿布把头伸出窗外，雨滴打在它的脸上，它并不躲避，而是仰着脸，特意去承接这来自天上的甘露。

红灯时，停下。一旁车里的人和阿布说话。阿布看看他们，没有理睬，扭头走到了另一边。

以前我们也如停在一旁的他们，看到车窗里有一只小狗伸出脑袋，就兴奋不已，和它打着招呼。同时觉得这家人能够养一只狗，真开心啊。

而如今，我也有了这样的开心。我回头摸摸阿布的毛，内心就变得柔柔软软。

先生伸出一只手。阿布见了便把它的爪子搭上去。

他说，我们三个一起。

他伸出一只手，我把手放到他的手上面，阿布再次把它的大爪子搭上来。以前这样的情形，是和轩轩我们三人。现在轩长大了，也同时忙于学习，已经很少和我们一起出来走走了。于是，把手搭在我们手上的，变成了阿布。

每次大轩放学回来，阿布都冲上前高高地站起去抱他，把两只前爪搭在他的身上。那种兴奋劲儿要过很长时间才能过去。

轩轩喜欢阿布，但与喜欢灰小酷的方式不同，他时常想捉弄捉弄它。

吃饭的时候，看到蹲在一旁眼巴巴看着的阿布，会说，要么给它吃点辣椒。或者说，给它来点芥末。我就忍不住笑了。

继续向前开着车，两旁的树木齐刷刷向后移动。

我们经过一片麦田，停了下来。此时雨也停了。

他说，这里有一条路，我们过去看看。

那条路是一条上坡小路。沿着那条路一直向前走，站在坡顶，就看到了更加宽阔的一片田野和一个不大的水库。水库里有一群鸭子在欢快地游来游去，其中，还有几只鹅。

鸭子胆子很大，把蛋下在了道路中间。也可能是走着走着实在憋不住了。如果有人开车经过，不注意的话，会直接把这只蛋压碎。看到这只蛋我异常高兴，上前捡起来，并四处继续寻找，先生则在路边发现了另一个。

捡完鸭蛋，我继续看着悠游的鸭子们。它们也一边慢游一边看着我们，充满好奇，但到底还是渐渐远去了。

再向前，就看到一片白色的野花。在这样的开阔之处，有这样一大片野花烂漫开放，确实让我有一种世外桃源般的感觉。目光投向远处，野花挨挨挤挤，似乎一直蔓延到远处的青山之下。

附近并没有看到村庄，我便感觉此处是真正的野外，自由自在。

我蠢蠢欲动，问，这片野花应该可以采一把回家吧。

阿布则在一旁的小路上来回奔跑。

有时也会站定，英俊挺拔地，向远处看。

自从有了阿布，与其说是我们带阿布出去玩，不如说是阿布在引导着我们。有了它，日子似乎变得更加柔软一些，一如轩轩小时候我们带他四处闲逛一样，也会让我们更多地关注自然世界。

而自然，是我的爱。

看赫尔曼·黑塞的散文，园圃之乐，愉悦之余，总会同时产生表达的欲望。那些字字句句，总是能够说到我的心里，那些自然事物，也同样在我的眼中，我的心中。

只是，我缺少那样的笔力给予那样优美的描述，以及那些更深刻的思考。自然界带给我们的，总是无穷无尽。我同时也喜欢看变化无穷的天空，不同程度的灰色，不同程度的蓝色，不同程度的橙色，红色，紫色……奇妙无比。

夏天时天空的云不再是混沌一片，而更多时候是一朵一朵，跳跃着，有着更多的灵动和生气。它们慢悠悠地从窗前经过，向里看看，又笑眯眯地、慢悠悠地去另一边了。

我有时感叹着这云的世界，花的世界，属于阿布的我们所不能感知的世界，等等，都是如此奇妙。

那天我们一起坐在阳台上，看着窗外。外面的树木郁郁葱葱，高高低低，有着丰富的层次。风从窗口穿过，感觉一阵凉爽。

我看着外面。不动，就那么看着。

先生说，那句话说得真经典，"落红不是无情物，化作春泥更护花"。

是啊，早晨看赫尔曼·黑塞的散文时，他也刚好说到植物的这种完整、简单、稳定的轮回，生命的消逝，腐烂，消解，而后成为其他植物的营养。

也想起在另一个清晨，我们带着阿布去草地。草地上湿漉漉的。

草地上的露珠在晨光的照耀下泛着白色的光，好像秋末冬初时下霜了一样。

如果阿布从草地跑到一旁的路上，就会留下一串串梅花般好看的脚印。

我永远喜欢草地上那些散乱生长的野花。那一天发现它们已经被割除了，但它们永不妥协，坚韧无比，又重新冒出来，在晨光中碧绿碧绿的……

另一种方式

想不起你说一毫米的时候我正在做什么，就一直把它留着。

那个地方叫二百大。每次去玩的时候都会蹲在那里看老半天木雕和瓷器。因为不是很懂，所以便只是看着。有个卖家很有意思，是一位来自安徽的三十多岁的女人，带着一个四五岁的小孩。她满脸诚恳地和我说着它的来历和价格，最后狠狠地加了一句：真的，骗你我都是小狗！一句话把我给逗笑了。其间她说过三遍是小狗的话。

那天送轩轩去英语学校后，到旁边的地下收藏品市场闲逛。收藏家倪老先生是一位七十多岁的老人，长的胡子，笑的面容，他的面前放着一幅未完成的画。

我一边摩挲着他的那些收藏品一边和他聊天。他说，好的舍不得拿出来，这些都是二般好的。说着说着就来了兴致，拿出他的很多画给我看。我饶有兴趣地问这问那，他不厌其烦地说着，说到高兴时，会孩子般的一拳轻轻擂在我的肩膀上。

还有个里间，墙上有很多他与别人的合影。与沙孟海的合照放得最大。站在另一张合影面前，看着中间那位，我感觉眼熟，就使劲地想。老先生见了，在旁边介绍，这位是我老师沈从文。我恍悟。

走时带了两个小紫砂壶，他说，我有一千多件呢。

断断续续地，王小波的"两个时代"快读完了。以前一直没有试图去接触他的作品，后来看了他写给李银河的书信集《爱你就像爱生

命》，我开始特别喜欢这个人，每封信的开篇差不多都是这样："你好
哇！李银河。"一个"哇"字，总是让我感觉他是以一种多么自由的生
活态度走在队伍前列，不时地笑着。

任何叛逆的生命如果有了适合的土壤，总是更有生命力，更有他的
社会价值。这么说好像也不对，有了适合的土壤似乎就彰显不出那种叛
逆了。算了，不想这个。等待时间向后推移，推移得足够远之后，那些
作品还在，就是经典。

那系列老房子不知道你看了是否喜欢，一直忘记提及这个。我很喜
欢那个找寻的过程，然后就站在它们面前，带着一些虔诚和喜悦细细打
量，最后，以一种拙劣的方式，留在记忆里。遗憾杭州太多的老房子已
被拆除，遗留下来被保护的，大多是民国时期的建筑，而且几经修缮，
或许早已失了本来的样子。但我仍然愿看，愿意去捕捉那些仅存的气
息。说及此，才想起已经很久没有继续整理照片和寻找了。我想，那些
老房子，正静静地等在那里，等着我向前，与它们相见……

那天和一朋友谈及情感。她说，感情是最没用的东西，可就是带给
人快乐和痛苦。如果一个人一生中没有体验过爱情，不知道会有多遗
憾呢。

是，上帝造人，所以分为男人和女人，初衷不仅仅是让生命延续，
还想看着他们在一起厮杀，一起相互折磨。所以光有快乐是不够的，没
有泪还能体会到爱吗？

这些天没事就发呆，甚至连无病呻吟的心思都没有了。所有的语言
都浮于生活表面，不容深究。但其实生活本身也并没有过于深刻的意
义，总是有太多琐碎，但庆幸，它总是充满温情。

三月的时光

　　午后的阳光热烈。走在路上，影子比之前的几日都似乎更加清晰，徐徐跟随。

　　我和同事一起感叹这春天里林中的美好，空气清香，柳树发芽，枝条翠绿，透过高大的树木看头顶的天空，感觉更加蔚蓝。松鼠在树间穿梭，或者长时间停在一枝树杈上不动。我们仰头观望，寻觅更多轻盈的身影，长长的尾巴。

　　小路两旁是一树一树的花开。她看着那一簇簇的白色花瓣，像是在和我说也像是在自言自语，不知道这是樱花还是桃花。

　　我分不清。每一年都分不清。仅从色彩上判断，白色的应该是樱花，粉色的应该是桃花。

　　经过一株株矮的灌木，满头的花苞待放。是含笑。再经过一棵高大的树木，已经开满了白色的大大的花朵，确认后知道，也是含笑，不过它有着另外的更好听的名字：深山含笑。

散步回来，看时间尚早，便一起去了马路对面的书店，我喜欢的西西弗书店。书店里寂静无人。我们拿起一本又一本的书翻看，并小声交流着。

近来她对诗歌充满了兴趣，曾问我手中是否有什么诗集。我当时看了看里尔克和辛波斯卡的诗集，考虑到翻译的因素，最后把余秀华的《摇摇晃晃的人间》拿给她看，并简单向她介绍了诗人本人。

喜欢余秀华的诗，质朴自然，满怀真情，毫不做作，无所畏惧。

对于诗歌，如她自己所言："而诗歌是什么呢？我不知道，也说不出来。不过是情绪在跳跃，或沉潜。不过是当心灵发出呼唤的时候，它以赤子的姿态到来，不过是一个人摇摇晃晃地在摇摇晃晃的人间走动的时候，它充当了一根拐杖。"

那天朋友分享给我一个人在街头拉着三弦的视频。打开后，那个调调瞬间就深深打动了我。或许这与我儿时看村戏的经历有关，那些非常民间的弦乐，悠长缓慢或者急促激情，成了我儿时记忆的一部分，甚至是现在，它也会不时地在我的梦里出现。

我静静地听着。此时朋友说，最质朴、最真挚的民间艺人，胜过任何自以为高贵、已经在醋缸里泡烂的"艺术家"，并继续说，虚荣的人不能从事艺术创作，因为这样的人往往不能真正抵达自己的内心。

深以为然。我说，我喜欢这句话。

在西西弗书店，买了蒋勋先生的《此时众生》。

对蒋勋作品的关注也是最近几年。记得 2017 年出差去四川，那是一段比较辛苦而又充实快乐的时光，高原反应，在雪山里颠簸，同样有高原反应的胖鼓鼓的猴姑饼干。连续多日，我们每天在阿坝、康定和成都之间往返，风尘仆仆。在机场候机时，买了蒋勋先生的《孤独六讲》。同事看着拿这书回到座位上的我，说，不错，爱看书。所以，每次看到《孤独六讲》，我的脑海中都会马上浮现那个机场大厅，那个看着我的同事，那些崎岖不平的山路。

由此，每一本书都有一些和它有关的记忆。书带给我们思考、愉悦，它自身也成了一种生活记忆的载体。

去年从欧洲旅行归来，一口气看完了蒋勋的《写给大家的西方美术史》和傅雷的《世界美术名作二十讲》，结合自己的所见所闻，觉得它们刚好适合我现在去读，里面的很多描述我都亲眼见过，这让我更加印象深刻，似乎那是专门等在那里给我看的一样。

读万卷书，不如行万里路。我想，如果没有这次的艺术之旅，对一切都仍然只限于文字对文字、想象对想象，蒙娜丽莎、断臂维纳斯、胜利女神、岩间圣母，达·芬奇绘画的神秘温柔，米开朗琪罗雕塑的雄健有力……亲眼看过那些曾经耳熟能详的伟大作品，无比震撼，感觉自己也好像变得不太一样，似乎是一块粗粝的石头经过了再一次的打磨，似乎，我的内心世界也变得更加宽广，这个世界之于我，不再只是遥远的距离，而是变得更加亲切起来。

哲学，艺术，生活。《此时众生》是蒋勋先生的一部散文集，晨昏光影，花香叶色，他说："我想记忆生活里的每一片时光，每一片色彩，每一段声音，每种细微不可觉察的气味。我想把它们一一折叠起来，一一收存在记忆的角落。"

似乎，写作的人总是如此多情。想起汪曾祺的"如果你来访我，我不在，请和我门外的花儿坐一会儿"，贾平凹的"我就站住不动，让花雨淋着"，沈从文的"日头没有辜负我们，我们也切莫辜负日头"。

他们书写，因为他们的真情与热爱。

四月，沉静的秘密

每年都想写一篇和四月有关的文字，因为真是非常喜欢这个月份。虽终是有些词穷，花，还是那些花，绿，还是那样层叠着。但生命的奇妙之处，便是待它们再开再绿的时候，又仿若是第一次见到，便又充满欣喜。

小轩曾问，你怎么又拍这个花？去年不是拍过了吗。

我呆了一下，说，但是它们又开了啊。

它们执着地开着，年复一年，无论外界发生着怎样的变化，无论你，曾经欣赏过它的人们，现在又是怎样的心情。它只是开着自己的花，绿着自己的温柔。万事万物一直都在变化着，空气，情绪，路上的风景，人与人之间的温度，但身边的它们似乎总是不变，风一吹，花就开了……

这是四月的最后一天。一早，我们带着阿布去了那个矮山。道路两边，一些白色或粉色的小花开了，我开始以为是蓬蘽，对先生说，还是第一次见到长得这么高的蓬蘽。

再向前，便发现这种花密集了起来，也越来越高了，才恍然原来是野蔷薇。野蔷薇密密地开放，散发着清香，以至于那条小路完全是芳香弥漫。

四月的芬芳属于石楠，琼花，月季，络石，泡桐……它们轮番上阵，一波又一波地开着，宁静温柔，这个月份便总是带给人诸多喜悦……

　　昨日单程四小时的车行打了来回。在路上，我们聊着古罗马，巴尔米拉，老家，孩子们的成长，我也讲毛姆的《面纱》，我一直想写一写这部小说，但一直没有更多的时间。

　　小说除男女情爱之外，还有更深一层的思考，即凯蒂在修道院里看到每个人身上那种神秘的让她们总是无比宁静的东西，她想知道那到底是什么……是什么让她们背井离乡义无反顾投入一种对瘟疫病人的救助之中，很多人为此献出了生命……她试图在她们信念的甲胄上找到缝隙。

　　"她们跟我之间立着一堵墙，我不知道那到底是什么，就好像她们拥有一个秘密，能让生命全然不同。"

　　后来院长告诉她，一个修女只是不断地祈祷耶稣还不够，她应该成为自己的祈祷者。

　　慢慢地，在她也参加这样的救助之后，她的内心也变得越来越充实和安宁，她看不起过去那个浮华的浅薄的只知道男欢女爱的爱慕虚荣的自己。慢慢地，她似乎了解了在她们身上那种宁静的力量，那种"道"。

　　毛姆在书中几次提及"道"这个词，在中国几年，他试图把东西方文化共融入他的思想之中，如黑塞一样。

　　他通过沃尔顿之口传递自己的观点：

　　"道就是道路和行道者。那是一条永恒的路，所有的生命存在行走其上，但它并非由生命存在所创造，因为它本身便是生命存在……它要人学会欲无所欲，让一切顺其自然。……'祸兮，福之所倚；福兮，祸之所伏'；但谁能说清什么时候会出现转折点。追求柔慈之人会如小孩子一样平和。柔慈为进攻者获取胜利，为守卫者求得保全。战胜自己的人最为强大。"

凯蒂慢慢理解着这些话。愚钝的她未必理解，但在她自己的身上，她吸取了教训，有了不同的感悟。曾经她是一个以男人对她的迷恋而定义自己人生价值的人，而在所有不稳定的男女关系之中，一旦情感发生倾斜、坍塌，她便会找不到自己。

"我向来愚蠢、无德、令人憎恨。我已受到严酷的惩罚，并决心让我的女儿远远避开这一切。我要让她无所畏惧，真诚率直。我要让她独立于他人，把握自我，像一个自由的人那样接受生活，要比我活得更好。"

她终于发现了那些修女如此沉静的秘密。小说最后以一句意味深长的话结束："也许她的过失，她做下的蠢事，还有她所遭受的不幸，并非一概徒劳无益，只要现在她能够遵循眼前这条让她依稀可辨的路。那不是亲切古怪的老沃丁顿所说的无所通达的道路，而是修道院那些可爱的修女谦卑地遵循的路——那是一条通往内心安宁的路。"

文字写着写着有点跑偏。阿布还在那条小路上奔跑，我却大篇幅地转向了毛姆的《面纱》，也好，这也是它终于不让我总是想着它的一种方式。

花香依然弥漫，覆盆子一颗一颗地红了。不知名的草木伸出枝条挡在路上，有些灌木结了褐色的果实，果壳炸开，果核不见了，只留下空空的壳……

它们以这种方式繁衍生息。风把它们带往了不同的地方。七星瓢虫慢慢地爬着，叶片上有着白色的花纹，那是其他小虫留下的爬行痕迹……

最好去看麦田

秋天写字，离不开桂花。

已经表达过一次，还是会表达第二次。

桂花香满城弥漫，芳香扑鼻。

远远地看，近距离地看，簇拥的一团，单独的四小花瓣，总是让人驻足很久。

即使到了十月，那铺天盖地的感觉弱了一些，只剩下偶尔的一缕，仍会让人觉得，秋天是属于它们的。

昨晚看了《丛林赤子心》，迪士尼 1987 年的电影。

讲述一个叫班吉的小狗在海上拍戏时，因发生翻船事故，被海浪冲上了孤岛。在岛上一只狮子被猎人打死了，留下了四只小狮子。班吉决定留下来照顾它们，并打算给他们找一个养母……

看这部影片时，阿布就趴在我的脚下。有时听到班吉的叫声，它会抬头长时间地看着，看着它在树林里奔跑，看着它和黑狼搏斗，看着它把棕熊引到另一边……

不知道，它能看懂吗。

之前看了是枝裕和的影片《海街日记》和《步履不停》。他的电影语言平缓、细腻，一些不经意的话语饱含人生哲理。他习惯通过突出一些细节去呈现人与人之间的情感，以及生活带来的困苦伤悲。

他刻画的父子之间，总是有着一些无可奈何的近乎绝望的隔阂，以及表达，只有当失去时，才懂得这情感的可贵。

这有感于他自己的真实生活。在他的散文集《有如走路的速度》中，有一篇写到父亲的胡茬，说他两岁时坐在父亲腿上看电视，父亲没刮干净的胡茬蹭到正看得出神的他的脸时，他感觉到那种硬扎扎的触感。但自从他上初中后，父子两人好像生出了嫌隙，最后终于不怎么说话了。

在父亲去世，他为父亲守夜时，"打开棺木的小窗，看到父亲微微张着嘴，仿佛正在酣睡。我心想，父亲这副样子举行告别仪式，实在不体面，于是把毛巾卷起来，垫到他的腭下。那时，我的手触到了硬扎扎的胡茬。时隔三十年，那令人怀念的记忆瞬间苏醒，我开始哭了起来，直至天明"。

这些文字，让我忽然间也流下眼泪。

一友孜孜而求，多年来一直做着自己想做的事儿。可能很难，但一直执着地前行着。

他对我说时，我并不完全明白他所从事的那些，总是一知半解地听着，但仍然会给他加油鼓劲。

那日我问："你有特别沮丧的时候吗？多吗？"

"多。"他不假思索地说，"我分析过，源于思想匮乏，看书太少，一个人天然的乐观是不够的。"然后他又说："像《月亮和六便士》这么有名的著作，我从去年才开始去看，毛姆的厉害之处，就是能够把很多复杂深刻的东西以一种浅显的方式表达出来，用他自己的方式。"

是的，一些诠释让我们对不同的存在有了更多的理解。有情与无情，小爱与大爱，我们活着，每个人都有自己的需求：爱，尊重，以及，一种孤独的自我实现。

三儿说，我经常告诉我女儿，一定要多读书，读书会让人内心变得强大。

我们或许并不清楚一本书对自己会产生怎样的影响，什么时候才会产生影响。或许，它早已如阳光雨露潜移默化滋润了你的心。

挪威作家克瑙斯高说及文学："我想借此机会提醒大家文学最重要的特征之一，它的缓慢。我想到的不是你要花多长时间读完一本书，而是需要多久才可以感受到它的影响。"

但就我个人而言，阅读并没有明确的目的，并没有考虑是否会对自己产生影响，只是因为，阅读时总是会让我感到充实，平静，内心愉悦。

年初的时候，看了詹姆斯·索特的《光年》，非常喜欢，由此也喜欢上了译者孔亚雷。一部好的作品被他人接受，翻译者功不可没。不说思想，光是书中那些诗意的段落，就足以让我把它定义为一本好书。

"夏天他们去了阿默甘西特。木屋。蓝色。蓝色的日子。夏天是美满家庭的正午。这是静默的时分，海鸟是唯一的声音。百叶窗紧闭，人声寂寥。偶尔有餐叉叮当作响。"度假的日常，在诗意的描写中有着一种疏离。

在路上，我给先生讲《百年孤独》这本书。他说，轩轩遗传了你，总是能把看过的东西非常有条理地讲出来。

想起有次轩轩和同学去看电影，好像是《复仇者联盟》，回来后盘腿坐在床上兴致勃勃地讲给我听。很长时间过去了，我说，我去个厕所啊。他笑着大叫，不行，你不要打断我的兴致。我就继续听他讲啊讲。他看电影用了两个多小时，给我讲了一个多小时。

但我早已没有轩轩那么好的记性了。我说，我写过文章了嘛。看完一本书，只有写下一些和它有关的文字，即使只是一小段，我也才感觉自己算是真正地读过了，否则的确，过段时间就忘了。

　　夜里做梦，梦到抱着一个橙色大南瓜爱不释手。送完轩轩，就心血来潮地说，我们去农庄吧，我特别想看看南瓜。他开车带我一路向西而行，不小心驶入了荆棘丛生的一处所在，那里正在拆迁，一片荒凉，成片的狗尾草在风里胡乱地摇摆。

　　而后峰回路转，经过一片金黄的稻田。是时夕阳即将西下，已经熟了的稻穗被洒上另外一层金色的光芒。近处，电线上有很多麻雀排成一排站在那里，站成一串小小的音符，不时地跳动。

　　我们停下来，呆呆地看着。

　　我看着它们，想起梵高大量的麦田系列绘画，他的麦田群鸦，普罗旺斯干草垛，播种，收割，以及他所说的关于痛苦和麦田。眼前，这痛苦有时如此弥漫，布满整个地平线，以致酿成绝望的大洪水。然而对于这痛苦本身，我们知道得很少。我们最好去看麦田，即便是画中的麦田也行。

风吹落　天边昏黄的太阳

每天下班，至西转南的路口，几乎都恰好赶上红灯。如果是晴天，这个红灯就是我盼望的红灯。此时，就可以静静地，看一会儿天边彩霞，夕阳西下。

入秋了，风也无时无刻不在。在风里，看着即将没入山脊的夕阳，想起张楚西出阳关里的那句"有人把画，刻在石头上，我读不出方向，读不出时光，读不出最后是否一定是死亡，风吹落，天边昏黄的太阳。"

这句话，让我喜欢至极，会时常想起，也时常引用。

轩同学小时候也说出过同样的话。那时他五六岁，我们开车出去玩，那天天气很热，他仰着红扑扑的小脸看看天空，说，如果风再大点，把太阳吹跑了就好了，天就不这么热了。

我笑了。真是充满想象力的一句话，小孩儿都是天生的诗人。

昨晚加班，到家已是九点多了。带阿布出去散步，在那片树林的边上，闻到了桂花的香味，寻觅，发现那棵开花的桂树就在我的身旁。不免一阵欣喜，喝瑟，拍照发圈。

一友简短地说，到西溪湿地走一遭，桂花落地，黄金长廊。

我说，现在落地的应该是栾花。

啊，我反正看见黄色的小花儿都当是桂花。

我笑了，这样也蛮好，只要还能留意到花开，花落，也不用管它到底是什么花儿。

只是对于我，总想一探究竟。这几年对植物有了很大的兴趣，想认识它们，了解它们。但它们太庞杂又太相似了，想要真正地一一辨认，确实不易。

植物存在于我们身边，一年又一年，我们看着它们发芽，生长，开花，落叶，但对于它们却又总是如此的陌生。有些植物有着鲜明的特点，特别是那些会开花儿的树，便会对它们有进一步的了解，便会发现它们另外的魅力，便也带来另外的喜悦。

好像，了解后，我与它们便成了朋友，即便依然只是单相思，也心满意足。

栾树的特点是秋天里最先开花儿的树。秋天一到，它们的枝丫顶部就开始出现那些颤动的黄色花枝，非常醒目。待花落的时候，它的果实又变成一个个小灯笼，粉色，绿色，红色，密密悬挂。

有一次从茶园回来，已经是晚上，我们到博库书城里去买书。

站在那里专心翻看时，一工作人员经过，对我说，你好，你的头发上有个东西。我瞬间有点紧张，想象是蜜蜂，或者是别的什么飞虫。

使劲甩了甩头发，用有点颤抖的声音问，是什么？

她说，一朵小花儿。

并摘下来放到我的手心上。我哑然而笑，原来是一朵黄山栾树的花儿啊。

一般栾树落花的时候，桂花就开始开了。都是黄色的小花儿。

那天在小区里漫步，看到一桂花树上有很多黄色小花儿，以为是桂花，细看，却是栾树的花儿飘落在桂花树上。

栾树说，你的花儿还没开，我借花给你美美哟。

桂树摆摆手，哎呀，你弄得我满头发上都是你的花儿，你快点给我下去，我们自己开自己的。

于是，秋天的美总是从栾树和桂花树开始。每一年，周而复始地，就这么开着，落着，旁边的人们，就这么看着，叹着。

　　周末我们时常会到野外去。每次商量去哪个曾经去过的地方时，都会和先生出现严重的交流障碍。

　　他说的方向我听不懂，我说的细节他没印象。

　　比如，我说我想去上次我们捡鸭蛋的地方，看他在那里发蒙，便继续提示，就是那个开满小野花，是很大片的一年蓬，向北一看就是青山的地方。小野花我还采了一把。

　　他还是想不起，说，你这么说谁能知道是哪啊。

　　要么就去那里，很大的一棵大树旁有芝麻开花的地方。

　　或者，去那里，那个村庄有一条很长的路，两边都是野草或芦苇，还有几株棉花，旁边就是大片麦田的地方。我们还在那里采过桑葚。

　　去那个农田也行，往富阳的方向，当时有两个村妇坐在路口聊天，她们旁边还有一只小狗，她们说阿布可别和她们的小狗打架啊。

　　他就非常苦恼，说，你说的这些地方我哪记得啊。我也非常不解，这么好的地方怎么你都不记得呢。

　　真是男女有别啊。

芝麻大事

那天我们去了苕溪堤坝。

他们两个在堤上走，我在堤下的田地旁看那些野花。

在那棵高大的树旁，看到一片一米多高的植物，开着浅粉色或白色的花，这些花都是开在上部，每株仅有几朵，下部则是一串串的荚果，果实紧密排列，颇具规则。

花和果实好像是在进行一场接力赛，前面紧着开花，后面紧着结果。花儿开得素雅，很多都似倒挂，有点像钟铃花，借助形色查了一下，原来是芝麻啊。

这一发现让我瞬间欣喜不已，因为长这么大，芝麻吃过不少，但还是第一次看到芝麻这种植物，也真正明白了芝麻开花节节高的本意。它是每开一次花，就拔高一节，然后继续开花，继续拔高。

芝麻长这么高，荚果里的籽却是小小的。以至于在生活中，一形容某件事物的"小"，芝麻便被请出堂来。比如说一个人因小失大，就是捡了芝麻丢了西瓜；说一件事不值一提，就会说，芝麻大的小事；说一个人的官位低，就会有九品芝麻官的说法；如果回忆过去的一些琐事，就等于是搬出了陈芝麻烂谷子……其实比芝麻小的东西还有很多，芝麻得罪谁了，为何从古到今人们都偏偏喜欢用芝麻来说事呢?

但好在芝麻也并不总是被以小论事。除了芝麻开花节节高这种欣欣向荣，在我们小的时候，会经常念一句咒语，说，芝麻开门，芝麻开门。

这是一种美好的祈愿，那扇神秘的门若能开启，还得需要芝麻出面。显然那时年幼的我们并没有看过《一千零一夜》中的《阿里巴巴和四十大盗》，但"芝麻开门"却是不知从哪里就这样传播过来了。

小孩子总是那么喜欢说"芝麻开门"，一说及就满脸笑意，因为它充满了童趣和幻想，似乎真能让你一瞬间就能抵达心中所愿，另外这四个字的节奏感也特别好，"芝麻开门，芝麻开门"，光是念念有词，就能让人感到喜悦。

在我们的吃食中很多都与芝麻相关。

记得家里有一种果子，炸好后在上面撒上一些芝麻，就会增加口感，吃起来特别香。另外还有芝麻糖、黑芝麻汤圆，以及大多数人都爱吃的芝麻香油，凉拌菜的时候淋一点，登时起味，醇香可口。

那个黑芝麻糊的广告印象深刻。

一个夜晚的南方小巷，一对母女挑着担走在路上，道路两旁是温暖的昏黄的灯光。

随着一声悠长的吆喝声，一个穿着棉布衫戴着小帽的小男孩跑过来，那句画外音现在应该早已响在很多人的心里："小时候，一听见芝麻糊的叫卖声，我就再也坐不住了。"

锅里黑芝麻糊的黏稠醇香泛着光泽，小男孩"贪婪"地舔着碗里的黑芝麻糊，一旁的小女孩掩嘴偷笑……

说起芝麻，忽然想起一件事。

有一年我们回老家，母亲做的其中一道菜（或者是点心）就撒了芝麻。大家边吃边聊，吃得久了，已经很饱，但酒还在继续喝着。先生面前刚好放了那盘带芝麻的食物，芝麻散落在盘子里，他就一边说话一边用筷子无意识地夹芝麻吃。

姐姐在一旁看得发笑。我用筷子敲开他的筷子，他有点茫然地看了我一眼，不解其意，继续有聊无聊地夹着芝麻。

据说芝麻是当时张骞出使西域的时候带回来的。因为芝麻在古代叫胡麻，一般作物中带"胡"字的，大多都是从西域带回的。

北魏贾思勰在《齐民要术》中有说，"张骞外国得胡麻"。

宋朝沈括在《梦溪笔谈》中也有"张骞自大宛得油麻之种，齐谓之麻，故以胡麻别之"。

但这些说法后来被质疑，因为在 1958 年发现的湖州钱山漾新石器时代遗址和杭州水田畈史前遗址两处遗址中，说发现了炭化芝麻种子，这些遗址的年代，大概是在公元前 700 年左右。不过看了一些资料，感觉对于这次的发现似乎还是有一些语焉不详之处。

追溯芝麻的来历委实算是一种强迫症。不管芝麻来自哪，它们现在就长在我们的身旁，不去费那些心思了，倒是可以读读和芝麻相关的诗。

白居易有一首《寄胡饼与杨万州》，那是在他升迁后，一高兴，就自己做了一顿胡麻饼，也就是我们现在说的芝麻饼，并差人送给自己的好友，让他尝尝这面皮酥脆带着油香的胡麻饼的味道是否与长安城的胡麻饼有得一拼。

他写道："胡麻饼样学京都，面脆油香新出炉。寄与饥馋杨大使，尝看得似辅兴无。"

另外还有一首宋代诗人宋伯仁的《村市》，让我特别喜欢：

"山暗风屯雨，溪浑水浴沙。小桥通古寺，疏柳纳残鸦。苜蓿重沽酒，芝麻旋点茶。愿人长似日，岁岁插桃花。"

这首诗意境极美，是一种清幽乡野中安然闲适的生活和一份美好的祝愿。芝麻点茶是古代的习俗，闲时静坐，慢慢搅动着面前的芝麻茶，人间美味，夫复何求。

芝麻还有一个很大的功用：补肝肾，润五脏，延年益寿。俗话说，补药一堆，不如芝麻一把。虽然有些夸大，但"俗话"大多是有一定的道理的。

据说当年慈禧太后吃山珍海味腻味的时候，药膳大师田中宝就用黑芝麻炒熟后磨成粉，和黄豆一起熬成了养颜瘦身粥；她年轻的时候气血不足、腰酸腿痛，太医就以黑芝麻为主，给她配制了"益寿膏"。这些太医可是没胆子糊弄老佛爷啊！

东晋有个道教学家葛洪，长期居住在广东罗浮山，可谓炼丹的开山鼻祖，每天的工作就是著书、炼丹及从事医药和养生研究。当地百姓患瘟疫，他便上山采一些中草药帮他们药到病除。

另外他还发明了黑芝麻丸，他说，"巨胜一名胡麻，饵服之不老，耐风湿，补衰老也"。

到现在黑芝麻丸依然受人喜爱，吃的人很多。

快去买点吃吧。

时　光

　　上班路上，看到道路两边的栾树又伸出那些黄色的枝桠，便感觉空气中有了一丝秋天的味道。

　　秋天要来了。它们对节气总是能够做出最及时的反应。

　　感慨岁月，一天又一天，一年又一年。

　　我在那条路上来来回回地重复着。一些欣喜，一些惆怅。

　　杭州的秋天来得没有这样早吧。

　　朋友看了我在西湖边的照片，在很远的地方问我。

　　嗯，以我的感觉，应该还得两个月左右才会真的到来吧。

　　因为薰衣草，我们说到草籽。

你说着它的表征。你的描述细微而恰当。一种沉默的存在，一种坚韧的生长，一种瞬间爆发的力量。我从那几个单字的发音中感受着你的怜惜。

某种情绪瞬间抵达。就如看到，一个人站在画布前，把黏稠的油画颜料重重涂抹。

记得你曾经这样说，决不妥协。

想象着那种专注的样子，感动而落泪。

不彷徨，不去回头寻找来时的路，执着前行的人是幸福的。

停下来，发一会呆，有时偶尔会到博客转一转。

我想象着我的那个房间，简单而朴素。浅灰色的墙壁和窗帘，一只小猫和一只小瓢虫在那里嬉戏。灰色的优雅是我的爱。

有人前来。我没有在家。

她坐在那个木质椅子上，打量着我新添置的一些东西。桌子上是蓝色印染的小碎花布。

然后，在一个小本子上留下一些痕迹，一些温暖，或者什么也不说，就悄悄离开了。

很多时候，我都处于失语状态。就那么呆呆地看着，每个人留下的每一句话。

这么想着，就仿佛她走进的，是遥远的我的家。会想起窗外的一大片麦田，窗前的几棵树。窗棂是木质的，上面还残留一些冬天糊过的窗户纸的痕迹。一扇窗开着，几只蝴蝶在那里飞来飞去。

想到第一次看到那幅画。

朴素而有些陈旧的色调，那些过去的生活。房间有些灰暗，斑驳的墙壁和地面，粗陋的木质桌椅，桌子上简单的摆设。一个父亲坐在椅子上，教训着那个在听着但好像并没有完全屈服的内心快乐的小孩儿。

门开着，阳光明亮地投射进来，也包围着外面的一抹绿色。那是一个孩子的自由的心灵。

很多美好的东西，那些存在记忆里的，似乎总是那样的一瞬间。而又因为一种定格，瞬间成为永恒。偶尔，一些尖锐的触角伸出来，会刺痛你的心。你用手轻轻地把它拨开，你知道，它永远都不能覆盖那些美好。

早晨来的时候，似乎没有听到蝉鸣。我总是想到蝉。其实不用想，它一直在我身边提醒着它们的存在。听梁静茹的那首《宁夏》："知了也睡了，安心地睡了。"一首歌的这样两句，就特别特别打动我的心。所有那些柔软的，温情的，都会让我停下脚步。

我想着它们奋力高歌的样子，是不是把身体拉得很直？胖胖的身子，有趣地伏在树叶上面。它们的表情充满欢愉，相互之间也会交换一下喜悦。

它们也会有失去的痛苦。它们把悲痛嘶鸣混杂在一片欢笑之中。如蒙克的《呐喊》，那些色彩的尖叫，那些恐惧，孤独，焦虑，绝望，都淹没在红色的乌云中，淹没在无人的街头。

思绪就这样游走。很多东西也会忽然变得捉摸不定。

而当一切都归于沉寂，就如远山的静默，看着人来人往，什么也不说……

闲话果子

在城市边缘住得久了，如果不是有什么事情要办，或者去湖边、美术馆、博物馆等，就很少到市中心去，我们称：进城。

那日先生因为要车检，笑着说，走，带你进城，给你买果子吃。

他口中的果子，是因为那两天我们看了几集《梦华录》。在剧里，她们的茶庄除了茶艺、琵琶，与之相配的还有三娘做的各色果子。宋时钱塘把糕点称为果子，从名字来说感觉就比点心好吃，前者朴素，后者精致。

于是我就每天念叨，说，我也想吃果子了。

荷花酥，梅花酥，绿豆糕，桂花糕……杭州特色小吃繁多，琳琅满目，其中一些与花相关，有的是把花瓣融入其中，有的是做成花的样子，非常好看。

市中心有几条繁华的街道，路边小店常年都有各色糕点卖，以前我们还会经常到这里闲逛，但总是看的时候多，吃的时候少。有时禁不住它样子的诱惑，就带一点回家，不过总是忘记吃，感觉太甜了。

那天我们把事情办完，就开始在街道上溜达，并特意留意着路边的小吃，寻找我所要的果子。但大街小巷穿梭了半天，竟没有找到一家卖糕点的店铺。可能是我们记错了地方，也或者是疫情的原因，一些糕点铺都收摊了。总之没有碰到之前那种喧哗热闹的场面，那天，我也终究没有买到我想吃的果子。

说到果子，记得小时候经常跳唱一些歌谣："炸麻花，炸果子，炸个大钱是你的，炸个小钱是我的……"嚷嚷半天也并不知道大钱小钱是什么意思，但这句话中的果子，却是妈妈春节时会做给我们吃的。对此昨天特意和姐姐说起，她说，大果子就是油条。还有一种是炸好后放到白糖里一滚，又甜又酥脆。

果子在宋朝时自然不是专指用面粉炸的这些吃食，而是各种点心的统称。再向前追溯到唐朝，当时开始盛行茶饮文化，大家总是一边喝茶一边吃着各种小吃，或者在正餐之间吃点东西加个餐。周作人在《南北的点心》中提及，宋朝吴曾在《能改斋漫录》中说，"点心"这个词，唐代时就有了："世俗例以早餐小食为点心，自唐代之时，已有此语。"

虽有此语，但意思上还是会有一些差别，根据他接下来的漫录："唐人郑修为江淮留后，家人备夫人晨馔，夫人顾其弟曰：'治妆未结，我未及餐，尔且可点心。'"

唐时的这个"点心"是个动词，意思是你先吃点东西垫垫肚子吧。到了宋代，才直接成为名词，并统以"果子"代替，内容也包含了更多。

"果子"的说法是到了宋代才有的吗？

日本的"和果子"做得非常精致，是去日本旅游的人都会带回的礼物，而"和果子"的起源就是唐时的果子。当时遣唐使把大唐的优秀文化带回本国，并有了进一步的发展，才有了他们现在好看又好吃的"和果子"。由此，可能唐朝那时已经开始把点心叫做"果子"了。

现在，"果子"的叫法仍存在于北方，当然与一千年前的"果子"相比，所包含的内容有了一些变化。

让我有些不解的是，唐朝都城洛阳、北宋都城开封，都是在河南，作为中原的河南大体上属于北方，代表的是北方文化，而剧里把那些点心称之为"果子"的三娘可是钱塘人，她们是远离江南水乡到开封创业，说明当时南北文化已经有了一定的交融，至少在"果子"这件事上，他们是一致的，为何现在对"果子"的叫法只存在于北方呢？

另一种和果子相关的，煎饼果子，倒是开始横扫天下。

北方就不用说了，杭州的街头不管是早餐还是夜宵，卖鸡蛋饼的到处可见。有的摊主会直接在竖起的牌子上写上四个大字"煎饼果子"。这是非常北方的叫法。

一个名字似乎能决定它的味道一样，虽然材料一样，但仍然感觉"煎饼果子"比"鸡蛋饼"地道多了。

现在国外也开始出现煎饼果子了，而且很贵，差不多人民币一百元左右一个。老外们站在他们的街头，支起煎饼锅，用半生不熟的动作摊着煎饼果子，满脸笑开花儿。

生活本来的样子

晚上十点以后，知了不再叫了，草丛里响起蝈蝈的声音。

觉得，蝈蝈一叫，就是秋天。

那天清晨我们走在林间路上，感觉风中有了凉意，好似秋天里的风一样，便特意查了下，看看时间走到哪了，还有多久进入秋天。

一看，恰是立秋。

立秋作为二十四节气的中点，从萌发到衰落，到此后万物都将向着萧条走去，开始四季轮回的下半场。而我，感觉自己也如一株植物一样，立秋后身体有了一些不适的反应，疲乏而滞重。

月亮在云层里钻进钻出，徐徐移动，此时此刻，接近满月。与四季相比，月亮缺了又圆，圆了又缺，以更快的速度阐释着这自然的规律。

自然在窗外依序运转，我在窗内，便好似隔离了时间。

闲时会到书房里写写画画，或者只是在里面坐着，发会呆，看看书架上的小玩意儿。自知写得不好，所谓画也是胡乱涂抹，但浓浓淡淡的水墨落在纸上以及散发出来的那种墨香总是让我感觉愉悦。

有次灰小酷充满好奇，小心翼翼地舔了几口墨汁，然后到一旁眯着眼睛呕吐。

书架的一角有几个松果依次排列，大小不同。

那日在林边捡拾它们时，坐在旁边石头上的人看着我，问，你捡回去做什么？

不做什么，觉得好看，就是看看。

有时半卧床头，也会看一会儿前面的斗柜。柜子上的粗陶花瓶，瓶子里的玫瑰花，一旁的梵高画册，上方轩轩幼儿园时期画的天空和太阳。

而现在又有了两个新的物件，一个青色的冬瓜，一个黄色的南瓜。

冬瓜和南瓜是那日朋友带过来的，说是自家种的。我一看就很高兴，样子那么好看，不舍得吃了。以前所见到的南瓜都是圆的，全身有青色和橘色相间的彩色条纹，这种黄色的长长的南瓜还是第一次见到，我说，它像一颗大粒的花生。

为此还专门去了解南瓜。南瓜原产于北美洲，明代开始进入中国，有很多种类：土黄色磨盘南瓜，黄色蜜本老南瓜，金色贝贝南瓜，红皮或青色板栗南瓜等。只能说自己孤陋寡闻，看到这么多种类的南瓜后欣喜不已，忍不住每种都买了一个……

橘生淮南则为橘，生于淮北则为枳，南方北方水土不同，植物的生长也有着很大的变化，包括对一些蔬菜瓜果的叫法：南瓜，窝瓜，角瓜，山药，土豆，番薯，等等，想想很有意思。

灰小酷用小爪轻轻拍拍我的脸，而后紧挨着我趴下了。

朋友曾问，要照顾小猫小狗，会不会觉得很麻烦。不麻烦。因为热爱，它们带给你的快乐远远超过带给你的那些不适的部分，所以才得以成为家庭的一员。

有时想想，身边有这么多需要我去操心的事情，就感觉挺幸福的。给阿布和灰小酷喂食，给大轩做饭，带阿布出去散步，清理小酷的猫砂盆，拿起小企鹅水桶去浇那几盆长势良好的花儿，折叠晒好的衣服……这些生活的琐碎就是生活的本身，没有了它们，生活是什么？

　　但她显然无法理解，需要花那么多时间去照顾它们，怎会不麻烦。

　　想起有天中午同事临时组织聚餐，我说我不参加了，要回家一趟，我们家的小狗生病了，我得回去看看。同事不解地说，就因为这啊？一只狗而已。一句"而已"，让我感觉彼此在这件事上存在理解的沟壑，就没再说下去。

　　也想起冬日里的一天，我们和阿布一起走在路上，看到河边有人在钓鱼。当时天空还在下着蒙蒙细雨。先生说，确实理解不了，这么冷，往那一坐就是一天，乐趣到底在哪里。我就笑了，是啊，就如有人理解不了在这样的天气里我们还会跑出来一样。

　　由此，一个人永远无法理解他人的生活。当无法理解时，再多的交谈、解释都是多余的，所以就无需解释，也无需试图获得他人的理解。生活是自己的，你想怎么样，就怎么样吧。适合你的生活，就是好的生活。

　　说到生活，想起贾平凹在《我在看这里的人间》里的那句话，与以上有关或者无关："为什么活着，怎样去活，大多数人并不知道，也不去理会，但日子就是这样有秩或无秩地过着，如草一样，逢春生绿，冬来变黄……"说得多好啊！

婆婆来了

外公今年九十四岁了。

外公不是我的外公，是先生的外公。但我怀疑他是否真的是九十四岁，因为前两年问起他的年龄时，就说已经是九十四岁了。所以，当婆婆再次说他九十四岁时，我就笑了，怎么还是九十四，九十四已经三年了。

先生时常给我讲他小时候外公对他如何的好。每次我们回老家，去看望外公，外公都一直看着我，满眼的慈祥。那时我们也会经常和他一起到田里走走。他们爷俩说着我听不懂的土话，我在旁边看田里的庄稼。

这两年外公的身体不如以前，逐渐不能自己做饭了，也因为行动不便，把小床从二楼搬到了一楼。婆婆离外公家不是很远，就经常去照顾他。但她照顾外公除了做饭也没有别的事情。两个人每天就那样坐在门口，外公在那里晒太阳，婆婆做手工。

我们上次回去的时候，婆婆的腰已经有些直不起来了。她做手工过于投入，加上本来就腰疼，所以对腰部伤害很大。我们让她少干点她也不听。她说在老家，不干活人家会笑话的。并告诉我说，上次穿鞋带，做到了晚上十一点，一天赚了七十八块钱。

走在老家的街头，那些上了年纪的女人大多是弯着腰走路，严重一些的，说成为直角也并不夸张。人们都很勤劳，做手工的机会很多，但也同时严重伤害了身体。

这样下去可不行。我们和大姑姐商量，让她来杭州待一段时间。我给婆婆打电话，说我最近加班很多，胃病也犯了，让她过来照顾我们一段时间。她欣然答应，说要和舅舅们说一下。婆婆一直对我极好，以前周末我不想起床，她都会把饭端到我的床头，像伺候我坐月子一样。

晚上我和轩轩说起这件事，说奶奶同意来，是为了照顾我们，做什么事儿她都想有点价值感，你可别说漏嘴了。他咧嘴笑了。

婆婆到了杭州，带了几件衣服，带了三本经书。她拿出经书给我看，我指着其中一本问，都会读了吗？会了，我读得很顺的。

婆婆上了一年半的学，用她自己的话说是学了三册。之前那本书她有很多不认识的字，总是问我们，现在应该有小学五年级的水平了。

我说，我现在也对经书有点感兴趣了。她很高兴，那你也读一读。

之前问她知道经书的意思吗，她说，反正就是读……

这样也蛮好，在读的过程中静心养性，也不一定非得知道那个字的确切含义，心有所寄，而慢慢变得更加从容豁达，这个过程本身就是与经文要义是一致的……

想起赫尔曼·黑塞写的《悉达多》，悉达多遇到了佛陀，但是他拒绝留下来跟随佛陀学习法义，他认为这里有个矛盾之处，佛陀之所以成为佛陀，靠的并不是那些法义，而是自身的那些经历，在经历中的感受和体验，于是他上路了……

先生一直出差。我每天晚上带阿布出去散步，如果不是特别晚，婆婆都会跟着我一起去。

我们一起走在路上，会比平日慢些。老人家到底是七十岁的人了，不再如以前那样走路如风，不过依然稳健。

她的身体特别好，除了腰疼，其他没什么毛病。有次和我说，她感冒都不用吃药，喝两杯热水就好了。

记得十多年前她来杭州帮我照顾轩轩时，有次做饭发现没米了，我去楼下小店买米。那时我家住在二楼，我拎着米一阶一阶吃力地上楼，走两步歇一歇。她探头看见了，走过去一手拎起就走了。我大声地笑。

在路上。我们一边走一边聊着。

我和她的共同话题，无非是引她讲讲过去的那些事，那时的生活都很不容易。或者我给她讲讲这些年轩轩的成长，在成长过程中所发生的一些重要的事。

也会和她聊聊如何处理家庭成员之间的关系，亲人们的家事可以关心，但不可用力过度地去干涉。她总是非常信我，同样一句话，从她儿子的嘴里说出来，就总是不如从我嘴里说出来让她信服。

这也难怪，越是亲近的人，彼此之间越是对对方的话不予理会，所谓距离产生美。据说当年耶稣回家乡布道，左邻右舍就特别不以为意，说，这不是老谁家的小谁吗，我从小看着他长大，他能说出个啥呀……

她有时会给我讲她知道的故事，比如兄弟俩与一头牛和一只狗的故事。故事很长，她一半土话一半普通话，我其实听不太明白，但看她兴致勃勃，就耐心听下去。

她看我听得认真，就觉得是自己讲得好，意犹未尽地又给我讲了另一个故事，说有个马一……

我即使听不懂也不能完全忽悠她，至少要知道主人公是谁，于是打断她：马一是什么？

马一就是马一啊，马一你不知道？

不知道。

你还是读过书的人呢，连马一都不知道。

我大声笑了，这和读书有啥关系，是听不懂你的话……那马一到底是什么呢？

她低下身去，指指地面，就是这地上的马一啊！

原来是蚂蚁啊！

先生回来后我告诉他这个事情，他咧了咧嘴，说蚂蚁还有另一个名字，说出来你肯定更听不懂，然后叽里咕噜地发音："肚头火母。"

在路上，婆婆也会和我说起我的爸妈。每每说起，都引起我的一阵想念。

想到爸妈当年来杭州时，我们一起去茶园，一起走在春天的林荫道上，一起看五颜六色的花儿。

和爸爸一起如小孩儿一样压跷跷板，妈妈经常烙饼给我吃。

想到我每次开车进小区时，妈妈就站在二楼窗口透过那棵桂花树的缝隙看着我，说我开得挺好的。

想到开车在龙井路上时爸爸说，杭州处处是景，想睡一会儿又舍不得。

想到因为妈妈晕车，爸爸便一个人坐公交车出去转，回来和我说，你们这公交车没有人给我要票。我哈哈大笑，爸，这都是无人售票车啊……

想到爸妈回去以后，我们再出去，看到什么好吃的、好玩的，都会很遗憾地说，这个他们还没有吃过，这里他们还没有来过……

婆婆的话打断我的思绪。想象着，此时此刻，如果一起走在路上的，是我自己的爸妈，那我又该是多么的幸福……

自由而野性地生长

　　周末清晨，时常会带上阿布去往不远处的那个大草坪。阿布在里面奔跑，我看各种各样的野草。

　　此时太阳已经升起，草的影子落在地上。逆着阳光看过去，一棵一棵的野草蓬蓬勃勃，脉络清晰，有时草叶上会有露珠滚动，闪闪发光，呈现着一份不加雕琢的自在、美丽。

　　这里的野草种类很多：一年蓬，翅果菊，老鹳草，狗尾草，车前草，星宿菜，狗牙根，田菁，铁苋菜，苦荬菜，醴肠（旱莲草），蒲公英……

　　因为我和每一种草都长时间对视过（这么说有点自作多情，或许，它们从来没有看过我），我愿意更多地列出它们。它们高高低低、稀稀落落地生长着，因为稀疏，或者只是一小簇一小簇，它们的存在变成了这里的一种点缀。

　　这些野草在不同的时期里开着自己的小花儿，都是很小的那种，小小的黄色，小小的白色，小小的粉色，给这片草坪增添了几分俏丽。或者只是那么绿着，但颜色不同于旁边的成片的草，也使它变得异常醒目。

　　由此，在我心中，不管是在白天还是晚上的月光之下，每一株草都是非常特别的。

　　有人在这里露营，更多人带着狗狗到这里玩耍。在这样的热闹之处，这些野草就这样怡然生长着，与人类和平共处。

前不久，这片草地进行了一次彻底的清除，一眼望去，光秃秃一片。但过两周再去，看到这些小草又冒出了嫩芽，如在春天里一样翠翠绿绿，散发着勃勃生机。此时的确会被它们打动，感受着它们的永不屈服，坚韧不拔。

我想，我如此地钟爱它们，必然与这种坚韧有关，与它们的不被关注、自由而充满野性的生长有关，与它们会开小小的花儿有关……看着这些野草，我总是感受到一种自如，自在。

在我的意识里，野外这些在人类的控制之外的事物，都是美好的事物。因为自然。

此时的我是作为一个闲适之人、一个观赏者在对待它们。除此，它们的存在于我没有另外的关系。在我的眼里，它们只有美，只有可爱，这显然与我小时候的那种感受是不同的。

小时候对它们的感受更复杂一些，有时爱，有时恨。

七八岁的时候，我和弟弟会牵着家里的那头老黄牛到树林里吃草，那时候的草总是成片生长，矮的，绿的，有着比较单一的品种，很少开花儿。彼时的我完全没有认识它们的愿望，它们浑然地存在于我们身边，只是最普通的供牛羊吃的草而已。

但我们也特别认得了一种草，名叫水稗子草，这种草一般在田地里伏地而生，向周边蔓延，大部分是绿色，有的呈紫色。对我们来说，它的特别之处是可以用来做口哨，把它的外衣一层层撕下，就是一个现成的口哨了，放在嘴边，使劲一吹，就发出"滴滴滴"清脆的声音。

再大一点，假期跟着妈妈上山薅草时，会对一种草产生痛恨之情。它长得越多，我们干活的时间越长。这种草一般都是在谷地生长，有着和谷子差不多的高度，名叫大芟子。大芟子和谷子很像，总想以假乱真，如果我们不那么认真，有些就被它蒙混过关了。

那时把薅好的大芟子抱到地头，都是一堆一堆的。但是等把它们捆好拉回家，它再次成了好东西——可以喂马。羊似乎吃不了这种草，因为它太硬了，小羊喜欢吃那种矮矮的青草。

曲麻菜混杂着其他的杂草，长在田地里，我们需要挖除它，这时就会感觉它的面目可憎。但等到田里的草都薅完了，或者是春天刚刚播种后不久，我们又会专门挎着小筐，到田间、地头或者林里，寻找初生的婆婆丁和曲麻菜。把它们挖来后洗净，可以当菜吃。这时的它们又变得非常可爱，水灵灵地上桌，成为美味佳肴。

以上这些，是记忆中和野草相关的部分，可谓爱恨交加。

由此，当我们站在不同的位置，对一些野草的感受也发生了变化。

有一次我把一支开满细细碎碎小黄花的草带回家，插在瓶里，觉得特别好看。上海的朋友说，这是加拿大一枝黄花，是外来入侵物种。并说他们厂区里生长有这种黄花，每年秋天他们都会接到拔除通知，但想过多种办法，都根除不了它，用火烧都没有用。

这一枝黄花是1935年作为观赏植物引入中国的，引种后逸生成杂草，繁殖力极强，传播速度快，与其他植物争阳光、争肥料，直至其他植物死亡，被称为"生态杀手""霸王花"。

其他入侵植物亦是如此。因为这些引进物种没有天敌抑制它，本来是作为观赏植物引进的，没想到它们无限蔓延而成了恶性之草。这些草的生命力都极强，根、茎、叶、种子，有着各种各样的繁殖方式。有的种子即使时隔千年以后，依然能生长发芽。

理查德·梅比在《杂草的故事》中写道："酸模的种子历经60年依旧可以萌芽。从一处具有1700年历史的考古遗址中挖出的藜的种子，也能够破土发芽。不过这些在黄木犀草面前都不够瞧，这种植物的种子在赛轮赛斯特镇一处有近 2000 年历史的罗马遗址出土后安然无恙。"

我国的常见入侵植物被列了一个名单，包括藜藜、苍耳、商陆、野燕麦、豚草、圆叶牵牛等，还有我喜欢的小飞蓬和一年蓬，甚至每到春天就开小蓝花儿的阿拉伯婆婆纳。

其实对于任何一种草本身而言，它们只是为生存而生存，一旦找到合适的土壤，就尽情地繁衍生长。只是因为它们对于人类的妨碍，而成为人类奋力根除的对象。

有些草，人们越是试图除尽它，它的生长速度越快，越是蓬勃。

这是植物界与人类之间的一场斗争。这场斗争已经持续了几千年。

人类真的是大自然的主宰吗？在这些不断蔓延、野火烧不尽春风吹又生的植物面前，似乎并没有那么无所不能。

有些草是最早的蔬菜粮食。我们吃的小米来自对狗尾巴草的驯化和栽培，大米也是从野生水稻驯化而来，小麦来自一万年前的野生小麦。所有的入侵植物，在另一个地方或者时间都有着它对于人类而言自身的价值和意义。

在明朝的《救荒本草》中，专门介绍了几百种可食用的野生植物，它们能够供食给人类，救人们于饥饿之中。

万物有灵。在草木覆盖的人间，人类一直与它们相依相存。那些坚毅的野草总会最先在一片废墟中拔地而起，带给人新的力量。理查德·梅比以一种赞赏、同情之心给一些杂草辩护："被人类忽视的最重要的一点是，许多杂草也许正努力维护着这个星球上饱受创伤的地方，不让它们分崩离析。"

桂花留晚色

这几日心里空空落落，仿佛在想念一个人，但是想念什么，也并不清楚。直到桂花开了，心里便忽然踏实下来。原来是一直在等待桂花啊。

秋天里桂花开。但它的花期并不确定。都说八月桂花香，现在已是农历九月下旬，桂花才大面积开放。通常，一年与另一年的节气会差半个月到一个月之间。但有时，即使是同一个地方，它们也会有早有晚地开花。

一个月前带着阿布出去散步，在那条小路上便闻到了桂花香，寻找，看到一棵已经开花的树。一片桂花树中，只有这一棵树开花了，开得很满，之后的很多天里，其他桂花树依然一点动静也没有。

这是一棵特立独行的桂花树。不知道它会不会被其他桂花树议论纷纷，会不会翻白眼给它看，不知道它在被其他桂花树议论的时候会不会说，你管我呢，我想怎么开就怎么开，想什么时候开就什么时候开。

不过我心里也充满疑惑。前一个周末，我问，是不是城里的桂花已经开了，咱们这里接近乡下，温度会有一些不同，所以桂花会开得晚一些？

先生没理我，低头看自己的书。

我继续说，要么我们去满陇桂雨吧，去看一看那里的桂花？

阿布听到了，率先表示同意，站起身摇着尾巴准备出发。

天上下着小雨，车子开在那条经常走的路上，两旁树木高大，依然满眼绿得浓郁。

而满觉陇路一片静寂，桂花树无声无息。

只有少数几人在店前摆摊卖着一瓶一瓶的桂花糖，或者是桂花茶。

一旁那棵树上的柿子已经红了，硕果累累。

是不是它们已经开完了？我自言自语般地问。

现在是雨天，桂花在这种天气里是不会出来的。

他的意思是，即使是开着，下雨的时候也会收回去。

有些花是这样的，但桂花应该不会吧。它本身就这么小，还能收到哪里去。

那天的桂花没有看成，倒是在雨中开了很长时间的很长的路，梅岭路，龙井村，梅家坞，九溪十八涧……沿途风景极美，在雨中朦朦胧胧，绿色盎然中偶有一些浅色的秋意。

我安慰自己说，就当是一场雨中游了。

该来的终是会来。不过是有的早一些，有的晚一些罢了。

前天，门前那三五十棵桂花树好像约好了一样，一起打起了小小的花苞，空气中也开始散发丝丝缕缕的香气。

昨天，阳光明媚，它们就"哗"地一下全部开放了。走在路上，在花香间穿过，浓郁的气息时刻弥漫在你的身旁。"不是人间种，移从月中来。广寒香一点，吹得满山开。"

站在桂花树旁看花，闻花，旁边同样看花的人会情不自禁地打着招呼：这桂花真香啊！

这些年每到秋天都要写到桂花，但又很难对桂花进行细微生动的描述，金桂，银桂，丹桂，四小花瓣，散发着芬芳……仅止于此了。

而古诗人们对桂花的钟爱都尽显在他们的诗句之中，如王维的"人闲桂花落，夜静春山空"，在宁静闲适中看着桂花簌簌而落，夜晚的山中一片寂静；

唐朝王建写的也是夜晚，那时月亮已经升起了，桂花被秋露打湿了："中庭地白树栖鸦，冷露无声湿桂花。"

李清照的情绪流露在对桂花的赞美之中："暗淡轻黄体性柔，情疏迹远只香留。何须浅碧深红色，自是花中第一流。"

元末明初的画家倪瓒更是直接以桂花为题，写道："桂花留晚色，帘影淡秋光。靡靡风还落，菲菲夜未央。"

这淡淡的光，淡淡的影，徐徐地落，浓浓的香……

以上桂花是桂花，但也有一些诗词，将桂花称为桂子。

柳永在《望海潮》中就用"三秋桂子，十里荷花"来描述杭州。白居易做过杭州的刺史，对江南自是有着不一样的感情，他写的三首《忆江南》中，其中一首即是关于桂花："江南忆，最忆是杭州；山寺月中寻桂子，郡亭枕上看潮头。"

……

桂花之美，从古到今，真是道也道不尽……

张爱玲写过一篇小说，名字是"桂花蒸 阿小悲秋"，我一直以为这桂花蒸便是蒸桂花的意思，但全篇也没有写到相关内容。这两年才知，桂花蒸是指南方的农历八月，是桂花开放的季节，所以八月又叫桂月，而八月里仍有几天是高温天气，人会热得如在蒸笼里一样，所以这个月份又叫桂花蒸。

用桂花代表一个月份，这是对它最好的喜爱和赞美。

芦苇飘荡的时节

一

那年秋天去杭州城西的小南湖，恰逢芦花大面积地开了。

其实说到"芦花开"三个字时，我是有着一些出离的，觉得那飘摇的白花花的一片，即是芦苇本身，倘若把那片白色叫做芦花，似乎说的是另一种事物，似乎芦苇便不见了。在我的心里，芦苇不开花便不是芦苇，不开花我也总是很难注意到芦苇的样子。

"蒹葭苍苍，白露为霜，所谓伊人，在水一方。"大概每一个接触过《诗经》的人都最先熟悉这样的一句。芦苇在《诗经》中名为蒹葭，这两个生僻的颇具古意的字，让芦苇变得陌生而遥远起来。

而因为遥远，几千年时光的距离，也让蒹葭有了一种神秘，似乎，在一种意象中向时间的深处去看，会看到蒹葭以一种模糊的姿态，在三千年前的岸边摇摆……

感叹古人能够用那么精短的词句描绘出那么诗意的意境。而当我们站在芦苇旁边时，觉得其实一切描述都并不夸张，天地之间，芦苇随风摇曳，轻盈，柔韧，洁白，浪漫而美丽。

我们在芦苇旁流连，拍了很多照片。一高中同学在另一个情景下提及，说我，芦苇女神。

这句话让我深深地记得，倒不是说在芦苇和她的语意的衬托下我就真的美了，而是，我感觉到她的那种一如既往的真诚的善意。

时光回溯到多年以前，那时她在教室里出出进进，和长辫子的小程姑娘一起，有时也会大大方方地拉着男朋友的手，带着一脸纯真的笑容。她生性的浪漫和勇敢似乎一点也没有减少，不经意的言语之间，她走在属于自己的路上……

二

今年第一次看到大片的芦苇，是在苕溪堤坝。

苕溪长长，堤坝长长，那个位置很难描述。不过当我说苕溪堤坝时，脑海中的场景已经定位在那棵树旁，那是我们经常去的地方。

那是一棵五百多年的香樟树，枝繁叶茂，四季常青，现在的叶子是一种更加浓郁的墨绿。这棵树长在堤顶，向下倾斜，枝杈低低地向前延伸，已经快到堤脚了。

堤坝里侧不远处便是苕溪，外侧马路旁则是稻田。当稻子成熟时，站在坝顶，就可一览无遗田里的金灿灿一片。也是在这里，我看到了那片开花的芝麻。

　　夏天周末的傍晚我们经常驱车过来，沿着堤坝慢慢地走，一边吹着风，一边听四周各种虫鸣，听苕溪流水的声音，看满天的星星。

　　而现在，站在坝顶，则可以欣赏浅滩处大片的芦花。这儿的芦苇都是野生的，苍苍茫茫，这里一小片，那里一大片，或密密挨挤，或舒朗独立。一种不规则的存在让人感到那种无拘无束的自由，感受着一种自然之美……

　　很多人在堤坝上搭起帐篷，一边看芦花，一边烧烤、聊天，享受周末的闲暇时光。夕阳就在不远处的山顶上。阿布一路走过去，一路口水直流。他们和它打招呼，笑着把烤肉分给它吃……

　　芦苇丛中也会忽然有白色的水鸟飞离，扑闪着翅膀落到对岸，落到另一片芦苇前，而后站在那里伸长脖子，骄傲地，长时间地观望。

　　河里忽然有一头水牛出现。它不时地从水中抬起头，看看高处的人们，听人们说话。不知道它是从哪里来的，以前我们来这里时并没有看到过它。或许它也奇怪，这些人是从哪里来的……

　　太阳渐渐落下去了，在淡淡的云层里，它依然呈现浅浅的粉色。似乎有些停滞的时光因了夕阳的移动而有了清晰的流逝感。一阵风吹过，所有的芦苇都向同一个方向摇摆，如涟漪般，向远处荡漾开去……

三

　　上周末去的依然是南湖。我刚才说是小南湖实在有点委屈了它，后来才知我们那次所到的地方只是它的一个角落。等开车向南一绕，眼前豁然开朗，那才是真正的南湖所在地。

　　这里有大片的树林，开阔的田野，宽广的湖面。我们沿着田边行走，而后从树林中的小路穿过。这个树林颇像北方的树林，树木高高低低，随意生长，这里也是阿布经常奔跑的地方。

有次看到艾萨克·列维坦的关于一条小路的画，就想起这片树林，它们是何其相似。树林里人们走出来的小路特别自然，散发着一种简单纯朴的气息。在这无人之处，一切都静悄悄的，只有这乡间小路，带着它的自由，向远处延伸……

这里一年四季都人迹罕至。在林里走着的，永远都是我们仨。只有清明或者端午时，才偶尔碰到几个挖野菜的人。

或许，并不是所有人都如我们一样喜欢树林。

有次我们带着阿布的好朋友奇奇一起来，阿布喜欢水，喜欢泥，专门往水洼里跑，奇奇平时见到水坑都会远远地绕开。那天它们俩跑疯了，阿布不管不顾地跳进一个泥塘，奇奇不假思索地跟着跳进去，跳完后才醒悟过来，挣扎着向外跑。

看着它俩全身是泥黑乎乎的样子，我们笑坏了……所谓"近朱者赤，近墨者黑"，看来这句话不仅适用于人，同样适用于狗狗的世界。

从林中转过，向湖边方向走，就又看到了一片又一片的芦苇。

它们生长在大面积的湿地上，或是树林边，或者是田边小路旁。

这时的树木依然是以绿色为主，部分树叶变为红色或者黄色，而芦花的白则成了此时最为引人注目的风景，山退到远处，树林静默一旁。

芦苇在这个偌大的空间中，我行我素，随风飘荡……

蓝色的五月

春天时的那种喜悦传递了多次。当立夏到来时，一种情绪便似乎不知道往哪里走了，在身后拖拖拉拉地，使性子。待了几次，索性不理了。

立夏是一个明媚的词。立夏以后，天空变得更蓝，云彩也开始以一朵一朵的形状出现。如果是雨天，感觉小雨点也变得更活跃一些，滴滴答答地四处跳着，从玻璃窗跳到墙上，从屋顶跳到树上，从树上跳到马路旁的杜鹃花身上。

这可能不过是我的臆想，很多事物，我们在与之产生关联时，都会赋予自己想象的部分，一些已经的发生、一些未知的事件，很大程度还是取决于自己内心对它们的处理。翻江倒海地心酸了，风轻云淡地愉悦了，把那些相干或不相干的元素掺杂在一起，然后提炼，便形成了自己的思考，或者是胡思乱想。

窗外，绿色的叶片闪动着光，随着风轻摇，而旁边那棵树的紫色的树叶则岿然不动，似乎风是专门绕过它们一样。三月时，我以为那些紫色的树叶是秋天的叶子还没有落，待感觉它们越来越繁密时，恍然，这种树应该是紫叶李吧。它本身的叶子便是紫的，果子也是紫的。

这是五月之初。绿色依然嫩着。不过已经在慢慢往浓郁里去了。栀子花开了，洁白，醇厚，芬芳。碰碰香上有着灰小酷的毛。

　　进入五月时，恰好读到叶赛宁的那首诗，那种非常宁静的感觉：

　　蓝色的五月，温暖的清晨
　　没有人来扣响门环。
　　苦艾散发出浓稠的气味。
　　野樱树一身白披肩睡意正酣。
　　……

　　他在五月的时节里沉醉着，回想到自己的生活，房间是小的，但生活是温暖可爱的，"犹如对友人的愉快思念"。在这样的五月里，还求什么呢。"来吧，该表现的都表现出来吧，一切我都接受，包括痛苦和欢畅……"

　　木心写过一首《杰克逊高地》，也是在五月，"五月将尽，连日强光普照／一路一路树荫／呆滞到傍晚"。

　　蓝紫鸢尾花一味梦幻都相约暗下，暗下。
　　清晰，和蔼，委婉，
　　不知原谅什么，
　　诚觉世事尽可原谅。

　　当年看到这首诗时便感觉真好。人在一种温软的气氛之中，似乎被一种善美包围了，自己与五月的空气融于一体，于是，没有什么可计较的，没有什么可期待的，没有悔恨，也没有痛苦，一时间，所有那些曾经让自己沉溺其中的情绪统统不见了，它们神奇地被蓝色的五月消纳，只留下了一种轻盈和宽广，无边无垠……

　　蓝色的五月属于诗歌。在时间的空隙里，几本诗集交替翻着。我有着抑制不住的表达欲望，总会在梦里写诗，那些诗句写在小木片上，放到水里，它们便顺水漂走了。梦里的诗写得特别好，醒来的瞬间还记得几句，到真正醒来时，就全部忘记了。

　　晚上读博尔赫斯《面前的月亮·圣马丁札记》。递给他说，我去洗脸，你看看博尔赫斯的诗。

　　他说，我不看。

　　我硬塞给他，你这样不好，你推荐给我书的时候，我都不会直接拒绝，会试着去看，实在不喜欢了才不看。而且你读的东西一直都是那一类，太硬了，你也要看一些柔软的读物。

　　他说好。

　　过了一会儿，我忙完了，我也歪头和他一起看，问，感觉怎么样。

　　挺好。

　　他一边翻，我一边指给他看，说，看这句话写得多好。

　　"傍晚时柳树林清晰的祈祷。时间将我消耗。

　　我比自己的影子更寂静，穿过纷纷扰扰的贪婪。"

　　"我顺着你的下午滑落，仿佛劳累得到了斜坡的同情。"

　　"旧时的夜晚仍像一罐水那么深沉。"

　　"海洋像盲人那么孤独。

　　海洋是我无法破译的古老语言。

　　深处，黎明只是一堵刷白的土墙。

　　远处，升起光亮，仿佛一团烟雾。"

　　他说，都挺不错。

　　到了第二天晚上，他忽然问我，昨天看的那个诗集呢？

　　昨晚忙碌，回去时已经快十一点了。洗漱之前，我倚在床头休息片刻。这时轩同学结束了他的学习。先生喊他，轩仔，你妈回来了，过来打个招呼。

　　轩推开我们卧室的门，我朝他笑，口里说着，嗨！他也龇牙笑了。

　　他一笑我就特别轻松。每天早晨他洗头发的时候总是哼着歌，我听到内心就特别愉悦，他身体不舒服的时候我也会感到不适。那天我说，真是母子连心啊，轩一生病，我就心口疼，不仅是指那种心疼，还有物理意义上的心口疼，是心口真的会疼……

初 冬

昨日，清早。

走在路上，看到晨曦中的草地上有了一层白色的覆盖。

看久了五彩斑斓的秋天，层层叠叠的繁复，那层白便带来不一样的欣喜。

这纯洁而又清冷的色彩，是即将进入冬天的景象。

而这一天，恰是冬至。

我把这段时间写为初冬。

人生若只如初见，不忘初心，任何事物，似乎只要带上"初"字，便有了一种特别的美。

初，不带任何杂质，只是跟随着最原始而本真的感觉，纯粹地呈现。

于是，初冬也因了某种意象，而有着一种萧瑟中的轻盈和美丽。

此时，西湖里的残荷，有着一种颓败之美。

繁华落尽，它们随意地低下去，伏向水面，于清冽中以各种自在的姿态蜷曲着，淡定从容。或者有大大小小的莲蓬高高地直立，孤寒傲骨，是一种沧桑萧条中的坚毅。

它们静默着，清清明明，与水中的倒影相互映衬，而更多凄美，更多韵意……

湖岸边。柳树的叶子一半绿着，一半枯黄。在清风里，簌簌而落，落入水中，落在石板路上。几只小船停在一旁或者在水中漂荡。

不远处的小鸭，在水中自在地游着。独自的一只，相伴的两只，活泼泼的一群。

我特别喜欢看水里的小鸭，也喜欢这两个字的发音。

我总是说，小鸭，小鸭。虽然有时，它们可能是鸳鸯。

在湖边见到朋友二人，正在低头捡拾着垃圾。

作为义工，他们是认真的。西湖的美，是因为很多人正在为之默默地付出，默默地维护。无论是出于怎样的原因，这件事，正在去做，就使得我们汗颜和值得我们敬佩。

走近了招呼，攀谈几句，并于中午在书店的咖啡屋小聚。

两天之后。我在梦里的老家再次看到他们。

他们出现在我家的门口。那个长长的院子，站在屋里向外看，因为距离还有些遥远，看得并不真切。但影子和笑容是熟悉的。

那时，我的家人们都在。阳光正好，窗棂有着微微的蓝色，纸糊的缝隙斑驳。

我手忙脚乱地穿衣，准备接待。

这于我，已经成了一种非常奇特的现象。我笑说，我的老家成了试金石。只要是出现在那个院子里的人，就表明了我心里的接纳和在意。

也有人会多次出现，在长长的院子里走着，在矮院墙的角落里与我交谈，或者坐在窗前一起看着外面……

天渐渐暗下去了。

昨日应是白昼最短的一天，过了冬至，就一天比一天长了。

太阳升起又落下。我们的心情也有着不同的起伏或者宁静。

不同的环境，不同的位置，不同的人与人之间的距离。

各种期待和满足，各种喜悦和惆怅。

相逢不易，但一切随缘。

那天对一位年轻人说，分分合合，不管结局怎样，都要记住：

在情感中，一定不能由爱生怨，你要永远感谢，曾经有那么一段时光，一条路，有人陪你一起走过……

《残山剩水集》看完。

喜欢整本书设计的那种干净的感觉，那个稚拙的手写页码，那个长长的自序这种结构编排，那些飞行的插画，那种独特的文字气质，感觉总体非常一致。

或许是因为我热爱着所有，所以，便喜欢这本书的所有，这些另类的表达。

他说，大意是，虫虫的那个塑料手镯，藏在车门的扣手里，每次坐在副驾驶的时候，都女孩家家的，玛瑙般温润。

这是整本书里最最柔软的片段了。读时，心也柔软。

此时，窗外是车来车往的声音。我想着里面的一些句子：

"麻雀叩响清早的窗棂，满屋子的，贝多芬；

于阳光的褶子里，觅一刻，停……

雨再这么下下去，往事，就不够用了……"

此时，姐姐发我一张她镜前的照片。红色的毛衣，很漂亮。

她有着好的心情，就也总是让我感到快乐。

我希望我的亲人们幸福。